Einaudi Tascabili. Letteratura
1211

Simona Vinci
Come prima delle madri

Einaudi

ISBN 88-06-16823-1

A R. e G.,
com'erano.

A mio padre.

E a Giulio Einaudi.

Come prima delle madri

[...] beati, come prima delle madri, quando
tutto il sangue terrestre è ancora una vena del mare.

ELSA MORANTE, *Il mondo salvato dai ragazzini*.

Il greto del fiume era asciutto. Sembrava la pelle secca di un vecchio, tutta grinzosa, a squame. Si spaccava sotto la luce del sole. Faceva molto caldo e il fiume si era ritirato, l'acqua dormiva da qualche parte, giú in fondo alla terra. Aspettava che tornasse la stagione giusta per correre in superficie, per farsi grossa e rumorosa.

C'era un filo sottile sotto i suoi piedi, sottile come un capello, dritto e lungo, andava avanti e lui lo seguiva, un passo dopo l'altro. Dove andava il filo d'acqua, le piante si addensavano, ce n'erano sempre di piú, ad ogni passo crescevano, si aggrovigliavano tra loro, c'erano canne e ciuffi stopposi, alti quanto lui.

Prima di entrare nel groviglio buio si era voltato. Erano lontani, adesso. Non riusciva a vederli tutti. Di Elide seduta per terra, vedeva soltanto la macchia scura della schiena. Il cane dormiva da qualche parte, nel boschetto di pioppi e salici bianchi oltre l'argine del fiume. All'ombra. Irina forse era con lui, oppure era salita nella direzione opposta verso la collinetta di sabbia dove di solito andava a raccogliere fiori di camomilla che metteva in un fazzoletto annodato, per farli seccare. La madre non era andata con loro quel giorno, diceva che di pomeriggio faceva troppo caldo per uscire. Era rimasta a letto, a leggere. Gli altri c'erano tutti. C'era Fosca, seduta su una seggiola con la schiena dritta e lo sguardo fisso al ricamo: una foglia di vite verde scuro e nera. Un profilo magro e ossuto, la testa piegata come quella di un grosso uccello. Nina dormiva. Le gambe nude abbandonate al sole, le braccia allargate sull'erba. Il ragazzo riusciva a vedere l'ombra castana dei peli sotto le ascelle che facevano un disegno a forma di cuore. Poi c'erano suo padre e Rino, il mezzadro, ma non riusciva a vederli. Forse giocavano a carte all'ombra di qualche albero.

Si è voltato e ha proseguito. Lento, ha alzato le braccia per proteggersi il viso dalle foglie acuminate dei cespugli che gli rimbalzavano addosso, le ha spostate con le mani e si è fatto strada, un passo alla volta. Ora l'acqua cresceva. Gli afferrava le caviglie, limacciosa e putrida. Sentiva gobbe di fango sciogliersi e appiattirsi. Avanzava senza sforzo, un passo dopo l'altro, gli occhi socchiusi nella luce forte. Il fresco del fango sotto i piedi e il solletico delle foglie contro le spalle nude. Avanzava senza chiedersi dove sarebbe sbucato, quel sentiero l'aveva percorso mille volte, conosceva ogni ansa del fiume, ogni deviazione, avrebbe quasi potuto indicare le piante che gli crescevano ai bordi. Sapeva che tra poco sarebbe apparso uno slargo pieno di sole. Lí, sul greto secco, c'erano delle pietre fossili che gli aveva mostrato una volta suo padre. Voleva rivederle e se ci riusciva prenderne un pezzo da portare a casa. Avrebbe cercato un sasso per romperle. Ne bastava uno piccolo e aguzzo per scalzarle via.

Ecco lo slargo, era arrivato. Tra le ciglia abbassate, il taglio del sole arrivò netto come una ferita. Sbatté le palpebre, le chiuse. Poi spalancò gli occhi.

Disteso nel greto asciutto del fiume, a due passi di distanza, c'era un uomo. Un uomo disteso che dormiva. Era quasi nudo, addosso aveva solo un paio di pantaloni sdruciti. Le dita dei piedi scalzi, nere di polvere e fango, puntavano dritte verso il cielo. Una nuvola di mosche gli ronzava sopra e il ragazzo si chiese come facesse a dormire con quel frastuono nelle orecchie. Se non gli pizzicava la pelle con tutte quelle zampette che gli camminavano addosso.

Era un sonno che faceva paura.

Gli girò attorno lentamente e allora vide che l'uomo non stava dormendo. Aveva il cranio fracassato. Il sangue aveva imbrattato le pietre fossili e si era raggrumato nelle volute di una grossa conchiglia. Aveva sporcato le foglie dei bassi cespugli che le circondavano e si era asciugato, fino a diventare quasi nero. Tenne gli occhi fermi e la bocca chiusa. Non fece un passo, né avanti, né indietro. Il cuore gli batteva forte, rimbombava cupo dentro le orecchie, in ogni vena. Continuò a guardare, finché gli occhi si chiusero da soli. Allora cadde in ginocchio e vomitò. Ma quello che aveva visto non se ne andava. Stava lí. Fermo davanti a lui, vivido sotto la luce gialla del pomeriggio.

L'uomo non aveva piú una faccia. Solo una poltiglia rossa e bianca. I lineamenti erano appiattiti, dalla carne spappolata sporgeva un unico frammento di osso bianco e lucido. Il naso, forse. Qualcosa all'improvviso brillò tra il rosso. Un bagliore. Come si mosse per avvicinarsi a guardare, si spense. Cercò ancora, e finalmente lo vide. Era un dente d'oro. Una capsula ammaccata a forma di incisivo. Grande e quadrata, incastrata nel sangue. Solo in quel momento si accorse che aveva affondato le mani nella pozzanghera di vomito e un nuovo conato gli percorse il corpo come un colpo di frusta e lo costrinse a piegarsi in avanti. Ormai era solo bile. Amara e acida, di un verde schifoso. E insieme alla paura venne fuori un altro strano, mai provato, sentimento. Una cosa che lo fece piangere per quell'uomo buttato lí a marcire nel greto asciutto di un piccolo fiume. Un uomo solo, senza faccia, con le mani disfatte e il corpo nudo.

Si sollevò e cercò qualche foglia grande abbastanza per pulirsi le mani. Poi tornò indietro e non disse niente a nessuno. Restò zitto per tutto il pomeriggio. Dentro gli occhi, c'era sempre l'immagine di quell'uomo con il cranio fracassato. Il dente d'oro che scintillava al sole.

Il mattino dopo lo trovarono.

Il dente d'oro era al sicuro dentro la scatola di latta rossa con i sassi, le piume di pavone, il proiettile.

Lo lasciò cosí com'era, incrostato di sangue e ammaccato dai colpi.

È ancora lí.

Parte prima

Capitolo primo

Per molto tempo, il ragazzo si era svegliato con la luce che cadeva dritta sul cuscino e gli schiudeva le palpebre poco alla volta. Si era svegliato al canto dei piccoli uccelli – tortore dalla voce opaca, passeri e pettirossi – impigliati tra i rami degli alberi nel parco, la mano destra posata sullo stomaco e la sinistra ripiegata a pugno sotto il cuscino, una gamba tesa e l'altra ad angolo, con il piede a sfiorare l'incavo del ginocchio. La sua camera era piccola, tappezzata di stoffa gialla e con l'unica finestra alla sua sinistra, poco lontana dalla sponda del letto. Una finestra lunga, protetta da scuri di legno fradicio di pioggia, coperta da una tenda di velluto verde scuro, ormai quasi trasparente. Allungando una mano, il ragazzo poteva strofinarla tra le dita e sentire la sua dolcezza fredda tra i polpastrelli. Ancora prima di spalancare del tutto gli occhi, ogni giorno, ha assaporato la morbidezza del cuscino e il calore del suo corpo tra le lenzuola, ha avvicinato la mano alla tenda e l'ha stretta tra le dita, gli uccelli hanno cantato e dal piano inferiore della casa gli sono arrivati l'odore del caffè appena fatto e le voci di sua madre e di tutte le altre donne che abitano la casa.

Per molto tempo, il suono di quelle voci è stato il segnale della giornata che incominciava, della vita che tornava a muoversi.

Per molto tempo.

Per tutto il tempo che ricorda.

Ma ora, ogni cosa sembra diversa.

Questa mattina in cui il ragazzo si sveglia di soprassalto, il buio è ancora denso e fondo. Dagli scuri uniti della finestra non filtra nemmeno una sfumatura piú chiara. Tutto è nero e fermo. E gli sembra strano, perché da quando dorme in questa stanza, da sempre quindi, se gli capita di svegliarsi, fiuta subito la distanza degli oggetti tra loro, la calma indifferenza che li fa star fermi al loro posto.

Questa volta invece non sente niente. Gli occhi continuano a contrarsi per trovare il giusto fuoco, ma non c'è niente da fare: quello che avvolge la stanza è un buio sconosciuto. Neutro.

È stato un sogno a svegliarlo. Lo ha costretto a sollevarsi di scatto, la fronte sudata e il cuore bloccato in un salto troppo lungo e veloce. Nel sogno, c'era uno stagno putrido. L'acqua era bassa e fangosa, verde scuro striato di giallo. Lui era molto piú piccolo di come è davvero adesso: era un bambino e non sapeva ancora camminare, strisciava tra le canne e gli insetti che sbucavano dall'acqua melmosa, strisciava con tutta la forza degli avambracci piccoli e delle ginocchia tenere. Strisciava, ma non riusciva mai a raggiungerla. Lei era là, immobile, il corpo vestito di fango verde. Anche la sua pelle stava diventando verde. Gli occhi erano chiusi, la bocca serrata. I capelli ondeggiavano come alghe vive nell'acqua morta. Serpenti lunghi che si muovevano a scatti. Lui strisciava verso la punta dei suoi seni. Scoperti e fermi, avvolti da una luce gialla e calda, solo loro. Il resto era aria che gli incollava la gola e le narici come muco asciutto. Le sue mani si sollevavano e riuscivano finalmente a toccarla. La pelle era umida. Le dita ci scivolavano sopra, la bocca si avvicinava alla punta dei seni, sperando in un fiotto di latte caldo schizzato tra i denti e buttato giú, nella gola secca. Un caldo getto di vita in tutta quella morte che gli stava intorno. Ma erano vuoti, carne gonfia d'aria e basta.

Non era rimasto niente di vivo, da nessuna parte: sua madre era morta.

Il ragazzo si è svegliato di colpo convinto che il mondo non sia piú da nessuna parte: tutto fango e sterpaglie, insetti e cose morte e il buio della stanza che gli preme contro. Un buio che non riconosce. Sporge la mano nell'aria che è densa al tatto, come gelatina di pollo. La mano si muove a dita tese, cerca l'esatta inclinazione del piano del comodino, l'interruttore della luce. Niente. Continua a muovere le dita, ad aprirle, a tenderle, a spingerle verso una porzione d'aria ancora inesplorata. E finalmente lo trova: dalla parte opposta rispetto a quella che ricordava.

Questa è un'altra stanza, non la sua.

C'è una finestra con gli scuri serrati, senza tenda. Due sedie, una scrivania con due cassetti sotto il piano. Un altro letto e dentro, una gobba che si muove a scatti e mugugna parole indecifrabili. Un piede sfugge al groviglio di lenzuola. È grasso e coperto di efelidi. Poi sbuca una mano e infine una testa che rotola fuori dalla coperta tirata fino in cima. È una testa arancione, coperta di riccioli grossi e fitti. Sembra senza corpo, una testa mozzata che da un istante all'altro aprirà gli occhi, la bocca e poi cascherà sul pavimento e si spaccherà in mille pezzi.

Lento, il ricordo si mette a fuoco.

Quando erano usciti di casa erano le quattro e mezza o forse le cinque di un pomeriggio d'inizio autunno, ma che sembrava già inverno.

Lui aveva la febbre alta e faceva fatica a tenere gli occhi aperti. Le palpebre gli scivolavano giú di continuo. Anche le gambe e le braccia erano molli. Era stato suo padre a sostenerlo, a prenderlo tra le braccia e sollevarlo. E anche se era coperto all'inverosimile – maglioni, doppie calze, pantaloni di fustagno, sciarpa e cappotto – e suo padre è un uomo alto e sottile, quasi fragile – lo aveva sollevato senza sforzo, unendo le braccia sotto di lui.

Sentiva il vento freddo corrergli addosso. Guardava l'alito uscire dalla sua bocca e condensarsi davanti a lui in piccole nuvole compatte e bianche. Le osservava disfarsi veloci nell'aria buia. Ascoltava i passi rapidi di suo padre e quelli ticchettanti della mamma. Un gioco di percussioni che gli ricordava uno spettacolo che non aveva mai visto, ma che sua madre gli aveva raccontato cosí tante volte e cosí bene, che si era convinto d'esserci stato anche lui nel teatro di una città lontanissima, sotto un palcoscenico dove una negra a seno nudo, con addosso soltanto un ridicolo gonnellino decorato con banane di stoffa, dimenava cosce e natiche. La negra strabuzzava gli occhi e li incrociava, riempiva d'aria le guance e sbuffava fuori suoni assurdi e stridenti. Le banane della gonna dondolavano avanti e indietro, avanti e indietro. Il pubblico applaudiva impazzito dentro l'aria densa di fumo e odori e muoveva le braccia a tempo con la musica. Banane, applausi e musica, via il vento freddo di quel pomeriggio già buio; dentro la sua testa bollente di febbre c'erano solo la danza e la musica. Poi si era addormentato. La spalla di suo padre, ossuta e stretta, un po' spiovente, era un masso appuntito sotto il sole di un paese sconosciuto in cui la gente girava nuda per le strade e aveva il colore della noce di cocco.

Il viaggio in macchina il ragazzo lo ricorda solo per l'odore della benzina. Di tanto in tanto si svegliava con un conato di vomito, subito zittito dalla febbre. Il pomeriggio era diventato notte. Campagna nera attraverso la quale l'automobile fila veloce, silenzio teso tra suo padre e sua madre e stelle piccole al di là del parabrezza. Si era addormentato e quando aveva riaperto gli occhi, la strada aveva cominciato a rollare. C'era uno strano suono d'acqua che sbatteva e frusciava attorno a lui. Poi, un portone si è aperto e la testa di sua madre è scomparsa. Il cap-

pello di lana grigio ha scintillato nel buio con un unico guizzo. Ed è sparito.

La gobba nel letto di fianco al suo si solleva di scatto in un fruscio sordo di coperte e lenzuola che si accartocciano. Ne emerge un ragazzo grasso che lo fissa, gli occhi incollati di sonno, i ricci rosso fuoco che gli cadono sulla fronte.

Perché hai acceso la luce?

Lo fissa senza rispondere, la bocca asciutta, la testa vuota. Lo guarda. Guarda le chiazze rosa sul naso e sulle guance. L'altro si alza e bestemmia nel momento in cui le piante dei piedi toccano il marmo freddo del pavimento. Le braccia robuste scendono a sfiorargli i fianchi e oscillano avanti e indietro; le gambe sono divaricate in una posa ridicola e piena di sussiego.

Distoglie lo sguardo da quei piedi piatti e grassi. Si mette a sedere sul letto, scansa le coperte e cerca con gli occhi calze e scarpe. Come se potesse scappare.

Di' un po' tu, come ti chiami?

I suoi occhi fanno fatica a tornare su quella faccia. Gli gira la testa e il respiro è un risucchio stretto dentro i polmoni.

Rispondi, come ti chiami?

Pietro.

Il ragazzo rosso rivolge verso se stesso un dito corto e grasso.

Io mi chiamo Matteo Italo Francesco, ma puoi chiamarmi Matteo e basta.

Gli sembra che quel dito si sia conficcato nel petto del ragazzo. Immagina che adesso non riuscirà piú a levarlo e dovrà restare cosí tutta la vita: il braccio sollevato e il dito indice piantato nel petto.

Di', mi hai sentito?

Annuisce senza interesse, gli occhi già altrove, alla ricerca delle scarpe. Ma quello resta lí fermo e incalza.

Qua dentro, in questa stanza, ci sono arrivato prima io

e sono io che comando. Che cavolo ti piglia di accendere la luce in piena notte? E non mi guardare con quella faccia da imbecille! Parla. Ce l'hai la lingua?

Continua a guardarlo in silenzio. L'altro si china e afferra un calzino buttato in un angolo.

Poi vedi di tenere le tue robe in ordine, se no i preti se la prendono con me e io non ho nessuna intenzione di essere punito per colpa tua. Chiaro?

Annuisce di nuovo, piú per riflesso condizionato che per altro.

E adesso spegni, che voglio dormire.

Pietro spegne la luce, si stringe sotto le coperte. Ascolta i movimenti del compagno che sbuffa rigirandosi nel letto, il suo respiro diventare pesante. Ascolta i battiti lenti e uguali del proprio cuore.

È un animale in trappola.

Questo è il primo pensiero che gli arriva quando riapre gli occhi, stranito dai rumori che percorrono i muri e fanno vibrare il letto. Piú che un pensiero è una sensazione fisica. È premuto, costretto, è spinto da tutte le parti e non può muovere nemmeno un muscolo.

Il secondo pensiero che fa è che potrebbe essere morto. Il terzo pensiero è che no, non è morto, riesce ancora a respirare, il cuore pompa, può sentirlo se trattiene il respiro un secondo, le dita riprendono a palpitare, basta muoverle, il sangue ci batte dentro. Non è morto, ma di certo sta per morire, e allora piange, perché per morire questo è davvero il posto piú brutto del mondo. Un inferno deforme e cattivo che fa venir voglia di piangere. Le lacrime gli scendono silenziose, piccoli corsi d'acqua a flusso costante.

Questo è il posto piú brutto del mondo e sua madre non c'è. Morirà da solo, senza le sue mani ad accarezzargli la fronte, senza la sua voce che gli sussurra nell'orecchio parole assurde che solo lui può capire. Lingua da notte, da letto, da coperte tirate fin sopra la testa, parole che esistono perché esistono loro: lui, Pietro, e lei, mamma.

Ora muore. E se muore è perché lei non c'è. Schiaccia il naso contro la tela ruvida che fa odore di sapone e cenere, preme la bocca piú che può, fino a sentire sotto i denti il sapore schifoso della stoffa, la sua consistenza granulosa, di polvere. Gli occhi smettono di lacrimare. Poi ricominciano. Le tempie battono, il cuore annega. Si addormenta e non c'è nessun sogno, solo la febbre.

Capitolo secondo

Due giorni passano in silenzio. La porta della stanza si apre e si chiude a orari precisi. Il compagno di stanza esce e rientra. Un prete appoggia le dita fredde sul viso del ragazzo, gli sistema i capelli, asciuga le lacrime dalle guance, cambia la fodera del cuscino, bagna una pezza di stoffa in una catinella d'acqua e aceto, gliela rimette sulla fronte, gli solleva la nuca tenendola dentro la mano.

Quando apre gli occhi, il volto che vede fermo davanti al suo è quello di un uomo di mezza età vestito di nero. Ha gli occhi chiari e duri. Due pieghe fonde ai lati della bocca. Lo sguardo del ragazzo esce dalla superficie ristretta di quella faccia: muri bianchi e vuoti, una finestra, un armadio di radica rossa, due scrivanie, due sedie, un crocifisso nero. Una crepa nel muro davanti a lui, sopra la testa del prete.

Una crepa biforcuta, la lingua del demonio.

Il sonno scende rapido e lo porta via, dentro il buio.

Il terzo giorno vede qualcosa oltre la stanza. Il prete con gli occhi bianchi viene a prelevarlo, lo aiuta a vestirsi, lo accompagna a vedere questo posto in cui qualcuno ha deciso di rinchiuderlo senza chiedergli un parere.

Il Collegio.

Eppure, lui non è stato cattivo. Mai.

Non è detto che per andare in Collegio uno debba per forza essere stato cattivo.

Gli dice il prete.

In Collegio si viene per studiare. A quanto mi risulta, tu sei abbastanza bravo, ma un po' pigro. Qui la pigrizia andrà via di sicuro. Non le piace stare qui.

Forse adesso dovrebbe ridere. Ma non c'è niente da ridere. Quel prete se l'è scelto, questo posto di merda, lui no.

Eppure, sua madre gli ha sempre detto che lui era la cosa piú cara che avesse al mondo. Che mai lo avrebbe abbandonato.

Che mai.

Mai.

E invece: ecco.

Il ragazzo tiene gli occhi spalancati per non farsi sfuggire alcun dettaglio. Studia, osserva. Come se dall'esattezza di quest'osservazione dipendesse la sua possibilità di sopravvivere. E forse è davvero cosí: se sono veloce, pensa, se sto attento a tutto, anche ai particolari piú insignificanti che potrebbero celare trappole micidiali, forse mi salvo.

Il prete parla in continuazione, gli artiglia la spalla con le dita ossute da morto. Ha il viso segnato da rughe storte, occhi di ghiaccio incastrati sotto sopracciglia severe. Ogni tanto, le sue iridi lampeggiano e si scaldano come se stesse per sorridere, poi non lo fa. Si chiama Padre Janius. Un nome strano. Non dev'essere il suo vero nome. Qua dentro tutti si chiamano Padre. Padre Tobia. Padre Antonio. Padre Anselmo. Padre Ignazio.

E io sono Padre Janius. E questa è l'aula dove si fa lezione, quello là il refettorio, la palestra, la cappella, continua a enumerare il prete.

Il ragazzo osserva tutto, si imprime nella mente i colori delle panche, dei banchi e dei tavoli scorticati, del pavimento di marmo a losanghe.

Nero.

Marrone.

Bianco e nero.

Conta le finestre che si aprono sulle pareti. Finestre strette e altissime dietro le quali si stende un cielo bianco e svaporato. Uccelli bianchi e grigi grossi come tacchini si alzano in volo e planano con ali che sembrano lenzuola stese ad asciugare. I suoi tacchi battono un ritmo secco e costante, che aderisce a quello delle scarpe del prete. Macinano metri su metri. Questo posto è enorme. Spazi vuoti da attraversare per raggiungere i luoghi giusti. Il ragazzo si domanda quanto dovrà camminare, ogni giorno. Almeno, pensa, consumerò tempo in quello. Calcola un'ora di spostamenti, tra un tragitto e l'altro. Un'ora di vuoto. Per pensare, stare zitto, dettagliare piani di fuga.

Vede gli altri studenti. I suoi compagni. Dentro le aule, o in rapido passaggio lungo i corridoi infiniti. C'è poca luce, le facce non riesce a distinguerle bene. Sembrano tutte uguali. Portano l'uniforme: giacca scura con il colletto rigido come un collare ortopedico, camicia bianca, calzoni corti, calzettoni lenti di lana che pizzica, berretto sghembo che sembra sempre sul punto di schizzare via dalla testa. Scarpe lucide con la punta quadrata. Dei nani vestiti da ufficiali dell'esercito. Capelli tagliati corti e lisciati all'indietro a scoprire orecchie a sventola, fronti basse da ritardati.

Facce da vedere ogni giorno, da adesso in avanti. Nasi, bocche, orecchie, occhi, fisionomie da ricordare, da associare a nomi, voci e storie. Ogni giorno, dovrà svegliarsi in quella stanza gelida e indossare l'uniforme. Dire le preghiere in ginocchio davanti alla sponda del letto, perché i preti passano a controllare che alle sette e un quarto tutti i ragazzi stiano inginocchiati cosí, a testa china, le mani giunte davanti al viso, l'arco delle sopracciglia circonflesso a esprimere un'idea di beatitudine.

Gli viene da vomitare.

Uno strattone lo costringe a fermare il passo e a sollevare la testa.

Questa è la tua classe.

Ragazzi! In piedi!

Un milione di formiche si solleva di scatto dai banchi senza produrre il minimo rumore. All'unisono, si levano in piedi e voltano le testine oblunghe verso di lui.

I tuoi compagni, gli sussurra il prete, spingendolo dentro la stanza con un gesto fermo. Nessuno dice una parola. C'è un prete grasso in fondo all'aula, in piedi dietro una cattedra di legno chiaro. Ha quattro menti, gli occhi cattivi infossati dentro quintali di lardo, la faccia senza forma.

Lui è Pietro. Il vostro nuovo compagno.

Padre Janius gli indica un banco in fondo all'aula. Ora dovrà attraversarla per tutta la lunghezza e sostenere quegli occhi voraci da insetto puntati su di sé. Incassa la testa tra le spalle e si avvia a passo lento cercando di far risuonare il meno possibile i tacchi. Vorrebbe scomparire, farsi polvere o vento. Tutti quegli occhi lo mangiano. È una carcassa di animale abbandonata in un bosco e loro corvi, pronti a beccargli la schiena, le guance, a strappargli via la carne, fino all'ultimo, minuscolo, residuo.

Quando si siede, gli altri ragazzi non smettono di guardarlo. Voltano le teste tutti assieme, lo osservano con una concentrazione da studio anatomico.

Il grassone batte una riga sul tavolo, la sua voce in falsetto si leva acuta dal fondo della stanza. Una voce che non c'entra niente con quella pancia da tricheco.

Riprendiamo la lezione. Scrivete: *pueri spartiatae non ingemiscunt verberum dolore laniati punto adulescentium greges lacedaemone vidimus ipsi incredibili contentione certantes pugnis virgola calcibus virgola unguibus virgola morsu denique virgola cum exanimarentur prius quam victos se faterentur punto*

Il ragazzo chiude gli occhi, le mani sul banco. La penna orizzontale davanti al foglio a righe. Il cuore non si rimette in moto, è inerte come un sasso. La voce del grassone gli sfiata nelle orecchie e svapora. Le parole che dice sono solo riverberi. A fatica raggiungono i suoi timpani per rimbalzare via subito dopo.

Le parole del prete grasso sono un riverbero che sfiata nelle sue orecchie ed è per questo che la domanda che gli fa deve ripeterla tre volte prima che Pietro riesca a sentirla.

È a lezione, il suo banco è a destra, penultima fila. Il grassone è lontanissimo. Da lí si vede solo la sagoma del suo corpo che trasborda dalla sedia: una strana, gigantesca foca. La testina pelata a malapena si regge sul collo e sembra sul punto di sprofondare in quel mare di grasso ondeggiante.

La domanda il ragazzo non la sente, sente solo il tono ascensionale di una frase, che culmina col suo nome. Si distrae. La frase viene ripetuta altre due volte.

Si alza. La sedia striscia sulle mattonelle. Tiene lo sguardo fisso negli occhi invisibili della foca che ripete la domanda e lui di nuovo non la sente.

Avvicínati.

Si avvicina alla cattedra senza pensare a niente.

Allunga la mano destra.

Il ragazzo allunga la mano destra. Una lista di legno rigido gli percuote velocissima il palmo, una due tre volte. Non ritira la mano, non abbassa gli occhi. Pensa allo sguardo azzurro di sua madre mentre si allontana in macchina, con il finestrino sigillato. Il cappello grigio dietro il vetro.

Il prete urla qualcosa, poi abbassa il tono e gli dice di tornare al suo posto. Il ragazzo sente gli occhi acquosi della foca sulla sua schiena, mentre si allontana, un piccolo passo dopo l'altro, verso il banco. Si siede di nuovo, le mani sulla superficie fredda davanti a sé. Ed è in quel momento esatto che scopre di essere solo. Non c'è rabbia. Soltanto la fredda contemplazione dei fatti.

È cosí che vede che la sua vita cambia.

È solo.

Non c'è nessuno.

E deve sopravvivere.

Cosí, il quarto giorno il ragazzo capisce che dovrà cambiare anche lui.

Ora è in un'altra vita.

E non fa neppure male.

Le cose incerte fanno male, solo quelle.

Qui non c'è incertezza. C'è un banco, un prete grasso, dei compagni vestiti uguali identici a lui, c'è il latino, il greco, ci sono i saggi ginnici, la preghiera, un mondo organizzato da regole che scandiscono i giorni e li rendono l'uno la copia precisa dell'altro. Tutto quello che lui deve fare è impararle.

Il refettorio è una stanza lunga e stretta attraversata da un tavolo altrettanto lungo e stretto, i posti attaccati l'uno all'altro, un'unica finestra orizzontale e bassa che lascia entrare una striscia di luce lattiginosa. Il ragazzo si siede alla tavola scegliendo il primo posto libero, afferra un pezzo di pane, lo addenta e manda giú. È pane nero, tagliato a fette alte, la mollica si sbriciola in grossi pezzi polverosi e asciutti.

Fa schifo.

Mentre il boccone scivola nel suo esofago, una mano gli afferra la nuca.

Alzati in piedi. Sputa subito tutto.

Ingoia piú in fretta che può. Deglutisce piú e piú volte, ma quel pane stopposo non vuol saperne di scendere, gli sembra di soffocare, di sicuro morirà cosí, davanti a tutti, la faccia paonazza e quel boccone grumoso ficcato in gola e tutti scoppieranno a ridere. Morirà, ma continua a deglutire senza voltarsi, gli angoli degli occhi pugnalati dalle lacrime.

Ora va' nella tua stanza. Il pranzo per te oggi è finito. Stasera, quando avrai detto la preghiera con gli altri, potrai cenare anche tu. Ora vai.

L'uomo che gli stringe la nuca lo osserva con uno sguardo freddo. La bocca serrata. Non è vestito da prete come gli altri. Ha le scarpe marroni sporche di fango.

In camera tua. È bene che impari subito le regole del Collegio.

Pietro si allontana. Tutti lo guardano con occhi indecifrabili. Vorrebbero ridere, ma sanno di non poterlo fare. Lo fissano senza ritegno, dandosi di gomito.

È sempre il quarto giorno, e tutti hanno già avuto modo di notarlo.

E a partire da oggi, sarà una delle vittime degli scherzi piú infami. Come altri che sono piccoli, goffi, rachitici, troppo grassi o troppo magri. Troppo qualcosa o troppo poco qualcos'altro. Vittime perfette. Come lui.

Attraversa i corridoi deserti. Guarda fuori dalle vetrate: c'è solo il cielo grigio e poroso. Gli uccelli grandi come tacchini sono spariti. Sta per piovere, e lui ha fame. Si butta sul letto vestito e si addormenta di colpo. Sogna. C'è una luce dorata che si stende sul fiume come una pellicola. Non c'è nessun vortice pericoloso, nessuna corrente, l'acqua scivola lenta e lui e Irina ci si tuffano dentro urlando.

Sogna fino a quando il suo compagno di stanza non rientra e sbatte la porta. Gli urla di svegliarsi. Bisogna studiare, fare i compiti.

La risata di Irina si spegne e torna nel buio.

Di fianco a lui, sul letto, un peso leggero che si alza, un calore che svanisce. È una sensazione che dura solo un secondo.

Dopo è sveglio. Ed è solo.

Apri gli occhi.

Le tue palpebre sono pesanti, cosí pesanti che strisciano contro i bulbi oculari e ti fanno gemere per il dolore.

C'è sabbia dentro i tuoi occhi, e sangue.

Sabbia e sangue li hai anche nella bocca, sotto le unghie.

Apri gli occhi e non vedi niente.

Davanti a te c'è un muro.

È umido. Ci sono chiazze di muschio in cui appoggi la faccia, il naso, la bocca. Tiri fuori la lingua e la fai scivolare avanti e indietro. È insipido. Ha il sapore dell'erba. Della terra. E anche della polvere.

Fa freddo. I capelli ti si sono avvolti intorno al collo, sono rigidi e freddi, stringono come corde.

Le mani non riesci piú sentirle e neppure le gambe, né i piedi. Senti soltanto le ginocchia: sono quelle le due sporgenze dure che ti si conficcano nel ventre. È con la pancia che le senti, perché le gambe è come se non le avessi piú. E invece ce le hai. Sono lí, accostate al corpo.

Se tu potessi vederti da fuori, vedresti un feto rannicchiato in un buio ostile.

Ma non ti vedi.

Non vedi niente.

Pensi.

E pensi a com'è correre. A come i muscoli ti proiettano in avanti senza mai sbagliare, senza cedere e a come le giunture assecondano lo sforzo.

E allora vedi anche il sentiero che entra nel boschetto di betulle. Il sentiero che porta giú al fiume. Senti sotto le piante dei piedi il fango secco, gli arbusti spezzati, i piccoli sassi appiattiti dall'acqua.

Ci sei tu che corri, la camicia di cotone bianco ti svolazza attorno, riesci a toglierla senza fermarti e la lanci su un cespuglio. Rimane là appesa: una macchia bianca impigliata su un ramo spinoso.

Un'altra corsa si affianca alla tua. Ti ha quasi superato, ma tu acceleri.

Ora lo vedi, il fiume. Scintilla quieto sotto la luce del sole, manda riverberi bianchi. Ti acceca. Corri e ridi con la bocca spalancata. Sei senza fiato. E sei tu la prima a lanciarsi nell'acqua. Il tuo corpo schiocca contro il velo azzurro e lo rompe. Poi c'è un altro tuffo, piú insicuro del tuo. Ma tu sei già sotto, senti solo uno spostamento al tuo fianco. Un vortice gorgogliante.

L'acqua è dappertutto, ti riempie le orecchie, il naso, gli occhi.

Capitolo terzo

Il ragazzo si è svegliato per una settimana in questo letto freddo e duro senza ricordare neppure un frammento di sogno. Il sonno, dopo ore di attesa, arriva rapido e improvviso. Dorme come se fosse morto. Quando la campanella della sveglia comincia a suonare, i preti entrano nelle stanze a tirare via le coperte ai ragazzi per farli scattare piú veloci. Lui si tira su subito, incredulo. È ancora lí, nessuno è venuto a riprenderlo.

Cosí il Collegio è diventato la sua casa. L'incredulità sparisce. Al suo posto subentra una calma fredda. Sta anche imparando a fare piú svelto: piú rapido a svegliarsi, a vestirsi, a reagire. A fare come tutti gli altri ragazzi. Sta diventando proprio bravo.

Non fa amicizia con nessuno. Tutti lo evitano come se fosse un'ombra, salvo guardarlo da lontano, in massa, come un gregge forte solo nella moltitudine. E lui aspetta il primo colpo. È certo che arriverà. Non sa quando, non sa da che direzione, ma sa che arriverà.

Nell'attesa, non riesce a ricordare neanche una faccia. Le giornate scorrono lente e uguali.

Non riesce a pensare ad altro che a sua madre. Sono passati dieci giorni e ancora non l'ha vista né sentita. Aspetta e non sa cosa.

Che il tempo passi.

Che torni sua madre. Che venga a prenderlo e lo riporti a casa.

Gli altri, non esistono. Mosche fastidiose che ronzano nel suo campo visivo e di colpo spariscono, inghiottite da un vortice d'aria misterioso.

L'unica presenza è Irina. Soprattutto la notte. Il ragazzo si rannicchia nel letto, gli occhi e i pugni serrati, e sa che di lí a poco la ritroverà. Gli occhi si ammorbidiranno, le dita si apriranno e dormirà di nuovo come dormiva prima, a casa.

A casa, c'era sua madre. Poi c'erano Elide e Fosca. C'era Irina. Che da quest'estate non riusciva piú ad alzarsi. Se ne stava stesa a letto, all'ombra, e non parlava. Ogni giorno si addormentava un po' di piú. Di lei, tutti sussurravano una parola sola, che risuona nella testa del ragazzo come la piú orribile delle condanne a morte, un mostro senza volto, né arti, spaventoso come un fantasma o un'ombra maligna: consunzione.

Consunzione che suona come sparizione.

L'ultima volta che l'ha vista infatti gli era sembrata rimpicciolita, come se gli anni per lei avessero incominciato a correre all'indietro. Dadi che segnano sempre un numero inferiore fino a che le sei e sei dodici facce sono tutte lisce e senza segni.

Poi si era ammalato anche lui. E la sua malattia non era consunzione. Era febbre e stanchezza e mal di testa e vomito e tutte quelle cose che vengono a tutti di tanto in tanto. Una lunga influenza che non voleva saperne di finire. Gli si era anche infiammato un occhio. Spurgava tutto il tempo un liquido giallo e fetente. La mattina, appena apriva l'occhio sano, l'impulso era quello di sollevarsi a sedere sul letto, scaraventare via le coperte e andare di corsa nella stanza di Irina dove di certo il fuoco sarebbe già stato acceso e lei, con la grossa treccia puntata sulla nuca come un nido d'uccello, sarebbe stata seduta sul tappeto a costruire un castello di carte. Ci sarebbe stato odore di legna bruciata e di latte caldo, di pioggia che evapora e di violetta. L'insieme di odori che mescolati fanno l'idea di una persona.

Ma l'impulso spariva rapido. Non era ancora abbastanza mattina per alzarsi. Fuori dai vetri il cielo era nero, anche se era la fine di settembre sembrava già inverno. E Irina non c'era più, da nessuna parte: quella forma piccola, affogata da lenzuola e coperte, il viso smunto e i capelli sporchi sparsi sul cuscino, non era più lei.

Capitolo quarto

Nel Collegio, i rumori da fuori arrivano come echi. Le giornate scorrono scandite da regole perfette. Non c'è sforzo, basta farsi portare. Si scivola da un'ora all'altra senza peso. Soffioni sollevati dal vento. Quei fiori orribili e trasparenti, fatti di piume sporche.

Nell'ora di ricreazione, gli altri sfogano le energie: corrono, giocano a pallone, si esercitano all'uso della violenza; lui si spinge fino al limite del parco, cerca di forzare gli occhi lontano, in alto, fuori da quel posto dove tutto sembra fermo da secoli.

Quello che i preti chiamano parco è un rettangolo d'erba rinchiuso tra mura di mattoni rossi alte due metri e mezzo. Il portone principale dà su una strada, ma è sempre sbarrato. Dalla parte del parco, c'è il muro e oltre il muro, un canale. Si sente il suono dell'acqua, quello delle barche a motore che passano, i richiami dei barcaroli e dei facchini che lavorano sopra le chiatte da trasporto.

Il ragazzo annusa il vento come fanno i cani. La testa ribaltata all'indietro, muove solo la punta del naso e si riempie la bocca d'aria, la fa scorrere avanti e indietro sulla lingua. Cammina lungo il perimetro di mattoni coperti di muschio e si chiede se i rumori che sente arrivare di notte siano segni che qualcosa non va, che qualcosa di orribile sta accadendo là fuori ed è per questo che sua madre ha deciso di rinchiuderlo qui. Per proteggerlo.

Però nessuno dice niente.

E poi, cosa dovrebbe succedere, fuori?

La vita.

Questa invece non è vita. È chiaro a tutti. È addestramento. Tempo fermo, rappreso. In Collegio, non si parla mai di cosa succede fuori. Si parla di matematica. Di filosofia. Di storia. E di religione. Il mistero dello Spirito Santo viene indagato giorno dopo giorno con accanimento. Il Padre di turno suda, si tira il colletto tra le dita, passa il dorso della mano sulla fronte. Gli studenti stanno muti e rigidi come pezzi di ghiaccio. Hanno gli occhi spenti e le mani posate sul banco, immobili, ma le cosce tremano di spasmi involontari. Qualcuno sogna di correre, di saltare per le strade, in mezzo alla gente. Qualcun altro sogna una ragazza. Una caviglia, un sorriso. Non si può vivere solo di preti.

La notte, il ragazzo torna da Irina. Torna alla casa che abitavano insieme, al parco che a un certo punto, senza recinzioni o muri a rompere lo sguardo, si confondeva con i campi. C'è spesso la nebbia in questi sogni e loro corrono. Lei davanti, sottile e leggera. Lui dietro, con la faccia rigida e seria, ma esultante, dentro. Irina si volta verso di lui e ride.

Scemo, corri troppo piano.

La bocca della ragazzina si apre nella risata. I denti sono triangoli bianchi e lucidi. Mentine di zucchero dentro un barattolo di vetro. Fa pensare tutta quanta al vetro, Irina. Tenace ed elastica eppure cosí fragile. Basta un colpo di vento a farla crollare a letto malata. Però è sempre allegra. Ha gli occhi grigi. Le guance rosa. La bocca pallida che si colora di rosso quando ride. I capelli castano dorato stretti in una grossa treccia. Una massa voluminosa e increspata che le arriva in fondo alla schiena. Quando fanno il bagno giú al fiume, nudi tutti e due, la treccia le nasconde la linea della spina dorsale. Ossuta e spigolosa, eppure piena di grazia. Tutto il suo corpo è cosí: angoli e ossa che si incastrano sotto la pelle. I movimenti che fa sono quelli di un piccolo animale selvatico. Sul petto, ci sono due punte aguzze, rosa intenso. Una promessa. Corre con le mani premute a nasconderla mentre si lancia nell'acqua.

L'acqua è dappertutto.

Ti ha riempito le orecchie, il naso, gli occhi.

Ma è acqua fredda. Puzza di marcio. Ti afferra le ossa e non le lascia.

Non ridi piú.

Non c'è nessuno spostamento al tuo fianco. Nessun vortice gorgogliante. Nessun peso, nessun calore.

Soltanto un muro coperto di muschio. Un muro senza angoli che ti gira attorno e stringe.

Sei sveglia e sei sola.

C'è buio qui. E silenzio.

A un certo punto ti addormenti. La fronte batte sul muro. Il muschio è morbido.

Dormi e sogni.

Era correre: mettere un piede davanti all'altro, veloce sollevarsi sulla punta delle dita, senza toccare il pavimento con i talloni.

Era giocare a palla contro il muro: spingere le braccia in avanti, verso l'alto, poi lasciarle ricadere e quasi subito rialzarle, afferrare la palla, e di nuovo spingere.

Era camminare mano nella mano sul sentiero stretto, gli steli lunghi delle erbacce a graffiare gli stinchi nudi, il ronzio degli insetti fra i capelli, scacciarli con la mano libera, sorridersi.

Era arrivare giú al fiume, scivolare con i piedi nudi sui sassi umidi, tenersi forte l'uno all'altra per non cadere.

Era finalmente lanciarsi nell'acqua ghiacciata, le mani a coprire il petto tu, a nascondere l'inguine lui.

Questa era l'estate.

L'autunno, lo stesso sentiero, mano nella mano, ma niente ciottoli scivolosi sotto i piedi nudi. Solo restare seduti in silenzio, a guardare l'acqua più veloce, le scaglie di luce smorta che saltano sulla pelle del fiume. E si perdono, lontane.

Adesso è sempre autunno, ma è stare immobili. Gli occhi aperti nel buio.

Capitolo quinto

La notte, il ragazzo ascolta. Ascolta il respiro del suo compagno di stanza, i gemiti improvvisi che accompagnano chissà quali sogni. Ascolta gli scricchiolii del palazzo, i passi dei preti che vegliano e pregano, lo strisciare di decine di piedi nudi senza pace, il rumore di carta appallottolata che fanno i corpi dentro i letti. Anche lui si gira e si rigira nel letto e cerca di tenere gli occhi chiusi. Ma il sonno non arriva, troppi pensieri gli corrono in testa e gli spalancano a forza gli occhi nel buio. Allora scivola fuori dalle coperte, percorre lento la distanza che lo separa dalla porta. Esce dalla stanza e cammina lungo il corridoio stretto e infinito sul quale si aprono le porte delle camerate. Il silenzio è fermo e freddo. Sembra che anche la notte si sia concentrata in un solo punto del tempo. Le piastrelle di marmo sono gelide sotto la pianta dei piedi e lo spingono a sveltire il passo. A destra, in fondo al corridoio, c'è la grande scalinata che porta al piano inferiore. A sinistra, il corridoio si restringe in una feritoia strettissima. Il buio diventa sempre più denso mano a mano che lui si avvicina. L'ultima porta è più piccola delle altre. È stretta e bassa, il legno è rosicchiato dalle tarme. La apre piano, per non fare rumore. Davanti a lui, c'è una rampa di scale ripida e buia. Poi un'altra e un'altra ancora. Dall'alto, cade un fascio di luce lattea che gli colpisce in pieno il cranio. Quando sale gli pare di essere un'anima pia che va verso il cielo ammantata dalla luce dello Spirito Santo.

Le chiacchiere dei preti non gli fanno bene per niente.

La paura svanisce mentre va verso la luce, anche se lo scricchiolio maligno degli scalini sotto i piedi lo infastidisce. Una distrazione che cerca di attirarlo di nuovo dalla parte sbagliata, proprio ora che ascende alla calma. Si concentra sull'idea della finestra che sta per raggiungere.

Dalla finestra, si vede l'Isola dei Morti. Che è l'Isola dei Morti non lo sa da molto. E non glielo ha detto nessuno. L'ha capito da solo.

È la finestra piú alta del Collegio, da lí si riesce a vedere un'acqua che non sia quella viscida e verde del canale attorno all'edificio. Questa si apre come mare aperto. Nero lucido e svaporato qua e là, acqua che bolle dentro un immenso pentolone.

La forma che vede dritto davanti a sé è un disco di terra piatta circondata da mura rosse. Dentro, ardono continui migliaia di piccoli fuochi.

All'inizio la chiamava cosí, l'Isola dei Fuochi.

Le fiamme salgono nella notte coniche come le punte dei cipressi, ombre nere nel nero.

All'inizio, avrebbe voluto scappare dal Collegio, lanciarsi in acqua e nuotare fino all'isola. Scavalcare i muri rossi e riposare al caldo di quei fuochi. Ora non vuole piú, ma gli piace guardare l'isola e pensare che stare là non deve essere tanto peggio che stare qui.

A Irina l'isola piacerebbe moltissimo. Sarebbe bello se potesse stare lí anche lei. Un piccolo fuoco tra gli altri.

Stare immobili. Gli occhi aperti nel buio.

Cani che abbaiano.

Passi nervosi che calpestano la ghiaia. Frusciare d'erba e i cani, ancora. Latrati secchi come colpi di tosse.

Il freddo aumenta, l'umidità ti inchioda le ossa, le spezza.

I capelli si gonfiano, elettrici e fanno prudere naso e occhi. Non puoi grattarti. Il prurito ti striscia addosso: insetti pelosi, urticanti.

Una luce improvvisa. Poi di nuovo buio.

Chiudere gli occhi e aspettare.

Il freddo aumenta ancora, il sangue dentro va piano, è una cosa solida.

Cani che abbaiano. Poi silenzio. Notte.

Aspettare. E allora, pensare. Con gli occhi serrati, aprire altri occhi che stanno più dentro, più in fondo. E vedere qualcosa di bello. Qualcosa capace di non farti più sentire il freddo feroce, il sangue ghiacciato, la pelle raggrinzita, le braccia e le gambe spezzate. L'acqua nera attorno, che sale e ti prende.

E allora guardi la casa, da dentro.

Fuori, è una mattina d'inverno, la stagione che preferisci. Tu sei dentro la casa, e la vedi. Vedi anche il colore dei campi fuori dalle finestre, il bianco del cielo, il velo di nebbia che sale dalla terra.

Sembra che se ne siano andati tutti.

La casa che vedi, oggi è fatta di angoli vuoti. Piove, anche. E la pioggia entra, insieme al vento, dalle finestre spalancate.

La pioggia scioglie la nebbia. Se piove, forse piú tardi uscirà il sole. Un velo anche quello, pallido e sottile.

Cammini. Camminare a piedi nudi sul pavimento liscio e freddo è una cosa che puoi fare solo quando nessuno ti vede.

Ti ammalerai, direbbero.

Prenderai freddo, poi starai peggio.

Ma oggi sembra proprio che non ci sia nessuno e tu attraversi a piedi nudi le stanze, una dopo l'altra e i corridoi ti sembrano infiniti e infinite le finestre che si aprono nei muri.

È una mattina molto fredda e sui campi la striscia di nebbia si stende come un lenzuolo.

Cammini svelta, ascolti il suono dei tuoi piedi che schioccano sul marmo, volti la testa verso le vetrate e fai entrare negli occhi l'immagine dei campi gelati.

Il tuo passo accelera e dopo un po' stai correndo. Corri con le braccia spalancate e nella corsa sfiori le tende e i muri con la punta delle dita.

Solo quando si è soli, si può correre cosí.

Suderai, ti direbbero, e la febbre tornerà.

Ma oggi non c'è nessuna voce, nessun rimprovero.

Oggi, la casa è un'immagine che vedi con gli occhi dentro il cervello, occhi che vedono le cose che vogliono vedere, perché tu sai concentrarti.

Oggi, vedi quello che vuoi vedere.

E nella casa che vedi non c'è nessuno. E si può correre, e sudare.

Poi torni qui.

E ricomincia tutto.

Il freddo.

Il battito del cuore che incattivisce.

È cosí che comincia la paura.

Ecco anche l'odio.

Capitolo sesto

Irina non c'è piú, da nessuna parte, Ernesto invece è un fantasma sbucato fuori all'improvviso.

Una notte, arrivato in cima alle scale, Pietro aveva visto una sagoma bianca appoggiata contro i vetri della sua finestra. Guardava fuori, le spalle ossute come quelle di un coniglio, i polpacci magri che sbucavano dalla camicia da notte. Una visione, una cosa che veniva dalla sua testa. Era come un quadro, osservato dalla distanza giusta. Aveva fatto un passo in avanti e la luce bianca della luna aveva inglobato anche lui. La sagoma si era voltata di scatto, un gatto svegliato di colpo da un rumore. Si era rimpicciolita contro lo stipite della finestra, la faccia chiusa come un pugno. La camicia da notte gli navigava attorno. Il cuore doveva saltargli come quello di un animale preso al laccio. Non era una visione della sua testa, era un ragazzino in carne e ossa.

Ciao, che ci fai qua?

Niente.

Come niente, sei qui, no?

Sí.

È la prima volta che vieni?

No.

Io ci vengo sempre e non ti ho mai incontrato.

Il ragazzino non gli aveva risposto. Si era girato verso la finestra. Sembrava che osservasse un punto preciso, come se stesse aspettando un richiamo, un gesto da qualcuno. Poi si era voltato di nuovo.

Tu non mi hai mai visto, ma io sí. Aspetto sempre che vai via prima di salire. Ti vedo passare dalla porta della mia camerata. Tu sei quello che sta nella stanza doppia. Tu non stai nelle camerate.

Mi chiamo Pietro.

Io Ernesto.

Gli aveva dato la mano da stringere e a Pietro era venuto da ridere.

Quanti anni hai?

Undici.

Io dodici e mezzo. Piacere, molto lieto di conoscerLa.

Il ragazzino non aveva riso e nemmeno sorriso.

Erano rimasti lí a guardare l'Isola dei Morti, le fiammelle che si alzavano nel blu sempre piú chiaro. Spalla contro spalla, i respiri che velavano il vetro di bianco. Un alone un po' piú basso dell'altro.

Le notti adesso durano meno. Una corsa zitta verso la porta nera in fondo al corridoio. Piedi nudi che scalano veloci ogni gradino fino all'ultimo. Nella stanza alta del Collegio, davanti a quell'ombra infuocata di piccole luci, al ragazzo sembra di dare un senso alle giornate. Stanno lí fermi, a volte parlano e a volte no. Si raccontano delle cose. Dicono quello che faranno dopo, quando il Collegio sarà finito. Resteranno amici anche da vecchi.

Queste cose, le dice Ernesto.

Lo lascia parlare. Lo vedrà da solo come è fatto il mondo. La gente un giorno c'è e il giorno dopo non c'è piú.

La mattina si veste sempre in fretta, senza lavarsi. Fa troppo freddo, bisogna fare veloci a coprirsi.

Fuori il cielo sembra ghiacciato. Dentro, si sente solo il rumore dei corpi dei ragazzi, il fruscio secco dei vestiti contro la pelle, lo schioccare dei piedi sul pavimento.

Il compagno di stanza si lava a pezzi con l'acqua grigia

del catino. Urla per i brividi, schizza dappertutto. Pietro immagina di estrarre dalla tasca dei calzoni il coltellino svizzero che gli ha regalato suo padre e di sgozzarlo dentro il catino smaltato.

L'acqua sporca si colora di rosso.

Immagina.

Poi passa.

Capitolo settimo

Il ragazzo passeggia lungo le mura del giardino, è l'ora di ricreazione. Cerca di trapassare con lo sguardo i mattoni che segnano la sua clausura, Padre Janius si avvicina, sorvola le foglie secche che coprono l'erba, gli mette una mano sulla spalla. La tonaca gli avvolge in folate veloci il corpo lungo.

È arrivata tua madre.

Lo sguardo del ragazzo resta fermo sui mattoni rossi, una palla bloccata nel momento preciso dell'impatto con il muro.

È arrivata tua madre.

Le gambe cominciano a muoversi allo stesso ritmo di quelle del Padre, un lembo della tunica gli sbatte contro un fianco, il vento è dappertutto, fischia nelle orecchie, fa lacrimare gli occhi. È cosí che la vede: gli occhi gonfiati da gocce d'acqua involontarie. Lei è una sagoma ritagliata da un cappotto verde. Le scarpe hanno i tacchi alti. Non fa un passo verso di lui, forse nemmeno lo vede, fuma una sigaretta tenendola tra pollice e indice, come ha sempre fatto, come il ragazzo non ha mai visto fare a nessun altro. Si guarda la punta di una scarpa. I capelli che sbucano dal cappello sono corti e arricciati, piú chiari di come se li ricordava.

Bene, vai, forza.

Si irrigidisce sotto la mano del Padre che lo spinge avanti.

E in quel momento è lei a voltarsi dalla loro parte, un

giro di pochi gradi porta il suo viso di fronte a quello del ragazzo. Gli occhi grigi brillano. Quelli sono sempre gli stessi.

Forse non ha smesso di amarlo.

Accende sigarette che non le aveva mai visto prima, sigarette verdi che profumano di menta. Sbuffa il fumo da un angolo della bocca e sorride, senza smettere un secondo di parlare e di muoversi.

Mi dispiace di aver aspettato cosí tanto per venirti a trovare, ma abbiamo avuto molte cose da sistemare a casa, non hai idea della fatica, tuo padre è sempre in viaggio e abbiamo dovuto far tutto da sole io e le domestiche. Irina era tanto malata, lo sai, vero?

Pietro abbassa la testa. La mattonella sotto il suo piede destro è attraversata da una crepa sottile. Una formica corre a nascondersi nella fenditura, la grossa testa nera sormontata da minuscole antenne vibranti.

Sistemare.
Hanno sistemato Irina in una bara.
Hanno messo fiori intorno a lei.
Hanno fatto il funerale.
L'hanno seppellita.
Hanno pianto.
Poi hanno smesso di piangere.

Queste cose, lei non le dice. È il ragazzo a pensarle.

Adesso sono un po' di fretta, ho delle altre cose da sbrigare qui, poi ho il treno alle due e mezza per tornare a casa. Mi dispiace tanto amore mio. Ma vedo che stai bene. Stai bene, no?

Non gli dà neanche il tempo di rispondere.

La prossima volta vieni a casa, tra poco ci sono quattro giorni di vacanza lo sai, no? Vieni a casa con me, magari a prenderti ci viene tuo padre o veniamo insieme, adesso vediamo. Ti va vero, di tornare per un po'? Abbiamo rifatto la tappezzeria della tua stanza, è azzurra adesso, ti piace l'azzurro? Non si può mica dormire col giallo, fa pensare al vomito. Questa è azzurra, ti piacerà, vedrai. Ho cambiato anche la tenda, era tutta rovinata, quella tenda verde, aveva anche dei buchi, non me n'ero mai accorta, è blu adesso, di un bel velluto grosso.

Accende un'altra sigaretta, sbuffa il fumo, scuote la mano nell'aria, davanti a sé. Vorrebbe abbracciarla, ma lei sta lontana, lo sfiora soltanto con la punta delle dita e le sue unghie laccate di rosso sono taglienti sulla pelle; lo sfiora, ma non lo abbraccia.

Quando Padre Janius si avvicina, lei spegne la sigaretta con la punta della scarpa, arrossisce, mi scusi, dice, non dovevo fumare qui. Mi spiace anche per la cenere, non sapevo dove metterla.

Padre Janius fa un gesto veloce della mano per dire: non importa. Ma lei ha capito. È ora di andare.

Si china verso il ragazzo, gli occhi sono grigi e asciutti. Un abbraccio che dura una frazione di secondo, mezzo respiro. I suoi seni gli spingono per un istante contro il petto.

Pietro chiude gli occhi. Non si era accorto di essere cresciuto cosí tanto, ora è alto quanto lei, manca poco, due centimetri forse. Non ha detto nemmeno una parola, eppure avrebbe voluto chiederle perché.

Soltanto questo: perché?

La porta a vetri si chiude. E lei non si volta.

Fuori dalle vetrate dell'aula, il cielo si infuoca di colpo, poi si spegne. I grossi uccelli bianchi e grigi spariscono. La testa del ragazzo ciondola vuota sul libro. Immagina casa sua, il parco, pensa a come sarà tutto quello spa-

zio senza Irina, vede il cane che corre da solo tra gli alberi e salta tentando di azzannare un passero piú lento degli
altri.

I caratteri del libro saltellano sotto i suoi occhi.

Ei son tra l'anime piú nere;
diverse colpe giú li grava al fondo;
se tanto scendi, là i potrai vedere.

Padre Janius tossisce. Tamburella con le dita sul banco.
Concentrati. Non stai leggendo per davvero. Devi imparare a controllare i pensieri, a dirigerli, a farli andare dove vuoi tu.

Pietro abbassa la testa sul libro, gli occhi non seguono
le righe nere delle frasi, guardano in un posto nascosto.
Vede il cespuglio di caprifoglio in fondo al parco e Irina
stesa per terra, a pancia sotto, le braccia e la testa infilate
in mezzo alle foglie. Cerca di acchiappare il gatto guercio
che si è stabilito nel giardino. Dice che vuole «domesti-
carlo».

Cosí dopo diventa uno di famiglia come noi.

Quando il gatto la graffia, tira fuori le braccia insan-
guinate senza dire una parola, gli occhi grigi induriti da un
pianto che non vuole far scorrere.

Irina sa piegare la volontà. Non è come lui.

Però di non morire non è stata capace. Una pecca nella sua volontà, doveva esserci da sempre. È da quel per-
tugio stretto e maligno che la morte è entrata strisciando
e l'ha convinta a seguirla.

Anche lui lotta ogni giorno contro la sua falla, quella
che gli impedirà di esercitare la volontà fino in fondo. Ha
quasi tredici anni e già gli tocca trasportare ogni giorno
quintali di sabbia per cercare di turare il piú a lungo possibile quel buco. Per tenerlo a bada e non permettergli di
allargarsi a sua insaputa. Ogni giorno, lotta con un essere
sconosciuto che gli vive dentro come un assassino, in ag-

guato. Armato fino ai denti come un soldato che ha visto
in una delle fotografie che stanno dentro il cassetto della
scrivania di suo padre, nello studio. In quella foto, c'è il
fratello del padre di suo padre. Lo zio Bruno. Il Tenente,
fotografato insieme a tre dei suoi soldati. Stanno traspor-
tando le mitragliatrici pesanti. Oltre a quelle, montate come uno zaino sulla schiena, hanno il fucile a tracolla che
dondola sul fianco destro, e ancora, legati alle spalle, le
cassette di munizioni, il treppiede e un lungo coltello infilato nella cintura. Sono in quattro e camminano lungo
un sentiero di montagna, la schiena dritta, come se tutto
quel carico non fosse altro che una cesta colma di fiori al-
pini invece che artiglieria.

Lui non deve trasportare artiglieria. La sua unica arma
è quella sabbia finissima eppure cosí pesante da portare.

La sua volontà è fatta di sabbia, e la sabbia, prima o
poi, crolla.

Dopo cena, quando rientra nella stanza, il compagno
sta facendo ginnastica. È steso per terra, a torso nudo.
Avanti e indietro, dieci, venti addominali, trenta e poi cinquanta, fino a cento. Flessioni sulle braccia, venti, trenta,
quaranta, cento. Gocciola palline di sudore che scoppiano
sul pavimento.

Lo guarda senza dire niente, l'altro non si è accorto di
lui. Gli piace osservare i muscoli che si tendono. Da grande magari diventa un finocchio. Di quelli che vanno con
gli uomini. Che è contro natura. Pensa questa cosa e si
spaventa. Poi si ricorda che piú di tutto gli piacciono le
tette. E le tette gli uomini non ce le hanno. Resta lí fermo, ascolta gli sbuffi del compagno, lo scricchiolio dei gomiti quando si solleva: il rumore di un bastoncino spezzato in due.

Faccia di pesce, cosa fai, mi stai spiando. Mettiti anche tu a fare un po' di ginnastica. Mica ti fa male. Hai paura di svenire?

Ha le mani sui fianchi e le gambe divaricate; le lentiggini sulle guance sono ancora piú rosse del solito.

Dài, spogliati e vieni qua a fare un po' d'esercizio.

No. Adesso sono stanco. Voglio andare a letto.

Hai dormito tutto il pomeriggio e poi sei sempre stanco, che ti credi che non ti guardo quando facciamo ginnastica giú in palestra? Sei lento, si vede che non sei abituato a far niente.

Si sfila la giacca liberandosi con uno scatto dalla presa del compagno. Leva anche la camicia, resta coi calzoni e le scarpe.

Levati anche quelle. Dài, levale, io sono scalzo, devi essere scalzo anche te.

Quando si abbassa e incomincia a sciogliere le stringhe, una botta lo colpisce alla nuca. Il dolore parte dalla base del collo e si allarga in cerchi sulla spina dorsale, scende giú, fino ai talloni. Cade in ginocchio.

Visto quanto sei fesso? Impara a difenderti, se no sei finito. Qua dentro non stai simpatico a nessuno. Ti hanno lasciato stare perché non hanno ancora capito che tipo sei, ma un giorno o l'altro rischi di finire in qualche casino.

Gli offre la mano per aiutarlo a rialzarsi.

Pietro non riesce a capire, ma decide di non fare domande. Matteo non sembra disonesto. Simpatico, no di sicuro. Ma è sincero. Dice il mondo com'è.

È lui che ancora non sa niente, del mondo.

Non voglio che mi odiano.

Non ho mica detto che ti odiano. Ho detto solo che non gli stai simpatico. È diverso. Neanche a me stai simpatico. Ti caghi sotto di paura per tutto. Staresti attaccato alla sottana di tua madre se non ti avessero mandato qui. Scommetto che prima era cosí che facevi.

Il ragazzo non risponde. Abbassa la testa, guarda l'ombra a forma di uovo che fa la sua testa contro il pavimento.

Come faccio a farli smettere?

Cresci, cazzo.

Il compagno tira su col naso e fa un rumore che sembra un grugnito, si sputa sul palmo della mano un grumo di catarro verde e sciacqua la mano nel catino.

Vedi di crescere. Tutto qua. Vedrai che i coglioni non te li rompe piú nessuno.

Crescere.

E come si fa?

È una cosa che succede e basta.

Il ragazzo guarda il grumo verde di catarro disfarsi nell'acqua. La schiena del compagno coperta di gocce di sudore piccole come pulci. Si infila nel letto con i vestiti ancora addosso e chiude gli occhi.

Sogna sua madre che corre. Indossa un vestito molto brutto e molto stretto, che non le ha mai visto prima. Ha i capelli lunghi, raccolti in una treccia. Porta delle scarpe nere, mezze sfondate. Corre come una pazza in mezzo a una strada deserta e intorno non c'è piú niente: né case, né macchine, né persone. Tutto è pieno di buchi, crateri enormi e fumanti, come vulcani in eruzione. La vede correre da lontano, la chiama, vorrebbe raggiungerla per sapere da cosa scappa, da chi, ma il sogno si interrompe.

Quel giorno, gli arriva una lettera di sua madre. È un'abitudine che ha da sempre, quella di scrivere lettere. Scrive a tutti. Amici, conoscenti, scrive di continuo. Adesso scrive anche a lui. Un'altra via da vergare sulla busta con numero civico e tutto. Un altro nome che entra nelle sue giornate in forma di lettere alfabetiche ingobbite e inchiostro bordeaux.

Adorato bambino perdonami se è passato tanto tempo da quando sei al collegio

Sono passati quasi due mesi. È inverno adesso.

e io non ti ho ancora mai scritto è che come ti ho detto quando sono venuta a trovarti ci sono state cose da fare qui e non ho mai trovato il tempo per sedermi alla scrivania e parlare con te mi manchi tanto e manchi a tutti qua a tuo padre a Fosca che cucina ogni domenica il pasticcio di maccheroni in crosta con l'idea che tu sarai contento e poi quando lo tira fuori dal forno si ricorda che sei al collegio e non qui con noi te ne porterò una teglia la prossima volta anche se forse non potete ricevere cose da mangiare o sí, non me lo ricordo, dovrò chiederlo ai preti oppure lo mangerai quando vieni a casa

Un a capo improvviso, senza punto:

Tuo padre ti vuol bene e il cane Belbo sente la tua mancanza tra poco verrai a casa per i morti e noi stiamo organizzando una cosa bellissima, una festa con molti invitati vedrai
   Succedono tante cose ma tu non puoi saperlo sei lí e poi sei ancora cosí piccolo...

Ancora cosí piccolo.
È alto un metro e sessantadue. Pesa cinquantatre chili. I muscoli si sono ingrossati. La voce sta cambiando. Gli spuntano i primi peli. La notte a volte, la mano gli scivola sul sesso e all'improvviso arriva uno strappo che lo fa avvampare di vergogna.
Però è ancora un bambino, scrive lei.
Non può sapere che cosa succede. Sta in Collegio.
In Collegio, succede tutto.
Come fa a non capirlo?

La tua mamma ti abbraccia da tenerti stretto stretto dentro le braccia e ti dice che avrai un regalo meraviglioso per il tuo compleanno che è vicino

Rilegge la lettera un'altra volta. Questa è la calligrafia di sua madre, il suo tono. Però ogni giorno è un mattone aggiunto al muro che le cose che sono successe hanno iniziato a costruire fra di loro.

Cose che lui non sa.

Ernesto una notte gli ha parlato di sua madre. Ha detto che non si ricorda quasi niente di lei, solo i capelli, neri e lunghi fino alla vita. Glieli ha visti una volta sola tutti sciolti ed è stato quando è morta e l'hanno messa dentro la bara. Erano sciolti sulle spalle, sulle braccia, sul vestito bianco che portava il giorno che si era sposata con suo padre. Mentre parlava di lei sorrideva. Ha detto che era talmente buona che non riesce a star male quando ci pensa. E Pietro si è domandato perché invece quando lui pensa alla sua piange tutte le volte.

Alita fiele sul vetro della finestra, gli occhi chiusi.

La mano si solleva, le dita stringono la nuca di Ernesto. Al contatto con i capelli cortissimi riapre gli occhi di scatto.

Irina aveva i capelli lunghi. Fronde ruvide come stoppa.

Ernesto è un maschio. Niente treccia. Nuca scoperta, piccola che sta dentro una mano.

Si vergogna. Lascia scivolare il braccio lungo il fianco.

Le punte dei cipressi dentro le mura dell'Isola dei Morti si infiammano di luce.

Il compagno sta uscendo dalla stanza. Lavato e vestito. La faccia rubizza ancora gonfia di sonno, il passo marziale.

Sei senza coglioni. Sempre tutte queste storie per alzarti.

Pietro lo guarda andar via senza rispondere. Lo sa che ha ragione. È Matteo che vede il mondo dal lato giusto.

Poi però gli viene in mente che il mondo non è un quadrato, e non ha lati.

Padre Janius aspetta che Pietro finisca di vestirsi. Strofina le mani come se avesse freddo.

Tuo padre verrà a prenderti domattina. Starai a casa una settimana. Devi dormire di piú. E pensare a certe cose. Fa' un esame di coscienza, lo sai di cosa sto parlando. Rifletti tra te senza dire niente a nessuno, pensa se sono cose giuste oppure no.

Di cosa parla?

Sono poche le ore che lo separano dalla sua vita di prima, e il ragazzo deve fare in fretta. Cancellare tutti i sogni fatti in queste ultime settimane, smettere di desiderare che Irina sia là ad aspettarlo. Convincersi che tutto – la villa, il parco, il cane, la gente del paese, Fosca che prepara il pasticcio, i contadini vestiti diversi da quelli di famiglia, i dischi di jazz sparati a tutto volume, gli innumerevoli appuntamenti di sua madre con orde di commercianti, contabili, falegnami, sarte, modiste, il giro in automobile la domenica pomeriggio, il cinema, il gelato preferito da lui e Irina, una coppa gigante con in cima un'enorme ciliegia rossa che fa schifo a tutti e due ma che piace al cane, il suo letto, la tenda che ora non c'è piú, le crepe sui muri conosciute una per una, i vasi di azalee, le labbra di sua madre che induriscono in una smorfia ogni volta che qualcosa non va come lei vuole e tanto altro – quanto altro – sia stato davvero il suo mondo, anche se ormai nemmeno riesce a ricordare il colore dell'intonaco di casa. E soprattutto, quello che non riesce a ricordare è che spazio occupava lui in tutto questo.

Capitolo ottavo

Sta seduto al suo banco con le spalle dritte. Le teste dei compagni oscillano come grossi bulbi infilzati su un fil di ferro. Scrivono veloci sui quaderni a righe e coprono d'inchiostro nero le pagine bianche. Le sue mani invece stanno ferme, lo sguardo fila veloce oltre loro, oltre il prete grasso che detta la versione di latino, oltre i muri bianchi dell'aula, oltre i muri rossi del cortile, oltre le case di una città che non conosce, oltre le punte, gli smerli, le guglie dorate, oltre i cipressi neri e rossi dell'Isola dei Morti, oltre la distesa d'acqua verde. Verso un mondo nuovo, tutto da imparare. Un mondo a metà tra una carta geografica e una versione di latino.

Stanotte è salito alla stanza alta prima del solito, non riusciva ad aspettare di essere sicuro che tutti dormissero. Aveva fretta di arrivare alla mattina dopo. Ernesto era già lí. Si vedeva che aveva freddo da come stava rannicchiato in un angolo, con le braccia strette attorno alle ginocchia.

Mio padre non viene.

Quando?

Domani.

Domani cosa?

Domani lui non mi viene a prendere.

Perché?

Non lo so.

Come non lo sai, ti avranno pure detto qualcosa.

Che non può.

Avrà i suoi motivi. Fa troppo freddo qua dentro, torniamo a dormire, dài.

No.

Il no rimbomba nella stanza come uno sparo.

Piange, la bocca piegata in una smorfia, il naso che cola.

Se ne vanno via tutti... e io resto qui con i preti... voglio tornare a casa, perché non mi viene a prendere?

Se vuoi, puoi venire a casa con me.

Potrebbe dire queste semplici parole. Non ci vuole niente. Apri la bocca e dille, pensa. Però le sue labbra restano chiuse.

Prima di andargli incontro, Pietro è rimasto a guardare suo padre nascosto dietro una colonna. Nel via vai di ragazzi che uscivano e di genitori in attesa, il padre non poteva accorgersi del ragazzo che lo spiava dall'alto della scalinata. La piccola valigia di cuoio rosso in mano, la giacca e i pantaloni della divisa del sabato.

Il ragazzo guarda suo padre. Lo osserva attentamente. Alto, magro, i baffi neri che seguono la linea dritta della bocca, gli occhiali che pendono un po' sul naso aquilino.

Non prova niente. Ma non è una novità. Suo padre vive in un mondo che non è il suo. Parla di politica con altri uomini come lui, parla di scioperi e di paghe e di contratti. Suo padre vive per la Fabbrica. È là che va ogni mattina alle sette precise ed è là che passa le giornate tutte intere fino alle sei, quando non è in viaggio per affari. È l'unica fabbrica del paese. Ci lavorano trenta operaie e venti operai. File di telai e macchine da cucire e loro chini sopra, vestiti tutti uguali: grembiule e ciabatte. I rotoli di stoffa entrano da una parte e dall'altra, tante file dopo, escono uniformi perfette, rigide come se fossero di legno.

Il ragazzo fa questi pensieri tutti insieme. Guarda suo
padre, fermo in mezzo all'atrio, il cappotto lungo, le scarpe lucide, il cappello in mano. Scende le scale di colpo, due
gradini alla volta, la valigia rossa che gli stira il polso e che
oscilla avanti e indietro e rischia di sfuggirgli.

Davanti all'ufficio di Padre Janius ci sono due grandi
piante sempreverdi. Pietro spezzetta le punte delle foglie,
gli piace il piccolo rumore che fanno e l'odore di sangue
verde che rimane appiccicato alle dita.

Suo padre fuma una sigaretta e sfoglia le pagine del
giornale. Poi la porta dello studio finalmente si apre.

Allora è tutto a posto, però prima che andiate vorrei
parlare con Pietro.

Il ragazzo entra nella stanza a testa bassa.

Hai pensato a quello che ti ho detto ieri mattina?

Annuisce.

Bene.

Pietro pensa a suo padre che aspetta là fuori, le mani
nelle tasche del cappotto, gli occhiali che pendono sul
naso.

Dovrai pensarci ancora, a quello che ti ho detto, pensarci a lungo. Ci sono sentimenti sbagliati, a volte nascono dentro di noi come malattie, non li vogliamo eppure
nascono, sono come le erbacce, e noi dobbiamo estirpar-
li, con tutta la forza di volontà che abbiamo, e anche con
tutta quella che non abbiamo ancora, mi capisci?

Annuisce di nuovo. Gli occhi fissi sul pavimento a losanghe bianche e nere.

Parla di sua madre?

Forse il Padre lo sa che vede sua madre nuda nei sogni.
Ma come fa a saperlo?

Pensa, pensa piú che puoi, trova da te tutte le risposte.

Quali risposte?

È un peccatore. Ha una natura che inclina al male e non se ne accorge. C'è dentro di lui qualcosa di storto che cresce senza controllo, una pianta matta, velenosa. E non può estirparla in nessun modo perché non sa riconoscerla.

Il ragazzo si guarda attorno. Questa è la città in cui vive. C'è acqua verde dappertutto che fa odore di alghe e sale. Gli uccelli quasi ti sfiorano la testa nelle loro planate incredibili. Vecchi palazzi che escono dal mare. Sotto, potrebbe esserci la terra. Potrebbe essere tutto uno scherzo: in realtà si naviga sull'erba e l'acqua che si vede sotto la barca è solo il cielo che si specchia nel lucido dei suoi fili. Il ragazzo guarda la gente che cammina a fianco del canale, da una parte e dall'altra. Sembra che stiano per cadere ad ogni passo, e invece no, sanno esattamente cosa devono fare.

Lungo le strade ci sono molti soldati. I fucili a tracolla. Girano in gruppi di due o tre.

Nell'atrio della stazione, due soldati controllano i documenti. Suo padre estrae dalla tasca interna della giacca un foglio sottile ripiegato in quattro. I soldati leggono, annuiscono e glielo rendono. Avvicinano le dita tese all'elmetto e fanno una specie di sorriso. Dicono prego, andate pure con quella pronuncia ridicola. Hanno una catenella intorno al collo. C'è appesa una mezzaluna di metallo che scintilla sotto la luce. Feldgendarmerie. Cosí c'è scritto sopra. È molto bella.

Fuori dai finestrini del treno si vede solo campagna piatta e bianca. Erba ghiacciata che luccica.

Capitolo nono

Questa è la strada di casa. I cespugli di nocciole, spogli e neri, la quercia grande con i rami nudi e penzolanti, le magnolie, la siepe di alloro che incornicia il vialetto, la fontana con la donna di pietra che versa l'acqua da un vaso. Il cane corre incontro all'automobile, abbaia con una voce rauca da vecchio cane spompato.

Lei è ferma davanti al portone. Ci sono tutte: Fosca, con un grembiule azzurro e i capelli spettinati, Elide piú grassa che mai, la figlia di Elide, la Nina, che sembra proprio cresciuta. È un semicerchio perfetto: in mezzo sua madre e attorno tutte le altre.

Il ragazzo osserva la madre con attenzione, come dovesse impararla a memoria per raccontarla a qualcuno. È dimagrita dall'ultima volta che l'ha vista al Collegio, il viso sembra il muso appuntito di una volpe. È vestita di chiaro, con pantaloni larghi che quasi nascondono le scarpe. Tiene le mani in tasca e sorride.

Era ora. Ce ne avete messo di tempo, qua si pensava di darci dentro con il pranzo e di non lasciarvi proprio niente!

Ridono tutte senza guardarsi, i gomiti che si sfiorano senza allontanarsi di un millimetro, come fossero in posa per una fotografia e avessero paura di uscire dall'inquadratura.

Elide si sfrega le mani.

Dài, entriamo che si fredda tutto... c'è il pasticcio di

primo, Fosca l'ha fatto apposta per te, s'è svegliata a una
fatta ora, ha brigato tutt'oggi e aveva una roba addosso
che non ti dico, dice cosí che il ragú non è mica venuto bene come al solito, te cosa dici che ci dobbiamo credere?

Si voltano tutte per rientrare in casa, ma sua madre resta indietro, lo abbraccia senza parlare e il ragazzo affonda la testa tra i suoi seni, cerca le scie di odori diversi che
lei ha sempre addosso e li ritrova, uno per uno: sigaretta,
sapone alla lavanda, profumo, tintura per capelli e cognac.
Sono questi odori il primo movimento. Questa è di nuovo la sua casa. Non ha mai smesso di esserlo: è solo che lui
si era distratto, il dolore si era mosso avanti e indietro, come un cancellino sulla lavagna e aveva eliminato prima
qualche linea e colore poi, mano a mano, tutto quello che
ricordava.

La casa ha l'intonaco giallo pallido e ci sono ancora i
grandi vasi di azalee ai lati del portone, c'è l'odore familiare dell'erba e il naso del cane che si strofina contro il
dorso della sua mano, il peso dei fianchi ispidi che spingono contro le sue gambe.

Le stanze sono al posto giusto e le gambe e gli occhi del
ragazzo sanno con precisione dov'è quel posto, i colori non
lo spaventano e la luce che entra dalle finestre è una luce
che non si è mai persa dentro di lui. Attraversa di corsa
tutta la casa, entra nelle stanze, controlla gli oggetti, gli
angoli dei muri. Potrebbe correre ad occhi chiusi e saprebbe dove sta andando. Poi si ferma. Dalla porta socchiusa della stanza di sua madre, vede la sua mano piccola che si allunga verso la bottiglia del cognac e la porta alle labbra. Il sorso è lungo, e la piega della sua bocca seria
quando riappoggia la bottiglia.

Si nasconde dietro la porta e continua a guardare. Questa stanza gli è sempre sembrata cupa. Tappezzeria verde
bottiglia e oro, tende scure alle finestre, un letto matrimo-
niale ricoperto con lo stesso tessuto delle pareti, una grande specchiera angolare. È una nicchia troppo piena, una

grotta buia, con le tende perennemente chiuse, l'odore
stantio delle sigarette e dei profumi che sua madre cambia
di continuo, lasciando le boccette semiaperte finché non
si volatilizzano del tutto. A un lato del letto, sulla parete
piú grande c'è un dipinto enorme. Una Madonna Marina,
immersa fino alla vita in acque torbide e schiumose. Ha il
bambino in braccio, la testa rovesciata sul braccio di lei,
gli occhi socchiusi. La Madonna sorride e guarda qualcosa oltre le proprie spalle, volta la testa per quanto può. Forse saluta un mostro marino. O un angelo che la rassicura
sulla sorte sua e del piccolo Gesú in mezzo a quella tempesta dalla quale un umano mai e poi mai potrebbe fuggi-
re senza un aiuto divino. Il bambino dorme sereno, sarà
lei, la madre, a guidarlo fuori da quell'orribile tempesta.

Ha passato molti pomeriggi a guardare quel quadro. Sua
madre riposava su un fianco, raggomitolata, i pugni stretti al petto, le gambe raccolte una contro l'altra. L'airone
bianco sulla sua vestaglia cinese lo guardava con un occhio
solo, un occhio nero e arancione.

Entrava nella stanza piano per non svegliarla, si metteva in piedi accanto al letto e guardava lei e il dipinto e
sognava di accudirla e vegliare sul suo sonno. Fuori dalla
grotta buia della stanza, il mondo era una bufera di neve
e acqua che sommergevano ogni cosa. Passavano due o tre
ore e lui restava lí immobile a guardare. A volte, si sede-
va sul tappeto e tratteneva il respiro quando lei si muoveva. L'unica lama di luce che entrava dalle tende tirate
si spostava sul dipinto e ne illuminava una striscia soltanto a seconda dell'ora, come una meridiana.

Adesso, il volto di sua madre riflesso nello specchio è
serio. Ripassa il rossetto e lo stende con la punta dell'indice, fa schioccare le labbra.

A cena, sua madre quasi non mangia e invece beve molto, la Nina serve i piatti senza grembiule, il vestito sbot-

tonato sul petto, i calzettoni che le scivolano sulle caviglie.
Suo padre fa finta di niente.

Allora, cosa ci racconti della scuola?

Chiede Fosca.

Studiamo latino, facciamo le versioni, poi leggiamo, c'è
la matematica.

Fosca lo interrompe.

Ma io intendevo il resto, mica lo studio… come si sta
là dentro, cosa mangiate, cosa fate… cosí, per sapere.

Cosí. Per sapere.

Cosí, per sapere, visto che ci tieni tanto, pensa il ragazzo, potrei metterti davanti al naso la cartina topogra-
fica dell'inferno. Farti vedere i corridoi bui, le camerate
affollate e gelide, i banchi austeri e le finestre lunghe.
Mostrarti una alla volta le facce dei compagni, quella ri-
pugnante del prete tricheco, le sue mani bianche come
quelle di un morto e la pancia flaccida, gli occhi di Padre
Janius che a volte fanno proprio paura. Farti ascoltare i
movimenti di mani e gambe sotto le lenzuola, di tutti
questi studenti che hanno una rabbia strana che li gonfia
dentro. Farti vedere i tavoli lunghi e stretti del refettorio, le sedie rigide perfettamente allineate, i piatti sempre mezzi vuoti, i panini neri e stopposi davanti ad ogni
coperto. La cappella, grande e fredda, buia come una crip-
ta, dove quattro volte al giorno rivolgiamo rimproveri
muti al dio bastardo che ci costringe lí dentro, le file di
inginocchiatoi di legno, la madonnina addolorata che
spinge il palmo delle mani verso l'alto e le sopracciglia
verso il basso. Il catino di smalto scheggiato, dove la mattina l'acqua è coperta da una crosta di ghiaccio che bisogna rompere con la punta delle dita per riuscire a sciac-
quarsi la faccia.

Potrei portarti nel giardino rettangolare delimitato da
alte mura che impediscono la vista del mondo là fuori. Far-

ti sedere all'ombra dei tre ontani dal tronco macchiato da una malattia orribile della quale non conosco il nome e sotto i quali a volte mi siedo a guardare il muschio che cresce sui muri del mio confino.

Potrei mostrarti anche la stanza piú alta, e l'isola rossa. Per ultime, però.

Il ragazzo tiene la testa bassa, gli occhi fissi sul piatto, stropiccia con le dita il tovagliolo che ha sulle gambe e non dice niente.

Fosca incalza. Allora?

Si pulisce la bocca nel tovagliolo, cerca le parole: pesci invisibili nascosti in un lago nero.

Si sta abbastanza bene. Studiamo, poi c'è la ginnastica, la preghiera. Si mangia tre volte al giorno e dopo pranzo si può dormire mezz'ora se si vuole oppure andare in giardino, però adesso fa troppo freddo, dopo ci sono i compiti e altre due ore di lezione, però uscire, voglio dire, proprio uscire dal Collegio non si può, oggi è stata la prima volta in due mesi.

Il ragazzo affonda la forchetta nel piatto e ricomincia a mangiare.

Sta disteso sul divano con la testa in grembo a sua madre che fuma e sussurra le parole di una canzone.

Che canzone è?

Non è una canzone, si chiama lid.

E cosa vuol dire lid?

Canzone. Si scrive lied. Con la e. Elle, i, e, di.

E cosa dice questo lid?

Piú o meno dice cosí... allora... ecco, senti: qui, dove fiorisce la rosa, dove la vite si avvolge all'alloro, dove la colomba tuba, dove il grillo... aspetta... dove il grillo si delizia, di chi è questa tomba? Che tutti gli dèi e la vita hanno cosí graziosamente decorato con le piante? È la tomba di Anacreonte. Primavera, estate e autunno si è goduti

quel poeta felice; e ora finalmente dall'inverno questo...
qua c'è una parola che non capisco, comunque, questo non
so cosa lo ha protetto.

Il ragazzo si è già distratto.

Papà è andato alla fabbrica?

Sí.

Perché non andiamo da Irina?

Se smette di piovere, magari prima di sera. Ora vai a
riposarti un po'.

Se smette di piovere, forse faranno in tempo ad andare a trovare Irina. Pietro sta steso sul letto ad occhi chiusi e ascolta il vento fischiare contro la casa. Non riesce a
dormire. E allora si guarda attorno, guarda la sua stanza,
cosí diversa da quella del Collegio, quasi estranea, ormai.
Addossata al muro, di fianco al letto c'è la cassapanca di
legno con i giocattoli di quando era piccolo: le automobi-
line, il veliero di legno con le vele strappate, il costume da
pirata, quello da spadaccino, qualche cappa colorata e una
spada di legno. Frammenti di un altro mondo, lí a ricor-
dargli cose che lui non vuole ricordare.

Resta sdraiato sul letto, con la coperta avvolta intorno
e fissa le crepe sui muri. Fanno sempre gli stessi giri. Irina diceva che le crepe raccontano delle storie, con un lin-
guaggio tutto loro che poche persone al mondo conosco-
no, e lei lo conosceva, anche se non voleva dirgli chi glielo aveva insegnato.

Per niente al mondo te lo dico! È un segreto, se te lo
dico rovino tutto e mi dimentico come si fa. Ci sono delle cose che non si possono dire a nessuno.

E com'è che a te invece qualcuno te lo ha detto?

Perché era il momento. Ecco perché. Bisogna saper
aspettare.

Nessuno lo accompagnerà a trovare Irina. Adesso lo ha
capito. Sarà per la festa di stasera, o che nessuno ha vo-

glia di intristirsi, o forse lo fanno per lui. Pensano che sia peggio. Comunque, oggi Irina non è stata nominata neanche una volta.

Capitolo decimo

La piccola strada che taglia per i campi è umida di pioggia. Ha appena smesso. Da lontano, il cimitero è un quadrato che arde di piccoli lumi. Non c'è nessuno in giro e anche il cimitero è deserto. Il muro di mattoni è basso, alto quasi come un uomo, non come una casa. Da una parte c'è il sentiero che arriva dal paese, dall'altra ci sono campi aperti, alberi, un macero circondato da un boschetto di arbusti. La nebbia appoggiata sulle punte dei cancelli non riesce ad arrivare sulle lapidi, a intrufolarsi fra altarini, fiori e lumi.

La lapide di Irina è piccola e squadrata. Si vede subito che è nuova. È pulita e sta su bella dritta. Davanti ci sono due bicchieri di vetro con dei fiori bianchi. Fiori piccoli, con il cuore rosso. Una goccia di sangue strizzata da un piccolo taglio su un polpastrello. Un pegno, come si fa per unirsi in fratellanza.

Lui e Irina l'hanno fatto.
E ora sta lí, sottoterra.
Lui invece sta sopra, in piedi, davanti a un quadrato di terra nera.
Si sono scambiati il sangue e lo hanno fatto tante volte e hanno giurato e spergiurato che mai niente tra loro sarebbe cambiato, nemmeno da grandi, nemmeno da sposati.
Nemmeno da morti.
Ma lei è morta. E lui invece no.

Sulla lapide c'è solo il nome scritto in stampatello:

IRINA

Non c'è nessuna Madonna, nessun angelo, niente iscrizioni, niente date, né ritratti.

I morti non ci sono piú, da nessuna parte, l'ha già pensato questo. Ci sono i vivi. I cimiteri servono a loro. A ricordare. Ma a lui non serve. Ricorda tutto benissimo. Irina non è nascosta sotto la terra, si muove e sorride, respira, il suo corpo manda un odore di pioggia e frutta. Di alberi in autunno, di mele gialle.

Forse ci sono due Irine.

Una è con lui, dentro di lui, cosí vicina da non riuscire a distinguerla da se stesso, e l'altra sta davvero là sotto, avvolta in un abito di tulle bianco da piccola sposa, la treccia sul petto, tra le mani che sono sempre pallide, come spolverate di zucchero a velo.

Due Irine.

Una gli è fedele; l'altra, lo ha tradito.

La gente non dovrebbe giurare e poi tradirti. E lei lo ha tradito, non può essere che cosí, altrimenti non sarebbe morta, avrebbe detto di no. Come un idiota, ha camminato per la campagna, al freddo, sotto la pioggia, con la disapprovazione di sua madre conficcata tra le scapole come un coltello. Tutto per arrivare davanti a un quadrato di stupida terra muta.

L'hanno fatto. Sono la stessa cosa, ma lui c'è ancora, qui, e lei no.

Sono cose concrete. Fatti. Che lui non capisce. Sbaglia Padre Janius quando dice che si devono trovare tutte le risposte.

Ci sono le domande, ma le risposte no. Bisognerebbe essere come gli animali. Per loro, è il contrario. È l'istinto che gli dà le risposte, di domande non ne hanno bisogno.

La pieve accanto al cimitero ha i muri scrostati, giallo chiaro. Dall'interno arriva un canto, sono voci maschili che intonano un inno sacro. Ci saranno almeno cento candele davanti alla piccola madonna lignea dal volto scuro come quello di una selvaggia. Una svetta su tutte, la fiamma è lunga e gialla. Le braccia della Madonna, coperte dal velo azzurro, sono avvolte intorno al bambino che guarda fisso chi gli sta di fronte. Una piccola mano tesa. Le dita grasse sono strette attorno a un'arancia che sembra vera.

Pietro solleva una mano per sfiorare quella del bambino.

Bentornato.

Il parroco è ancora piú grasso di come lui lo ricordava.

Era da tanto che non venivi. So che adesso studi in un Collegio, mi hanno detto che è lontano da qui, vicino al mare. Sei contento di essere a casa per le vacanze?

Perché Irina è morta?

Il parroco si blocca a metà di una giravolta, la tonaca si aggroviglia ai calzoni. Indica imbarazzato la mano del bambino che li guarda con i suoi occhi finti di pasta di vetro e tende verso di loro la piccola, perfetta arancia.

Prova a chiederlo a lui.

È meglio non pensare alle risposte che non esistono. Meglio camminare. L'aria fredda e pesante avvolge la campagna, puzza di letame di vacca, di escrementi di maiale e di erba bagnata.

Attraversa il paese in fretta. Non ha voglia di incontrare nessuno. Imbocca il sentiero sulla sinistra, la scorciatoia tra cespugli di more che va dritta in giardino.

La Nina è accucciata ai piedi della padrona, proprio come un cane. Le gambe raccolte di lato. Gli occhi di sua madre sono aperti, fissi sulla sua nuca. Nel punto preciso

dove iniziano i capelli: biondo cenere, mobili come piccoli animali, umidi di sudore.

Il dorso della mano del ragazzo struscia contro il cappotto. La Nina volta la testa di scatto e i suoi occhi gialli
lo bruciano. Però non lo ha visto. Riabbassa il mento sulle ginocchia e sbadiglia. Si fruga tra le dita dei piedi con le
mani. Le schiaccia una alla volta. Gioca con il pollice.

Resta fermo a guardare sua madre che si addormenta, le
mani posate in grembo con i palmi rivolti verso l'alto e la
Nina che la veglia, gli occhi gialli socchiusi, come quelli di
un cane fedele. E Belbo che si trascina da un angolo all'altro del tappeto. All'improvviso la Nina spalanca gli occhi,
anche sua madre si sveglia e volta la testa verso di lui. Gli
appare in una luce del tutto nuova. Sconosciuta. Molto prima che lui esistesse, quella donna – che è un'altra donna,
non sua madre – esisteva già. Questo pensiero fa paura.

Dove sei stato di bello?

In giro.

Dove?

Da Irina.

Il labbro superiore di sua madre si riempie di piccole
rughe.

Alle sette e mezza arrivano gli ospiti, dài Nina, svegliati, va' a vedere a che punto sono in cucina.

La ragazza si alza. La punta dei seni preme contro la
pettorina del grembiule mentre si stira. Pietro distoglie
lo sguardo. Mette un piede davanti all'altro, le mani in
tasca.

Portami una sigaretta... sono là, sul tavolino.

Sono sottili e bianche, con una piccola riga verde attorno al filtro.

Accendila, per favore.

Pietro mette la sigaretta in bocca, stringe le labbra e fa
scattare l'accendino d'oro massiccio che suo padre le ha
regalato tanti anni fa e che distratta lancia dove capita non
appena ha acceso la sigaretta.

Tira con le labbra come lei gli ha insegnato, cerca di non mandare giú le nuvole di fumo che gli riempiono la bocca. Soffia fuori tutto e non riesce a trattenere un colpo di tosse. Lei ride. Ha gli occhi allungati e morbidi, le labbra tese che scoprono i denti piccoli da bambina.

Quando la Nina esce dalla stanza, il ragazzo avverte uno strappo dentro. Uno schiocco come quello di una mela spaccata a metà.

In cucina Elide tira la sfoglia e sbuffa per il caldo e la fatica. Il matterello scivola avanti e indietro e la sfoglia si stira, si assottiglia, diventa un velo trasparente. Il ragazzo l'ha vista fare questi gesti centinaia di volte: strofinare l'avambraccio sulla fronte sudata, passarlo sul fianco per asciugarlo, senza smettere di ruotare il matterello avanti e indietro con l'altra mano. La Nina pela le patate con gesti rapidi e bruschi. Il coltello scivola e taglia un polpastrello, la ragazza succhia via la goccia tonda di sangue raccolta sulla punta. La lingua guizza fuori dalle labbra, poi torna a nascondersi.

Pietro affonda un dito dentro la ciotola con il ripieno dei tortellini. Lo succhia. Elide lo guarda storto. Poi sorride e comincia a canticchiare una delle filastrocche che piacevano a Irina: *Passa na cavalina bianca pina ad turtlin. Se la min dà zinquanta m'impinirà la panza; se la min dà dusent a vag via piò cuntent!* I suoi fianchi da pachiderma ondeggiano da un lato all'altro della cucina, urtano le sedie, fanno cascare i tegami appoggiati sugli angoli. Mamma non sa cucinare. Ci prova, ogni tanto. Con il grembiule di Elide addosso, sporco e impregnato di odori – aglio, cipolla, strutto – Pietro l'ha vista qualche volta dimenarsi per la cucina afferrando mestoli e tegami, ribaltando i contenitori della farina, dello zucchero, del sale. Rompe le uova e i gusci in frantumi si spargono sul pavimento. Mette tutto a soqquadro e si stanca prima di aver concluso qualcosa. La sentono sbraitare da fuori, lanciare a terra con rabbia una ciotola. Si sfila il grembiule dalla testa senza nemmeno slacciarlo, passa una mano unta tra i capelli appiccicati e toglie via dallo zigomo uno sbuffo di farina bianca.

Cucinare non è il mio mestiere, va bene giusto per le serve!

Lo fa apposta. Pietro lo sa. L'ha vista regolare la pressione del pollice di Elide sui rebbi della forchetta per dare la forma agli gnocchi, dondolare la mezzaluna sul prezzemolo per tritarlo sottile senza schiacciarlo troppo, aggiungere un pizzico di zucchero alla salsa di pomodoro per togliere l'acido delle bucce. Non è vero che non è capace. È solo che tutte le volte che prova a cucinare, qualcosa le scoppia dentro e la fa arrabbiare. Il ragazzo pensa che dev'essere una cosa che viene da lontano. Che riguarda tempi e luoghi e cose e persone che non esistono piú da nessuna parte e per nessuno, tranne che per lei.

Quando ci sono cene in vista con ospiti di riguardo, sua madre dà ordini precisi ma lascia il campo libero. I suoi occhi grigi sono attenti e stretti come fessure, pronti a cogliere ogni minimo, insignificante errore.

Si rimette a letto. Le scarpe ancora addosso, tutte sporche di fango. Non dorme. Ad occhi chiusi, ascolta i rumori. Nella stanza dei suoi c'è un silenzio interrotto di tanto in tanto da un fruscio. Si avvicina al muro che divide la sua stanza dalla loro. Contro il suo orecchio c'è solo l'intonaco granuloso. Eppure prima qualcosa ha sentito. Esce dalla sua stanza, le suole delle scarpe infangate scricchiolano sul pavimento, trattiene il respiro, ma il cuore gli batte troppo forte, lo sentiranno tutti e scopriranno che è una spia. La porta della stanza è aperta. Sua madre sta ferma davanti alla finestra, la tenda scostata. Guarda fuori e non può vederlo. È nuda. Il suo corpo è diverso, senza i vestiti. La schiena è dritta e muscolosa come quella di un uomo. Le natiche morbide e piene hanno la forma di una grossa zucca. Dalla porta del bagno, sulla sinistra, arriva il suono dell'acqua che scende nella vasca. La voce di Nina chiama la signora ché il bagno si fredda. Sua madre volta la testa di lato, ma appena, gli occhi ancora fissi sul parco là fuori che dev'essere buio e sfocato dalla nebbia. Davanti alla finestra della stanza, proprio sotto, c'è il pozzo. È un pozzo di pietra chiara, tagliata a blocchi grossolani, la ghiera di metallo arrugginito e scrostato, chiuso da un grosso lucchetto. Sopra, c'è l'aureola di ferro a cui è appeso il secchio.

Il ragazzo pensa all'acqua melmosa e ferma là sotto, all'odore di buio che sale dalla terra, al silenzio che sembra ancora piú intenso quando si infila la testa dentro l'apertura per guardare giú in basso.

La Nina esce dal bagno con un asciugamano, avvolge la padrona con un gesto rapido. La strofina con le mani, su e giú.

Le verrà un accidente se continua a starsene lí ferma a quel modo... e poi l'acqua si raffredda...

Lei chiude gli occhi, si abbandona tra le braccia della ragazza.

Sempre lo stesso... dice la Nina a voce bassa. Sempre lo stesso.

Quando gli ospiti cominciano ad arrivare, il ragazzo scappa dalla cucina e vola per le scale, ha fatto appena in tempo a mangiare qualcosa. Sente la musica riempire il piano di sotto e la voce di sua madre che di tanto in tanto chiama il suo nome. Sente la risata di suo padre, la puzza di sigaro che invade le stanze insieme all'odore mescolato di tanti profumi diversi. Riconosce le voci di gente del paese insieme a voci straniere. Si fa piccolo nel buio poi si stanca di ascoltare, attraversa il corridoio fino in fondo, passa davanti alla stanza vuota dove dormono Elide, Fosca e la Nina, vede i tre lettini uno di fianco all'altro, vuoti, ordinati, senza una grinza. Apre la porta della stanza di fianco alla loro.

La stanza di Irina adesso è diventata la stanza dei panni. Il grande letto di legno, cosí alto che ci voleva lo sgabello per salirci, è stato smontato. Il camino è spento. Fa freddo. Le tende sono tirate, c'è odore di sapone e di cenere. Ceste di biancheria da stirare sparse dappertutto. I ferri da stiro appoggiati alla mensola del camino. Grandi armadi scuri che coprono le pareti. E gli scaldini da letto appoggiati per terra, come panchette.

Pietro sistema una coperta per terra, in un angolo lontano dalla porta. Accende una candela. Si alza per prendere un'altra coperta, se la avvolge intorno alle spalle. La fiammella della candela tremola, ci sono ombre enormi contro il muro. Hanno la forma di giganteschi uccelli preistorici, con le ali strette al corpo, ma pronte a dispiegarsi. Appoggia la testa alle ginocchia e ascolta. La casa risuona di voci. Se fosse estate, le grandi porte finestre sarebbero spalancate sul parco, ci sarebbero le lanterne di carta e l'orchestra suonerebbe nel patio.

Sei nascosta.
Non ti vede nessuno.

Le coppie che danzano nel parco non possono vederti. Vorresti ballare anche tu insieme a loro, ma non puoi.

Non vogliono. Dicono che ti fa male. A ballare si suda e a sudare ci si ammala.

Quattro passi e altri tre e due e uno, il piú difficile. Ha un nome strano questo ballo, un nome che è impossibile ricordare. Quattro, tre, due, uno. E cadi. Con una mano cerchi di afferrarti al muro, raschi il cemento con le unghie, ma non fai presa su niente.

Come adesso.
Le unghie grattano il muro, sotto il muschio già spappolato. Ma non fanno presa. Si rompono. Sanguinano.

Hai un vestito ridicolo. È rosa. Le ossa sbucano fuori dalle maniche a sbuffo, dalla gonna a palloncino.

Stai nascosta dietro un vaso di oleandro a guardare le coppie che volteggiano sull'erba. Domani andrai a controllare i danni. Zolle divelte, buchi dappertutto, la mentuccia selvatica spappolata, le margherite spezzate. Tutta la roba morta nell'erba. Formiche, vermi, lumache, maggiolini.

A nessuno frega niente dell'erba, volteggiano petto contro petto, le facce accaldate e le ascelle che sudano.

Pensi al sudore. Al caldo. Se pensi al caldo forse hai caldo davvero.

E invece no.
Hai sempre freddo.
Non ti vede nessuno.
Sei sepolta viva.

Capitolo undicesimo

Prima di tornare al Collegio il ragazzo ha rubato una fotografia di sua madre. L'ha fatta scivolare dentro la giacca. La sentiva pulsare come un cuore spaventato. Avrebbe potuto chiedergliela, però gli piaceva pensare di averla rubata.

La foto è incollata su un cartoncino rigido. La sua faccia in bianco e nero. Lo sfondo piatto, color seppia. Non sa se quest'immagine le somiglia davvero. La guarda. Studia ogni minimo dettaglio. Gli occhi si impigliano nei particolari. Gli sembra che lo sguardo non sia sempre lo stesso. Forse un giorno all'improvviso al posto di sua madre comparirà una vecchia strega bavosa e baffuta, con la faccia piena di ponfi e verruche e gli occhi cattivi.

Sua madre ha trentun anni.
Quanti sono trentun anni?
Lui ne sta per compiere tredici. Gli sembrano molti. E allora trentuno sono moltissimi. Però in questa foto sua madre ha le palpebre lisce e il collo teso e morbido come quello di una bambina.

Il ragazzo ha sempre dormito nel letto di sua madre tutte le volte che il padre era via per lavoro. È successo tante volte. Ha dormito stretto a lei. Il suo respiro contro l'orecchio: odore di sigaretta e dentifricio, qualche volta di cognac. Poi quest'estate una volta ha spinto la testa verso il suo seno e l'ha lasciata affondare. Ha spinto forte, con

gli occhi chiusi e dalla bocca gli è uscito un suono strano.
Tra le gambe, ha sentito un calore intenso. Lei se n'è accorta. La sua mano è scivolata lí, lo ha accarezzato e al-
l'improvviso lui ha urlato. Lei ha riso. Si è addormentato
di colpo.

Non è piú successo.

Forse, l'ha solo sognato.

Forse.

Però da quella volta nel suo letto non l'ha piú voluto.
Ha detto che ormai era troppo grande.

Adesso cerca di ricordare la pressione della mano di sua
madre, il calore, la leggerezza delle sue dita. Si addormenta, la mano aperta sulla fotografia, le gambe strette e
rannicchiate.

Quando si sveglia, il compagno è in piedi davanti al suo
letto e lo fissa. Dà un colpetto con l'indice alla foto che
spunta da sotto il cuscino.

Chi è questa qua, la tua morosa? È un po' vecchia per
te, no?

Pietro si alza dal letto di scatto, i pugni serrati, pronto ad attaccare, come un cane rabbioso. Un ginocchio gli
cede sotto la spinta troppo forte e cade in avanti. Resta lí
fermo, in ginocchio, con le mani puntate davanti. Non riesce a pensare. L'umiliazione dopo un po' scivola via come
sangue che schizza da un'arteria recisa. La sua carne si pulisce e si disinfetta dalla rabbia. L'unico pensiero che ha
è di trovare in fretta un posto sicuro per la foto della mamma. Un posto che conosca solo lui. Un posto sicuro per
l'unica cosa al mondo che gli dia la sensazione di essere
qualcuno.

È qualcuno perché lei c'è. Anche se non è presente, da
qualche parte lei vive, sorride, si muove. Se lei c'è e ne
ha la certezza irrevocabile, allora è salvo. Da qualche parte, c'è una casa e dentro, qualcuno che ricorda la sua pri-

ma parola. Non ne ha piú dette molte, dopo quella. Aspetta che siano gli altri a fargli domande. Non è paura. È solo che non gli interessa. Lui guarda e capisce le cose. Quali vengono prima e quali dopo. Il dolore, ad esempio e dopo le lacrime. Oppure la rabbia. Dipende. L'ombra non è da una parte. L'ombra sta in mezzo e lui è lí, dopo le cose che succedono, in quel punto nero tra due strade diverse. Non sa mai perché un istante dopo ne imbocca una e non l'altra. Non lo saprà mai.

Cosí il ragazzo non sa perché da quando è tornato dalle vacanze ha smesso di andare alla stanza alta insieme a Ernesto. Gli si è rotto qualcosa dentro. Un osso piccolo, quasi invisibile, che però reggeva in equilibrio i sentimenti. Adesso si sono tutti rovesciati e non sa piú distinguerli l'uno dall'altro. Sente puzza dappertutto.

La foto di sua madre ora è nascosta in giardino. Il posto l'ha trovato per caso. Dietro i castagni, in fondo al parco, c'è una casupola per gli attrezzi. Ha avvolto con cura la fotografia in un fazzoletto e l'ha chiusa dentro la scatola di latta. Insieme ai sassi, alle piume, al coltellino svizzero, al proiettile e al dente d'oro del morto giú al fiume.

Ha fatto una piccola buca sotto il terzo cespuglio di nocciole. Ha scavato con le dita, con le unghie. I vermi si spezzavano a metà, bianchi rosa e rossi.

La buca è profonda. Ha rimesso la terra e sopra ha ammucchiato molti strati di foglie. Nessuno lo ha visto.

È solo. Il vento freddo gli avvolge la testa in una membrana senza suoni.

Capitolo dodicesimo

Padre Janius stanotte non dorme. L'insonnia non c'è stata sempre. Il giorno in cui ha disfatto i bagagli nella sua stanza al Collegio, ha alzato gli occhi alla finestra. Oltre i vetri non c'era altro che acqua ferma e grigia che stringeva da tutte le parti. Acqua bassa e sabbie mobili. Paura di risaie annegate, raccolti devastati, paura di svegliarsi e non ritrovare piú niente, niente casa, niente raccolto, niente paesaggio. Solo un velo d'acqua grigia a uccidere tutto: vegetali, animali, uomini e cose.

Quella prima notte del suo nuovo incarico, nella nuova città, Padre Janius è rimasto seduto sul letto, al buio, a guardare fuori dalla finestra. Si è abituato cosí. Aspetta il sonno leggendo e studiando. A volte rimane lí con le pagine del libro aperte davanti e lo sguardo su un punto del muro, a fissare l'ombra della sua testa sollevata.

È per questo che Padre Janius stanotte non dorme. Ma le ombre che attraversano rapide la porzione di giardino che si vede dalla sua finestra, le prende per un'allucinazione dovuta alle troppe ore di veglia. Agli occhi affaticati dalla lettura.

Spalanca le finestre. Nessun suono, nessuna voce. Neppure un fruscio. Richiude i vetri e torna a sedersi al tavolo. Si strofina gli occhi con le dita e li tiene chiusi a lungo, i gomiti puntati sul legno. In lontananza, sente un rumore soffocato. Un unico lungo suono d'acqua. Un tonfo. Che finisce subito.

Padre Janius riapre gli occhi e riprende a leggere dal punto in cui aveva smesso.

Aggiunse che aveva molto offeso Dio dopo che lo aveva cominciato a servire, ma che non aveva mai acconsentito a peccato mortale; anzi che aveva progredito in devozione, cioè nella facilità di trovare Dio; al presente piú che in tutta la sua vita. Di modo che ogni volta, ogni ora che voleva trovare Dio, lo trovava.

Il Padre si passa una mano sulle palpebre chiuse. Chissà se un giorno potrà dire le stesse cose anche lui.

Chiude il libro, poi la finestra, cercando di non guardare la distesa d'acqua là fuori. Si stende sul letto e si addormenta.

Una mano gli afferra la spalla nel buio. Il ragazzo si gira dall'altra parte, la coperta tirata sulla testa, ma la mano continua a scuoterlo.

È ora, svegliati!

Cosa c'è? Che ore sono?

Bello addormentato, forza! Stiamo aspettando te, stanotte è il tuo turno.

Il ragazzo si solleva a guardare le quattro ombre ferme davanti al suo letto.

La Prova. Oggi è il giorno della Grande Prova. Devi provare che hai le palle. Qua la Prova prima o poi la fanno tutti. Non fare tante storie se no ti gonfiamo di botte, ti conviene fare quello che ti diciamo, se no il tuo bel segreto lo sai dove va a finire? Lo sanno tutti dove vai di notte.

Io non ho nessun segreto.

Cos'hai detto?

Niente.

Ecco, bravo.

Il ragazzo piú alto gli tende i vestiti.

Matteo ha acceso la luce e sta seduto sul letto, in silenzio.

E tu, hai qualcosa da dire?

No. Non ho niente da dire, però potevate scegliere un altro momento e non venire qua a rompere i coglioni anche a me che stavo dormendo.

Non sono cazzi tuoi.

Sí che sono cazzi miei, questa qua è la mia stanza.

Non ti mettere in mezzo.

Sono tutte stronzate.

Cosa hai detto?

Stronzate. È un problema?

È piú alto e piú grosso di lui e il ragazzo incassa.

Pietro non dice niente.

Avanti, vèstiti.

Matteo si è già girato dall'altra parte, avvolto nella coperta fino alla testa.

Il giardino è buio. Non si vede a un palmo dal naso. I cinque ragazzi camminano svelti, Pietro in fondo.

C'è solo una finestra illuminata lungo la facciata del Collegio che dà sul giardino: è quella di Padre Janius. Basterebbe urlare, pensa Pietro, chiamare il Padre. Ma non può farlo. Le minacce degli altri gli fanno paura. Poi penserebbe che è un finocchio.

Meglio essere un traditore.

Ernesto non l'ha ancora visto. L'hanno prelevato dalla sua camerata coprendogli gli occhi con un asciugamano e lui non ha fatto resistenza, si è lasciato trascinare per le scale e adesso fuori in giardino, al freddo, in pigiama.

Eccolo. Le sue caviglie sono bianche come ossa alla luce fredda della luna.

Prendi la corda.

Dice il ragazzo piú alto.

Pietro non ha ancora mosso un dito. Sta lí paralizzato.

In testa sente solo il freddo. Una gigantesca massa di ghiaccio che avanza verso di lui.

Sei tu che devi passare la Prova, stronzo, cosa fai, stai
lí a guardare?

Non può parlare. Se parla, Ernesto sente la sua voce e
scopre tutto quanto.

Si avvicina agli altri. Cerca di spiare sui loro volti qualche segno che gli faccia capire cosa deve fare, ma è troppo buio, sono solo macchie d'ombra senza espressione.

Ernesto è legato come un salame, il bavaglio infilato tra
i denti, stretto con un nodo dietro la nuca.

Prendi, tu mi aiuti a tenere.

Dice uno dei ragazzi.

Pietro prende tra le mani il capo della corda, trema, ma
cerca di farsi passare la paura, si concentra. Adesso dovrà
piantare bene i piedi a terra e tenere la corda con tutta la
forza che ha, cercare di non farsela scappare di mano, se
gli scappa è finita. Gli altri sollevano Ernesto tutti insieme e lo slanciano dall'altra parte del muro come se fosse
un fagotto di stracci. Una botta contro il muro. Un piccolo lamento. Il tonfo del corpo nell'acqua.

Tirate la corda, tiratelo su, ancora un po'. Ecco, adesso basta. Va bene cosí, cazzo, ho detto basta.

Ora legatela a quell'albero. Sbrigatevi.

Il cielo sta zitto, l'acqua sta zitta e anche loro cinque
stanno fermi uno davanti all'altro senza guardarsi, le mani in tasca. Non c'è piú niente da dire.

Capitolo tredicesimo

È una mattina fredda. La luce è bianca, da neve, ma qui non nevica quasi mai. Padre Janius scende nel parco a camminare. Si porta dietro un libro, anche se sa che con questo freddo non riuscirà a leggere. Gli si gelerebbero le mani e si è dimenticato i guanti. Di solito si siede a leggere sulla panchina, il muro che lo protegge dalla vista dell'acqua, l'aria che gli soffia addosso, l'odore delle alghe, il rombo dei motori delle barche che passano davanti al Collegio. Cosí oggi cammina, affonda le scarpe nell'erba ghiacciata. Quando arriva a qualche passo dal primo olmo, vede la corda legata attorno al tronco. È una vecchia corda sfibrata. È tesa e scavalca il muro. Il padre segue la traiettoria della corda, gli occhi corrono sul filo, avanti e indietro. Ancora non capisce. Si alza dalla panchina e va verso l'albero, passa la mano aperta sulla corda, poi stringe le dita e comincia a tirare. Tira con tutta la forza delle braccia e delle gambe e quando il corpo del bambino cade sul prato, si mette a pregare. Prega per tutto il tempo che gli ci vuole a liberarlo dai nodi che gli percorrono il corpo. Il ragazzino ha gli occhi chiusi, la faccia è livida. Sotto il pigiama ci sono lividi dappertutto, il torace è un'unica macchia di sangue rappreso sottopelle. Le ginocchia sono viola e blu, sembrano anemoni di mare.

Manca un quarto d'ora all'inizio della lezione di storia e il ragazzo è in ritardo: stanotte non è riuscito a dormire per niente. Pensava al freddo che doveva sentire Ernesto, alla paura, al buio, a quell'acqua là sotto che puzza di marcio, ai pesci che si affollavano speranzosi. Le lingue appuntite che guizzavano avanti e indietro, i denti minuscoli scoperti. Avrebbe voluto andare là e cercare di liberarlo, ma ogni volta che stava per alzarsi dal letto, la paura che gli altri potessero vederlo lo ributtava giú sdraiato.

Adesso ha solo dieci minuti, poco di piú, per attraversare l'edificio, percorrere il corridoio, scendere tre rampe di scale e correre in giardino, sperando che il portone sia già aperto e che non ci sia nessuno davanti. Non c'è nessuno. La porta a vetri è spalancata e l'aria entra a ondate feroci. Fa freddo senza cappotto. Si alza il bavero della giacca sul collo. Quando si accorge di Padre Janius inginocchiato per terra non fa in tempo a frenare la corsa. Ha Ernesto tra le braccia: il colore della pelle è quello della carta, la bocca è pallida e screpolata.

Gli occhi del Padre incontrano i suoi e restano fermi. Cosa fai qui? Non dovresti già essere a lezione?

La voce però non è ferma: ci sono delle sbavature nelle sillabe, crepe sottili che gli spezzano le parole in bocca, come morsi di pane.

Volevo fare un giro.

Sei arrivato di corsa.

Sí.

Cosa sei venuto a fare qui?

Pietro indica il ragazzino steso a terra, gli occhi chiusi, la faccia da morto, spaventosa. È preso tra due desideri: piangere e scappare. Piangere è quello piú forte.

Alla fine delle lezioni ti aspetto nel mio studio, adesso vai.

Espulso.

Il Padre ha detto solo questa parola. Il Collegio è finito. Torna a casa.

Padre Janius sta in silenzio. Ha le mani infilate nelle

tasche della tonaca. Chissà a cosa sta pensando, se adesso gli parlerà, oppure se lo lascerà andare senza dire niente.

Accade tutto in fretta. Non c'è niente di memorabile. Forse doveva finire cosí.

Si allontana dalla stanza e cammina lungo il corridoio, Padre Janius lo guarda. Resta fermo finché il ragazzino non scompare, volta l'angolo e non c'è piú niente da guardare. Solo il muro verdognolo, lo stipite nero di una porta. A quel punto, il Padre leva le mani dalle tasche, le unisce davanti al petto, chiude gli occhi e prega.

Anche Pietro prega. Con parole semplici, è una preghiera che nessuno gli ha insegnato. Si rivolge alle foglie degli alberi in cortile, ai tronchi grandi e umidi, alla corteccia, all'erba gialla e rada che copre la terra. Agli insetti che la abitano. Le parole delle preghiere vere le ricorda tutte, una per una. Ma sono preghiere che non servono a niente. Parlano a qualcuno che non ha orecchie. Le orecchie del dio vero sono nel tronco degli alberi, sono le tane degli animali, sono le crepe che si aprono nel muro che circonda il Collegio.

Il corridoio principale al primo piano è deserto. Sono le dieci, tutti gli studenti sono dentro le aule.

Può considerarsi esonerato dalle lezioni, oggi?

Forse sí. E forse no. Il Padre in proposito non gli ha detto niente. Sa solo che domani mattina dovrà andarsene.

La porta dell'infermeria è socchiusa. Nella stanza non c'è nessuno. Solo l'odore orrendo del disinfettante, un odore di cloroformio e vernice. Sopra una branda, c'è un fagotto coperto di lana. Si vedono solo i capelli tirati indietro. Scosta la coperta. È proprio lui, Ernesto. Intorno alle narici ci sono croste di muco asciutto, giallo verdi. E sotto le palpebre chiuse, due macchie viola e infossate. Bene non sta di sicuro. Però respira.

Fuori dalla finestra si vede solo il muro di mattoni. Da questa parte non ci sono alberi né erba, soltanto una colata piatta di cemento.

Quando il ragazzo abbassa di nuovo gli occhi, Ernesto lo sta guardando.

Come va?

Una domanda stupida che gli salta dalla bocca senza controllo.

Ernesto cerca di separare le labbra senza riuscirci.

Non devi parlare.

Poi si volta, esce subito dall'infermeria. Si nasconde nella stanza alta, con un panino rubato alla mensa e un bicchiere d'acqua e rimane lí seduto per terra tutto il giorno. Si addormenta e sogna ancora una volta Irina, viene da lui a dirgli una cosa anche se quando si sveglia non riesce a ricordare le sue parole.

Dorme fino a sera. Quando si sveglia è buio. Guarda l'isola rossa fuori dalla finestra, decide che stanotte uscirà.

Capitolo quattordicesimo

Il ragazzo scende nella sua stanza e cerca di non fare rumore. Deve solo prendere cappotto, sciarpa e guanti. Fuori farà di sicuro molto freddo.

Il portone del Collegio viene chiuso alle otto di sera e riaperto alle sette di mattina. Una serratura della dimensione di un pugno luccica nera in mezzo al legno. È un'uscita impossibile. Gli viene in mente che un lato del muro che circonda il cortile si affaccia su una strada. Dalla finestra della palestra a piano terra, basta un salto per essere in giardino.

Ci sono ombre spione dappertutto, non può farcela, pensa il ragazzo, lo beccheranno di sicuro. E invece ce la fa. La finestra cigola e resiste, bisogna far forza per riuscire ad aprirla abbastanza da passarci attraverso, ma dopo qualche strattone cede. L'aria lo investe come un'ondata. È fredda e puzza di pesce.

Si lascia scivolare sull'erba, attraversa il giardino facendo attenzione a dove mette i piedi. Ora deve riuscire a scavalcare il muro. Qualche appiglio c'è: un punto sbeccato, un dislivello tra una fila di mattoni e l'altra, un buco. Comincia a scalare la parete, ma il cappotto di lana è troppo rigido. Lo leva e lo scaraventa dall'altra parte. Adesso riesce a muoversi bene, anche se il freddo lo morde. Atterra bene. Neanche un graffio. La strada è buia. Comincia a camminare senza guardarsi indietro una volta, non gli viene neanche in mente che potrebbe perdersi tra ponti e portici e vicoli e non riuscire più a tornare indietro.

Il ragazzo cammina e presto dimentica che dovrebbe segnarsi a mente la strada, le deviazioni che prende, gli angoli che svolta. Ascolta un rumore segreto che gli arriva da dentro. Immagina che sia il cuore della città che batte allo stesso ritmo del suo. Sotto le suole delle scarpe c'è quel cuore che batte e sopra, appoggiate alla sua testa, ci sono tante stelle appese per aria. Lontano, dritta davanti a lui, c'è una luce che si muove. Strisce luminose che si alzano e si abbassano. Partono dal basso e salgono rapide lungo le facciate dei palazzi, poi cadono verso il basso. Il rumore del cuore segreto è sempre piú forte, rimbomba, pulsa, cresce e si allarga.

Sono soldati. Gli elmetti scintillano sotto la luce delle stelle. Hanno torce e fucili, pistole mitragliatrici, baionette, munizioni, bombe a martello e cilindri di metallo ondulato appesi alla cintura. Hanno fretta.

Il ponte di ferro che porta alla piazza è pieno di soldati. Non si riesce a vedere niente. Il rumore è sempre piú forte, si riescono a distinguere anche delle voci. Si sentono pianti e preghiere. Ordini. E paura. Anche lui ha paura, ma questo non gli impedisce di avvicinarsi ancora. E allora vede che tutte le finestre dei palazzi che circondano la piazza sono accese e che dietro i vetri ci sono ombre che si muovono, persone che corrono, che si piegano sotto i colpi, alzano le braccia per difendersi. Sono donne e uomini, sono vecchi e bambini.

È una cosa che fa male. Come un coltello, passa da parte a parte.

Ci sono cose che volano dalle finestre e si spaccano per terra. Piatti, stoviglie, candelabri, specchi, libri squadernati. Tutta la roba che c'è dentro le case.

Si accendono anche dei fuochi, le fiamme volano fuori dalle finestre. Scintille piccole e grandi.

Il ragazzo si schiaccia contro il muro e chiude gli occhi.

Il battito continua. Scivola lungo un muro in ombra, te-
nendosi basso come un gatto, striscia sulle ginocchia e sulle mani. Poi si alza a guardare. Ora la luce è piú forte e
anche il rumore. Ci sono soldati dappertutto, ce li ha attorno, ce li ha sopra, sono alti come alberi, immensi come animali preistorici. Le loro voci sono ringhi di bestie,
gli scarponi che indossano fanno un suono di ferro, di battaglia.

Una vecchia piccola e magra, avvolta in uno scialle tutto bucato, tiene per mano una bambina. Anche lei cerca
di scivolare contro il muro, tirandosi dietro la bambina.
Biascica parole incomprensibili. Il ragazzo resta fermo,
trattiene il respiro, la vecchia ancora non lo ha visto e continua ad avanzare verso di lui, il braccio stirato dietro il
corpo a stringere la mano della bambina. Si fa piccolo piccolo, nasconde la faccia nel bavero del cappotto.

Chiudi gli occhi e le cose brutte se ne vanno, diceva
sempre Irina, se non le vedi, non ci sono.

Ma si sbagliava, chiudere gli occhi non serve proprio a
niente. Restano le orecchie. Resta il cuore. E resta il naso. L'odore della vecchia che è ormai a un solo passo da
lui è un odore cattivo di polvere e cera.

Apre gli occhi e la faccia della vecchia è lí, davanti alla
sua. Rugosa e piccola come un pugno. Sussulta, strizza gli
occhi per metterlo a fuoco, ma tiene la bocca chiusa e non
tira indietro la testa. Tremano tutti e due. Continua a fissarlo. Ha gli occhi bagnati e crostosi da cane randagio.
Apre la bocca: una spugna rosa e slabbrata, senza denti.

Tu puoi aiutarmi. Devi aiutarmi. Prendi la bambina. La
porti via. Presto. La porti dalle suore. Loro la prendono.

Gli afferra una mano e gliela mette sopra quella della
bambina, un fagottino di carne sudata che gli scivola tra
le dita.

La porti via, tu riesci a scappare, sei piccolo. Tu sei veloce. Io sono vecchia. Per favore. La porti via? Per favore.

Pietro allunga il collo per guardare la bambina nasco-

sta dietro la vecchia. Avrà quattro o cinque anni, ha un pigiama di lana e uno scialle avvolto attorno. Dal naso le scendono due righe di moccolo verde. Non piange. Non dice
niente. Anche lei lo guarda con gli occhi bagnati da cane.

Ma io non posso. Non so dove andare. Io sto in Collegio.

Puoi portarla lí. Per favore.

Ma io domani vado via.

Devi aiutarci, lo vedi cosa ci fanno? Ci portano via.

Via dove?

Non lo so. Ci mettono sui treni.

Un fascio di luce arancione si pianta tra gli occhi del ragazzo.

Che succede qua?

È la voce di un soldato che si avvicina.

Allora? Ho chiesto: cosa succede qua?

La vecchia si stringe la bambina contro. Le trema il
mento e ha la bocca aperta, ma non riesce a parlare. La
bambina sta ferma, col braccio della vecchia serrato attorno al collo. Non si capisce se ha paura oppure no. Ma
dovrebbe, pensa il ragazzo. Lui ce l'ha. Ha cosí paura che
è sicuro che si piscerà addosso da un momento all'altro.

Forza. Muoversi.

Il calcio del fucile si abbatte su di loro. Prima il ragazzo, poi la vecchia e per ultima la bambina. La vecchia cade in ginocchio, la bambina piange.

La botta gli è arrivata su una clavicola. Un dolore lan-
cinante, potrebbe essersi rotta. Ma no. Non era un colpo
cosí forte. Il soldato spinge la vecchia in avanti, la fa alzare. Dalla bocca le esce del sangue. Il ragazzo sgattaiola
tra le gambe del soldato, raspa per terra con i piedi e le
mani per darsi una spinta, come un gatto in fuga da un cane, corre a quattro zampe, prende slancio, si rialza e corre piú in fretta che può, scansa uomini, muri, soldati, fucili. Le strade oltre la piazza sono nere. Gli angoli tutti
uguali. Un labirinto di sassi e buio.

Non lo hanno seguito. Non dovrà salire su un treno anche lui. È scappato, ce l'ha fatta. Quasi gli viene da ridere. Poi si ricorda della bambina. E della vecchia con la bocca piena di sangue. Loro il treno dovranno prenderlo per forza. È colpa sua. Pensa che avrebbe potuto prendere per mano la bambina e tirarsela dietro. Nasconderla, portarla da qualche parte, come gli aveva chiesto la vecchia. Poteva farlo. Ma ha pensato solo a sé. Come un animale. Una bestia.

Si accuccia in un angolo e si calma contando le stelle. Una due tre quattro, arriva a cento, poi si ferma. Duecento, poi si ferma. Duecentodue, tre, sette, nove. Non ci sono piú stelle da contare. C'è un silenzio tremendo. Le finestre dei palazzi sono tutte chiuse e il ragazzo non sa dove andare. Deve tornare al Collegio, domani mattina verranno a prenderlo. Domani torna a casa e dimentica tutto. Non è colpa sua. È solo un ragazzo. Non sa niente, non capisce niente.

Si alza e ricomincia a camminare. La città non ha regole. Le strade si aprono davanti a lui una dopo l'altra. Riconosce un angolo e una piccola piazza quadrata con un pozzo di pietra nel mezzo. Un'altra strada e poi un vicolo. Eccolo là, il Collegio. Scavalcare il muro stavolta sarà piú difficile. È quasi mattina. Arriva la luce. Si sente il rombo delle prime barche che arrivano, i passi degli uomini sui pontili che scaricano le casse.

Il muro scivola sotto le dita e sotto le suole degli stivali: non ci sono appigli da questa parte. È impossibile salire. Dovrà aspettare che aprano il portone.

Tanto è già stato espulso.

Si siede per terra. Appoggia la testa alle ginocchia. Fa freddo. Ha perso un guanto. Le dita della mano sinistra sono blu. Forse gliele tagliano. Rimarrà senza le dita e farà paura ai bambini agitandogli in faccia la mano mutilata.

Capitolo quindicesimo

I ragazzi sono seduti dritti sulle panche del refettorio. Hanno ancora davanti le ciotole del latte e le briciole stoppose del pane di segale. Si siede anche lui. Gli occhi bassi per non incontrare nessuno sguardo. Si sente solo il lavorio dei denti sul pane.

Entra Padre Janius. Ha la faccia tutta rossa e sudata. I ragazzi non l'hanno mai visto cosí. Non perde mai la calma, la sua faccia è sempre ferma e bianca, gli occhi freddi. E invece stavolta la calma l'ha persa. I ragazzi non capiscono. Un brusio si leva dalla tavolata.

Fate silenzio. Salite in camerata e preparate le valigie. Oggi tornate tutti a casa. Il Collegio è requisito, è per via della Guerra.

La Guerra è una cosa lontana, pensa il ragazzo, è una cosa che si fa sui campi di battaglia: ci sono gli eserciti che si fronteggiano, si inseguono, si tendono trappole. La Guerra succede sulle montagne, nei deserti di paesi lontani, la Guerra accade all'altezza delle nuvole, al livello del mare, sono aerei e navi che partono gonfi di soldati e vanno lontano. C'era anche prima, gli adulti lo dicevano: Guerra. Andiamo in Guerra. Erano contenti. Faceva bene al Paese, si diventava piú forti e piú ricchi. Cosí aveva detto il padre di Pietro una volta.

La Guerra era da un'altra parte. Non dove erano loro. Ma adesso che viene qui, che anche noi, tutti quanti, ci siamo in mezzo, come si fa ad essere contenti?

Chissà cosa pensa suo padre adesso. Dovrà chieder-
glielo, anche se forse è meglio di no.

I ragazzi corrono disordinati a raggiungere le camerate, afferrano le valigie coperte di polvere e ragni, le aprono e ci ficcano dentro tutto quello che possiedono: vestiti, libri, biancheria, scarpe, matite. Parlano ad alta voce,
sono agitati. La Guerra rimbomba dentro il Collegio: scoppia nelle bocche, disintegra le ante degli armadi, il fondo
dei cassetti, piega le gambe delle sedie, sfonda i letti, squar-
cia i materassi.

Pietro la valigia l'ha già pronta da ieri. Sta seduto sul
letto e guarda il compagno di stanza muoversi avanti e indietro, appallottolare camicie e calzini, lanciare quaderni
e oggetti dentro la borsa.

Ma la Guerra è finita o no?

Sei scemo?

Matteo si ferma di scatto, un paio di scarpe in una mano e nell'altra un ammasso di mutande sporche.

No, dico, sei scemo? Che domanda è?

Niente.

Pietro abbassa la testa, si guarda i piedi. Non riesce più
ad aprire la bocca.

Ma adesso noi, di chi è che siamo i nemici?

Sei proprio scemo allora. Sta' zitto valà, levati dai coglioni.

La Guerra si combatte ai piani inferiori. Non è ancora arrivata fino a qui. Il ragazzo si sporge dalla finestra a guardare l'Isola dei Morti. È l'ultima volta che lo fa. C'è la nebbia,
non si vede niente, ma Pietro sa che l'isola è ferma al suo posto. Una fortezza silenziosa dove abitano quelli che della
Guerra non hanno più paura. Da loro non arriverà.

C'era stato un periodo in cui anche lui non pensava ad
altro che alla Guerra, come tutti i bambini. Si addormen-

tava pensando alle armi, alle navi da battaglia, agli aerei, ai bombardieri, alle battaglie, agli agguati tesi al nemico, alle baracche aggrappate alla roccia, in grotte scavate dentro pareti ripide e spigolose. Lo zio Bruno, il fratello del padre di suo padre, aveva raccontato l'episodio della montagna fino alla nausea. E anche lui aveva fatto in tempo a sentirlo.

Era una notte di luna piena. La luce illuminava le vallate e le pareti della montagna di un blu chiaro e trasparente. Le cime degli alberi dondolavano appena nella fredda brezza notturna. Facevano un suono festoso, come un milione di minuscoli campanelli. E tutto attorno e sopra, c'era il silenzio della montagna. Un silenzio dove si sentivano solo respiri profondi e lenti. E il suono impercettibile, piú che altro immaginato, degli uomini che scivolavano come ratti dentro le gallerie scavate nella roccia.

L'ora fissata erano le undici e trentacinque. Notte fonda. Silenzio. Luna piena. Stelle. Riposo degli animali. Riposo del nemico. Si sentivano sicuri lassú, i bastardi, in cima al mondo. Non si aspettavano niente. Non avvertivano niente. Poi il segnale è stato dato, le corde dei detonatori sono state tirate. E tutto si è zittito. Anche la brezza ha smesso di soffiare. Tutto si è fermato in una manciata di secondi di pietra. Un secondo, due, tre, quattro, cinque, sei secondi, sette, otto. Ecco. Rumore assordante, roccia che trema e poi esplode e si frantuma e schizza via in scaglie velocissime. La punta della montagna, vista dal rifugio, era un tappo di sughero che saltava via dal collo della bottiglia. Una nube immensa di un grigio rosato nel blu nero della notte è apparsa a circondare la cima e si è dissolta in mille pezzi. Stracci soffiati via dal vento. Il tenente, i suoi soldati e poi tutti gli altri, nascosti nelle vallate attorno alla montagna, cominciarono a sparare. Spari a salve. Spari di festa. Dritti verso il cielo. Poi andarono su a stanare quei pochi che si erano salvati, conficcati nel

ventre della montagna, e come topi, li incalzarono e tira-
rono fuori a forza, uno per uno, e li trascinarono giú. Pri-
gionieri. Vinti.

Per lo zio era stata la notte piú lunga della vita. Aveva
aspettato l'alba per vedere cosa lui e i suoi avevano fatto
alla montagna. Per vedere come la luce cadeva su quel pic-
co scosceso che loro avevano scoperchiato.

Una volta sola aveva raccontato che cosa era successo
davvero ai nemici. Pezzi di corpi spuntavano dalla terra
come sassi dalle forme misteriose, una materia rossiccia e
granulosa ricopriva le pareti della montagna e la terra su
cui posavano i piedi. Un soldato nemico, accucciato in un
angolo, coperto di polvere e sangue, teneva stretta la mano di un compagno di cui non esisteva piú nient'altro. Aveva detto anche che una volta arrivato lassú, aveva vomitato fino a cadere in ginocchio esausto, le mani affondate
nel sangue e nella bile, gli occhi fuori dalle orbite.

Pietro si ricordava tutta la storia. L'appostamento, l'attesa, il silenzio della montagna, l'esplosione, gli spari a salve dell'artiglieria.

Da quando lo zio è morto, questa storia la racconta suo
padre ed è cambiata, è piena di cose che lui non capisce.

Anche adesso bisogna combattere per il proprio Paese,
però il mondo di oggi è diverso, come fa suo padre a fare
paragoni?

La Guerra di Prima è finita da un pezzo. La Guerra di
Adesso è tutta diversa. Non c'è nessun nemico da ricac-
ciare indietro dai confini. Siamo noi quelli forti.

E adesso invece gli vengono a dire che la Guerra è qui,
che c'è in mezzo anche lui, hanno detto anche che le bombe vengono giú da due anni, ma lui non lo sapeva. E poi
dove? Dove cadono le bombe se lui non le ha mai sentite?
E adesso requisiscono il Collegio per farci stare gli stranieri. Che non si capisce poi se sono ancora amici o no.
Cacciano via la gente dalle case, la picchiano e la manda-

no lontano. E Padre Janius però gli fa posto a casa sua senza che nemmeno gli abbiano puntato contro un fucile. O invece l'hanno fatto?

Capitolo sedicesimo

Il giardino è incolto. I tigli sono coperti di bubboni bianchi, gommosi e molli da toccare. Punteggiati di muffe arancione vivo, cristalline. I rami sono spogli. Il manto verde che dovrebbe ricoprire tutta la superficie del parco si è ridotto a un'erbetta rada, sotto si vede la terra nera e crepata. Il gazebo cade a pezzi. È molto grande, uno scheletro di capodoglio piantato nel centro del parco. In primavera, i germogli dei cespugli di rose si inerpicano lungo le sue ossa. Ora c'è solo il ferro nudo, scorticato e arrugginito.

Il ragazzo osserva i residui legnosi avviticchiati attorno alle sbarre di ferro. Raggrinziti e nudi. Le rose adesso si possono solo immaginare.

C'è una fotografia che suo padre ha scattato tanti anni fa e che ora è appesa nell'anticamera dello studio. Si vedono tre persone. Una donna. Sua madre. E poi due bambini. Uno è proprio lui. Stringe tra le braccia un cucciolo di segugio bianco e rosso. Belbo. L'altra bambina è di spalle. Si vede soltanto la schiena, la testa scura, la treccia crespa che le arriva alla vita. Irina. Il giardino intorno a loro è pieno di luce.

Adesso, c'è qualcosa di storto in tutte le cose. Il giardino gli appare decrepito, il suo popolo segreto di insetti, uccelli e roditori è stato sterminato. C'è un silenzio orribile, rotto solo dalle campane che dicono le ore.

Ieri sera la mamma è andata a letto senza neanche salutarlo. È sparita all'improvviso, dopo che per tutta la sera non aveva aperto bocca. Era rimasta seduta a tavola in silenzio, senza guardarlo neanche. Aveva gli occhi gonfi e due brutte occhiaie viola. Sbriciolava il pane tra le dita, faceva delle palline bianche che dopo un po' diventavano grigie e le metteva in fila. Non ha toccato cibo. Ha solo bevuto il vino. Ne ha bevuto tanto. Aveva sempre il bicchiere pieno e poi subito vuoto, pieno e vuoto, pieno e vuoto. Poi ha cominciato a sudare. Aveva la fronte bagnata, e anche il collo, e le braccia. Neanche suo padre ha detto niente. Nessuno ha detto niente. Non sembravano molto contenti che lui fosse di nuovo a casa.

Io domani vado via presto.

Suo padre si pulisce la bocca col tovagliolo, tossisce, guarda un punto del muro davanti a sé, tra una natura morta di cachi e pere e un piatto di ceramica decorato a fiori.

Lei non si volta, gira appena la testa.

E quando torni?

Due settimane.

Telefona.

Appena arrivo, chiamo.

Buonanotte.

Buonanotte.

Pietro si volta verso il padre.

E dove vai?

Via, per lavoro, come al solito.

Stamattina si è svegliato nel suo letto. Era tutto come prima. Gli uccelli nel parco, la luce sul cuscino, la tenda di velluto a portata di mano, le crepe sul muro che raccontano le solite storie, l'odore del caffè. Si è stirato nel letto e non ha pensato a niente.

Poi si è alzato. Si è vestito. Ha sceso le scale. È entrato in cucina. Elide rimestava nel fuoco per attizzare le braci, ha aggiunto un grosso ciocco sopra tre bacchetti sottili e le fiamme sono divampate. Dalla sala da pranzo arrivavano delle voci. La risata di sua madre. Acuta, squillante, allegra. Gli è venuta voglia di correre, di entrare nella stan-

za, buttarla giú dalla sedia e farle il solletico dappertutto.
Ma si è sentito ridicolo. Tra due settimane compie tredici anni. Stamattina, quando si è guardato allo specchio per
pettinarsi, ha visto che la striscia nera di peli sopra il labbro era piú fitta.

E poi ha sentito un'altra risata. Fonda e scura. La risata di un uomo.

Pietro, questo signore si chiama Kurt. Non ti ricordi di
lui? Vi siete visti altre volte, quando tu eri piccolo.

L'uomo lo guarda senza sorridere. O forse sorride, ma
solo con gli occhi, la bocca resta ferma.

Ha le labbra strette e sottili, un naso enorme come il
becco di un uccello. Una giacca verde oliva gonfia di me-
daglie e mostrine sul petto.

Pietro fa un piccolo inchino. Si siede e guarda fisso il
tovagliolo ripiegato sul tavolo. La tazza del latte è appoggiata al solito posto. Il bricco del caffè pure, anche se è
vuoto.

Elide, porta la colazione per Pietro.

Il ragazzo guarda sua madre. È allegra stamattina. Non
come ieri. Le occhiaie sono sparite, ha gli occhi truccati di
nero e un rossetto scuro e pastoso sulle labbra. Ha un vestito molto scollato. Le colline dei seni sono candide e ferme come albumi montati a neve. Dev'essere quella la consistenza. Ci ha spalmato la faccia sopra per un anno, ha
bevuto dalle punte, dovrebbe saperlo come sono fatti, e
invece non se lo ricorda.

E cosí mi hanno detto che sei stato espulso dal Collegio per uno scherzo un po' cattivo.

Sí signore.

Ma bravo! D'altra parte, nei Collegi succedono di queste cose, no? O fai gli scherzi o te li fanno. Giusto?

Sí signore.

Anche se un uomo saprebbe sottrarsi con fermezza a
questo genere di ricatti psicologici, no?

Sí signore.

Ma tu sei ancora un ragazzo. Può succedere di non essere forti.

Sí signore.

L'uomo scoppia a ridere. Ha i denti marci. La bocca sottile si tende su quell'orrore. Sembra un minuscolo bosco bruciato. Gli occhi si strizzano come fessure. Le mostrine appese alla giacca dondolano avanti e indietro. Anche sua madre ride. Pietro solleva un angolo della bocca, per cortesia, anche se non capisce assolutamente cosa c'è da ridere. Prende il pane e lo inzuppa nella tazza. Mangia con lo sguardo basso. L'uomo e sua madre attaccano a parlare in quella lingua che non capisce. È riposante. Può distrarsi, pensare ai fatti suoi. Fuori deve fare molto freddo. Il cielo è lattiginoso e basso. Potrebbe anche nevicare. Le punte degli alberi sono tutte bruciate. Pensa a cosa potrebbe fare oggi. Un giro in paese, a cercare qualcuno, magari. Quando finisce di mangiare, chiede il permesso di alzarsi. Un inchino ed esce dalla stanza. La puzza di fumo gli sta attorno come un banco di nebbia. L'uomo e sua madre continuano a parlare, a ridere, ad accendere sigarette, a bere caffè, quello vero.

Capitolo diciassettesimo

Fuori ha davvero cominciato a nevicare. Il ragazzo cammina lungo il sentiero che porta al fiume. La neve è ghiacciata e ruvida contro la pelle. Raccoglie qualche sasso. Osserva gli alberi. Si annoia. Non succede niente, qui. Una volta gli pareva che succedessero molte cose. C'era sempre da fare, da scoprire. Adesso c'è solo silenzio. La neve che cade soffice e fina. Cammina a lungo e le ore passano. Quando arriva al fiume, prende un sentiero che sale su per una collinetta fitta d'alberi. Ci sono le impronte di animali sul nevischio fresco, ma lui non sa riconoscerle. Si guarda attorno, magari sono nascosti sotto un cespuglio e lo guardano passare con gli occhi gialli pieni di paura. Torna giú e cammina lungo il corso d'acqua. Arriva nel punto dove ha trovato l'uomo morto. Si ferma. Cerca di ricordare tutto. L'immagine torna vivida. Il cuore batte in fretta, piú del solito, gli sembra. Anche perché gli viene in mente una cosa terribile: la scatola di latta rossa nella quale ha nascosto anche il dente d'oro del morto, l'ha lasciata al Collegio, seppellita sottoterra. E adesso il Collegio è lontanissimo e ci sono pure i soldati stranieri dentro.

Raccoglie dei sassi da terra e li lancia nell'acqua. Sono tondi e pesanti, per niente adatti a fare il volo. Cadono giú come palle di piombo, hai voglia a spingere sul polso per dargli l'inclinazione giusta. Irina era capace di far saltare anche questi. Ma lui no. In quel momento, arriva qualcuno. Il ragazzo sente dietro di sé piccoli passi veloci e il frusciare di un corpo che si fa strada in mezzo al canneto. Si

volta e la Nina è lí, mezza coperta dalle frasche, un dito
sulla bocca a intimargli il silenzio. Si avvicina a lui circo-
spetta. A tracolla porta una grossa borsa di tela. La testa
coperta da una sciarpa di lana grigia spolverata di neve.

Cosa fai qui?

E te?

Niente. Butto i sassi. Penso.

Ecco, bravo, bada a pensare bene. Io vado, eh.

E dove vai?

Gli occhi gialli della Nina lo guardano cattivi. Lucci-
cano come i sassi con dentro la pirite. Sono occhi da animale intelligente. Occhi che non si fanno gabbare da niente e da nessuno. Un sorriso perfido si disegna sulla sua
bocca.

Vuoi venire con me?

Sí. Dove?

Ah, però non devi fare domande. Vieni e basta. Ti va
bene?

Va bene.

La Nina si infila a razzo nel boschetto, attraversa il
canneto rapida come una nutria, conosce tutti i passaggi
segreti, sa dove mettere i piedi e dove svoltare. Pietro la
segue a fatica. Il corpo snello della ragazza si muove a scatti sotto il pesante cappotto di panno da uomo che le striscia sui calcagni. Ogni tanto, solleva le braccia per liberarlo da un ramoscello nel quale si è impigliato. Sembra
una vecchia strega che porta la sua gerla di erbe velenose.

Cosa c'è dentro la borsa?

La Nina si ferma di colpo e lui le finisce addosso.

La faccia attaccata alla sua. Gli soffia contro come un
gatto.

Ti avevo detto di starti zitto. Le domande non le devi
fare.

Scusa.

Scusa niente. Adesso torni indietro. Vai via.

No.

T'ho detto d'andar via. Lasciami in pace. Sei un bamboccio.

No.

Cosa no? Non sei un bamboccio? Guardati lí, c'hai anche il moccolo al naso.

Non è vero.

È vero, è vero.

La faccia della Nina si chiude tutta in un'espressione maligna. Gli occhi stretti e gialli incendiano il resto della faccia e lo fanno sembrare una palla di carta che brucia.

Vieni qua, piú vicino.

Piú vicino di cosí è impossibile. La bocca della Nina è quasi contro la sua e il suo petto aderisce al cappottone della ragazza.

Ecco, ancora un po'.

Una mano piccola e ruvida si fa strada sotto i suoi vestiti, raggiunge la pancia, gli fa il solletico, poi le dita camminano, saltano come anguille sotto la cintura e scendono giú. Gli afferrano il sesso in una stretta violenta.

E allora? Sei un bambino o no?

Pietro perde l'equilibrio e si appoggia col mento alla spalla della ragazza. Dal corpo di lei viene su un odore misto di miele e sudore. Non riesce a dire niente, le sue labbra si separano e respirano sul collo della ragazza, vorrebbe tirare fuori la lingua e leccarla, prendere con i denti uno di quei riccioli biondo sporco e sentirne la consistenza e il sapore dentro la bocca. Resta fermo. La mano della ragazza si muove su e giú.

Intorno, il bosco sta zitto, si sentono soltanto i loro respiri, il fruscio della mano contro la stoffa. Il suono sospeso della neve che si posa sugli alberi, sulla terra.

Hai ragione te.

La Nina sorride, adesso è un sorriso diverso da quello di prima.

Non sei un bamboccio. Guarda qua.

Tira fuori dagli strati di vestiti la mano e gliela mostra.

Ha le dita piccole e callose. Il palmo è ricoperto di una sostanza bianca e filamentosa.

Lui lo sa cos'è quella roba. È già qualche mese che se n'è accorto. Vuol dire che è un uomo; lo hanno detto i ragazzi al Collegio. Con quella si mettono incinte le donne.

Uno schianto, e ancora un altro. Sono uccelli che cercano un nido. Sbattono le ali contro i rami, forse si fanno anche male.

Adesso andiamo e tu stai buono. Va bene?

Sí.

Bravo.

La bocca della Nina si appoggia sulla sua. È ruvida e calda. Ma subito si stacca e ricomincia a camminare. E lui dietro. La neve si è fatta piú grossa. Cade fitta, ma non li raggiunge. Si appoggia sui rami degli alberi, sulle foglie, sugli aghi dei pochi sempreverdi che solitari abitano la pianura.

Il boschetto si apre in una piccola radura. Il terreno è già tutto coperto di neve. C'è una baracca di legno e lamiera. Tre lati soli per ripararsi dal vento e un tetto scassato per tenere asciutta la testa. O quasi. Davanti, al posto di una parete con la porta, c'è una tenda di stoffa appesa a una corda che copre appena metà dell'apertura. Dentro ci sono tre uomini. Stanno seduti su un panno lercio e cercano di ravvivare un falò soffiando dentro un tubo di metallo. Hanno i guanti tagliati all'altezza delle dita e quelle che sporgono sono solo escrescenze rosse e blu, piene di spaccature, senza la forma di falangi e nocche e polpastrelli.

Uno di loro si alza e gli viene incontro.

Ciao.

Dice la Nina.

Chi è lui?

Nessuno.

Qua devi venirci da sola.

Lui è mio amico.

Lo dici te.

Sí, lo dico io. E allora?

Niente. Va bene. Cos'hai portato?

Due pannocchie. Un chilo di pane. Delle castagne.

Carne?

No.

Burro?

No. Quella roba lí a casa è tutta contata adesso. Se ne toglo un po' se ne accorgono subito.

Va bene. Tira fuori, dài.

Gli altri due uomini allungano il collo per vedere. Hanno gli occhi fuori dalle orbite per la fame. Le mani della Nina svuotano rapide la borsa e posano tutto per terra.

Dài qua le pannocchie che le metto ad arrostire, dice uno.

Il ragazzo li osserva in silenzio. Sta un passo dietro alla Nina.

Vieni fuori, tu.

Gli dice l'uomo vicino a loro.

Lui fa un passo verso destra e uno in avanti.

Come ti chiami?

Pietro.

L'uomo lo guarda un secondo, in silenzio, e torna subito a rivolgersi alla Nina.

Domani ci spostiamo un po' piú in alto. È sempre lungo l'argine del fiume, ma dopo le risaie. Andiamo a un casone che è a un'ora di cammino dopo le valli, vicino alla pieve diroccata. Devi riuscire a portare qualcosa che basta per una settimana. Ce la fai?

La Nina solleva lo sguardo, contempla per un po' un ramo che dondola sotto il peso di un cubetto di neve.

A che ora devo venire?

Prima delle nove che poi ci mettiamo in marcia. Qua non è per niente sicuro.

Vengo alle sette. Però non lo so cosa riesco a portare.

Prova ben a prendere della farina. Anche di granturco. Basta che riusciamo a farci del pane o della polenta.

A domani allora.

E anche dei fagioli, o ceci, o lenticchie, quella lí è roba che pesa poco e non va a male.

Ci provo.

I due uomini accanto al falò alzano una mano per salutare. Quello vicino, abbraccia stretta la Nina e la solleva da terra. Lei lascia fare.

Ti saluto chi sai te. Lui è già lí.

Quando l'uomo la rimette giú, la Nina ha la faccia tutta rossa. La sciarpa le è scivolata indietro scoprendole la testa. I capelli si sono riempiti di fiocchi di neve. Sembra una bambina. Poi ricomincia subito a camminare, piú veloce di prima e di nuovo torna a sembrare una donna. Pietro deve correre per riuscire a starle dietro.

Il boschetto è tutto bianco, i loro passi sulla neve fresca fanno un rumore ovattato e lontano. I rami degli alberi dondolano sotto il peso della neve. Oscillano avanti e indietro. Ogni tanto, c'è un tonfo leggero e un mattone bianco che cade. Gli uccelli sono tutti spariti. Si sente solo il suono dei loro passi e il respiro veloce che gli esce dalla bocca. Pietro afferra un lembo del cappottone della Nina.

Fermati un secondo.

Cosa c'è? Dài, devo tornare a casa.

Chi sono quelli?

Amici miei.

Sí, amici, ma chi sono?

Soldati.

Come soldati?

Sí. Scappati. Sono soldati scappati dal fronte, tornano indietro dalla Guerra.

Ma se la Guerra è finita perché stanno nascosti lí senza niente da mangiare?

Non lo so. Senti, io so solo che scappano, non li possono mica piú costringere a combattere.

Ma chi è che li cerca?

Tutti li cercano. Ma te dov'è che vivi? Non li hai visti

i bandi attaccati in paese? Se li prendono li fucilano nella schiena, ecco cosa gli fanno.

Ma chi?

I fascisti. La Brigata Nera. Hai capito? E i tedeschi.

Ma cos'è la Brigata Nera? Chi è che comanda adesso?

I neri comandano. Chi se no?

Ma che neri, non erano andati via?

Basta domande. Mi hai scocciata. Adesso andiamo che è tardi.

Capitolo diciottesimo

È quasi ora di pranzo. La tavola non è ancora apparecchiata. In cucina, Elide rimesta col cucchiaio una zuppa arancione, densa come un budino.

La mamma?

Pietro prende un gambo di sedano da una ciotola appoggiata sul tavolo. È legnoso e amaro, tutto pieno di fili che non si lasciano masticare.

È andata anche lei a riposarsi, dice cosí che sta poco bene. Oggi te mangi in cucina insieme con noi. Ti pare andare in giro con 'sta neve? Sei tutto bagnato, dài, vai ben a cambiarti che se no ti viene un accidente.

La vado a trovare.

No, ha detto cosí che scende lei quando che sta bene.

Elide gli volta le spalle e ricomincia a rimestare nel paiolo. La grossa schiena grigia strizzata a metà dai lacci del grembiule.

E quello là dov'è?

È andato a riposarsi anche lui.

Tu lo sai perché i soldati scappano dal fronte?

Elide si volta di scatto, il mestolo che gocciola giú sul pavimento e sulla punta delle sue ciabatte di panno. Lo fissa con gli occhi smarriti.

E a te chi te l'ha detto?

Nessuno. Cosí. Sono stato in paese. Girano delle voci.

Io non so niente.

Ma la Guerra è finita o no?

Cosa vuoi che ne sappia io, intanto qua c'abbiamo da

mangiare e le bombe non vengono giú, basta essere genti-
li coi forestieri. Fare come dicono loro. Dài, vatti a lavare le mani che è ora di mangiare.

In corridoio, la Nina sbuca da un angolo come un fantasma, lo afferra alle spalle e lo spinge contro il muro.

T'avevo detto di star zitto.

Non ho detto niente.

Fai domande. Non devi farle. Se dici qualcosa t'ammazzo.

Non dico niente, lasciami.

No, non ti lascio.

La bocca della ragazza cerca la sua. È un bacio veloce
che gli taglia le labbra. Non sa cosa fare, se muoversi, stare fermo, mettere le mani da qualche parte, ma dove? Resta lí contro il muro, la Nina schiacciata addosso, la sua
lingua che lo costringe a spalancare la bocca. Sente le ginocchia cedere, adesso casca per terra e ci fa una figura
proprio da bamboccio. Si immagina che adesso cade e sbatte la testa. Magari muore e lei resta lí, a piedi scalzi e mezza nuda a battersi le mani sulle cosce dalle risate, perché
come si fa a morire in un modo cosí idiota. Ma non cade.
E la Nina si stacca da lui e lo guarda con quegli occhi da
animale che brillano in mille punti di luce gialla.

Stanotte ti vengo a trovare cosí ti insegno delle cose.
Non dormire.

La guarda andar via senza dire niente. Resta lí stordi-
to, sulla bocca un filo di saliva che si asciuga e si rappren-
de, schifoso. Una sensazione strana che gli parte dall'inguine e sale dappertutto. Gli scoppia la testa. Ecco, magari è cosí che andrà, adesso gli scoppia la testa e tutto
quello che c'è dentro si spiaccica sul muro. Ma non succede niente. Elide lo chiama dalla cucina.

Dopo mangiato, Pietro sale le scale per andare nello studio di suo padre a cercare un libro da leggere. La porta del-

la stanza della mamma è aperta. Anche le tende alle finestre sono spalancate e nella camera entra la luce bianca riflessa dalla neve che fa apparire tutto piú duro. È la prima volta che vede questa stanza in piena luce e sembra del tutto diversa. Nel letto ci sono due corpi addormentati. Sono nudi. Sono un uomo e una donna. Si vedono i polpacci aggrovigliati alle lenzuola, polpacci bianchi e pelosi e altri bianchi e lisci, e poi un seno tondo e molle con la punta rosa, e il petto dell'uomo che invece è piatto e liscio, una porzione di natica bianca e infossata. Un braccio penzola fuori dal letto e sembra il braccio di un morto. È bianco e spettrale, in quella luce e le dita della mano sono ripiegate all'insú come piccoli uncini di carne. Le punte macchiate di smalto hanno il colore del sangue rappreso.

Il ragazzo non riesce a pensare che quella donna nuda e distesa sul letto sia proprio sua madre. La punta rosa che svetta sul seno è quella alla quale è stato attaccato non appena è venuto al mondo. E adesso è buttata sul letto come un pezzo di carne. Tutti quelli che passano davanti a questa porta possono vederla. Lí si sono attaccati altri uomini che il ragazzo non conosce. C'è stato suo padre, adesso c'è questo straniero con i denti marci e il naso da uccello. E poi chissà chi altro. Non è mai stata roba sua.

E allora pensa che non è davvero sua madre. È una donna. Un corpo trafitto da strisce di luce gelata. Deve andarsene, levare gli occhi da quel quadrato bianco.

Sopra il letto, la Madonna Marina sorride il solito sorriso da troia.

Puttana, pensa, anche tu un giorno hai smesso di amare tuo figlio.

Lo hai lasciato morire da solo.

Madonna vacca.

Madonna bagascia.

Madonna zoccola.

Troia.

Come sua madre, che lo ha messo in mano ai preti, lo ha lasciato senza una parola. E adesso sta lí tutta nuda con uno che lui neanche conosce.

Strofina l'unghia contro lo stipite della porta. Scava una riga dritta e la ripassa, su e giú.

Lo straniero si volta nel letto, si stira, dalle lenzuola sbuca una salsiccia raggrinzita che esce da un cespuglio peloso. Fa schifo, fa tutto schifo, però non riesce a smettere di guardare. E quando lo fa è solo perché qualcuno sta salendo le scale e potrebbe scoprirli. Allora allunga una mano verso la maniglia e tira la porta verso di sé. Che almeno li abbia visti solo lui.

Hanno dormito tutto il giorno. Per cena non si è visto nessuno. Pietro è rimasto seduto alla scrivania con la testa appoggiata a un libro. Ma non ha letto niente. Non ha fatto niente. Nessuno è venuto a cercarlo. Fuori dalla finestra il cielo ha attraversato un milione di stadi diversi. Bianco, rosa, azzurro, viola, blu scuro, nero. La luce si è schiantata contro il manto di neve, è tornata su spezzata ed è caduta di nuovo. Non ha piú nevicato. Neanche un fiocco. Sta tutto fermo. E anche dentro di lui è tutto in equilibrio. C'è solo il silenzio della notte sui campi bianchi. Si addormenta e sogna una massa d'acqua enorme che investe tutto quello che incontra e lo inghiotte e lo seppellisce e il mondo diventa solo una distesa d'acqua fredda senza case, campi, strade, città, automobili, persone.

Ma se ti avevo detto di non dormire.

Il fiato caldo di Nina nel suo orecchio, il corpo nudo della ragazza che scivola dentro il letto. È fredda e liscia. Non come le mani, che sono ruvide. È lei a spogliarlo, un bottone alla volta e senza smettere di parlare.

Adesso ti faccio vedere una cosa, scommetto che non sai niente di niente, vero? Secondo me al Collegio dov'eri sono tutti finocchi, lo sai cosa fanno i finocchi, se lo mettono dietro, me l'ha detto uno che conosco, mi ha detto che se non c'è donne in giro si può anche fare, anche al fronte succede, quando si sta solo tra uomini per un sacco di tempo, dice che un bel giorno uno non ce la fa piú e dove scarica scarica, basta che sia un posto morbido e caldo e un posto cosí ce l'hanno anche gli uomini, ce l'hai anche tu, sai?

Lasciami, non mi toccare.

Vedi che non sai niente, ti facevo solo capire dov'era. Stai zitto, adesso ti faccio una cosa che ho imparato.

La testa di Nina scivola sotto le coperte, i riccioli strisciano sul suo torace e sulla sua pancia come mille bruchi pelosi e la bocca semina una striscia di saliva come una lumaca. Le sue labbra si chiudono sul suo sesso e per un secondo lui crede che sta di nuovo per morire. Ma poi non muore. È solo quella roba bianca che è uscita.

La Nina si solleva su un gomito e lo guarda in faccia. Ha le guance gonfie e la bocca serrata, deglutisce.

Ecco, hai visto, l'ho bevuto. Scommetto che non l'avevi mai fatto. Ma cosa dico anch'io, cosa vuoi aver fatto tu.

Pietro solleva una mano ad accarezzarla. Le guance, le labbra, il naso, poi il collo e i capelli e la Nina chiude gli occhi e gli si appoggia addosso, lascia fare e allora lui scopre che può toccare tutto quanto, non solo i capelli, ma anche i seni che sono piccoli e appuntiti come due pesche sull'albero, la pancia che è morbida e liscia e se spingi senti delle cose dentro che fanno gluglu, può toccare le gambe e sentire la peluria che si solleva sotto i polpastrelli e quel posto dove cominciano i peli che sono ricci e un po' crespi e umidi anche. E la Nina apre un po' le cosce cosí lui può toccarla meglio e a un certo punto si solleva e lo tiene giú con una mano poi gli sale sopra e infila con la mano il suo sesso dentro quel posto umido sotto i peli. Si abbassa piano piano e lui chiude gli occhi e stringe un labbro tra i denti, se no la roba bianca esce subito di nuovo e ancora deve capire com'è fatto questo posto e come funziona tutto quanto. E gli dice apri gli occhi per piacere e adesso la sua voce è diventata morbida e vetrosa con delle scaglie che la bloccano in certi punti sulle parole. Poi scivola via bene di nuovo, e lei dice, quando ti ho visto ai morti ho pensato subito che lo facevamo ma non te l'ho detto, poi eri piccolo ai morti, adesso è giusto e prima no, dammi un bacio, ma tieni gli occhi aperti, aperti bene, c'è la luce della neve che scoppia fuori e riempie tutto di bianco, muoviti ecco, fai piano, la neve domani è già sporca di fango dove passano le ruote, e la voce torna di nuovo a diventare spessa e scura, con delle pieghe misteriose come se scendesse fin dentro la pancia e poi tornasse su portandosi dietro il sangue. E il bianco della neve fuori si spegne per un minuto, due, tre, per mezz'ora e quando di nuovo torna a esplodere nella stanza, la Nina è già scivolata via dal letto e Pietro accende la luce, magari è stato tutto un sogno, solo un sogno.

E allora gira per la casa. Cammina a piedi nudi e sente freddo e ha paura di aver sognato tutto e paura anche di non aver sognato proprio niente e che domattina dovrà incontrarla e guardarla negli occhi e parlarci e non sa se sarà capace oppure no. E si sente allegro, anche, perché adesso è un uomo e sa quel che c'è da sapere, perché adesso l'ha fatto e sa com'è che si fa. Tra due settimane compie tredici anni ed è già un uomo, però poi gli viene in mente sua madre chiusa da piú di dodici ore in quella stanza con uno sconosciuto e si chiede perché e cosa fanno e cosa pensa lei e che cosa vuol dire questa storia. Forse vuol dire solo quello che ha fatto anche lui con la Nina, ma tutte quelle ore e quel silenzio e quel sonno che sembravano morti sono un'altra cosa.

I piedi vanno da soli e non fanno rumore e la porta adesso è chiusa, ma sotto c'è una striscia di luce. E il ragazzo appoggia l'occhio al buco della serratura e li spia. Sua madre è seduta a gambe larghe sul letto, le braccia girate all'indietro e i palmi delle mani posati sul letto per tenersi su. Lo straniero le tiene una caviglia con una mano e nell'altra impugna una siringa piccolissima. Quando l'ago entra nella carne proprio sopra al malleolo, sua madre butta la testa all'indietro, le braccia scivolano a croce e lei cade sulla schiena, ha seni enormi, sono bellissimi, pesanti, due rose già aperte. Apre la bocca e la lingua le si incastra da qualche parte, tossisce e lo straniero col naso da uccello le infila due dita in bocca e gliela mette a posto. La copre con il lenzuolo e controlla la siringa contro luce, si stringe la cintura dei pantaloni intorno al braccio tirandola con i denti, appoggia l'ago in mezzo e spinge lo stantuffo. Poi crolla sul letto anche lui e di nuovo dormono come morti alla luce rossa della lampada accesa.

Il ragazzo pensa che forse dovrebbe correre a svegliare qualcuno, chiamare Fosca o Elide per far venire un medico, magari stanno male tutti e due e cercano di curarsi da soli. Ma uno che sta male non sta a letto tutto nudo a dicembre. Uno che sta male chiama il dottore e si mette sotto le coperte, beve latte caldo o brodo. Non si fa le punture da solo. In una caviglia poi.

Questa cosa che ha visto fa paura. Sua madre fa paura. Lo straniero con il naso da uccello. E tutte le cose che non capisce. Anche i soldati che scappano e si vanno a nascondere in campagna e sulle colline verso il mare. E gli stranieri. Quelli più di tutto fanno paura. Anche se qui, in casa, gli stranieri ci sono sempre stati e li chiamavano amici. La Nina fa paura anche lei. Le cose che dice. I suoi occhi gialli, le sue minacce e quello che hanno fatto stanotte.

Torna nella sua stanza. C'è odore acido di sudore, umidità che evapora dalle lenzuola e si appoggia sui vetri. Adesso è davvero essere soli. Soli in una pianura smisurata. Nessun segno sul terreno, negli alberi o nel cielo che ti indichi la direzione giusta da prendere.

Fa scivolare un polpastrello sul vetro della finestra. Ci appoggia la fronte contro. Il vapore si scioglie col calore della pelle e si disperde in una miriade di goccioline d'acqua. Fuori è tutto nero. Come al solito. È dicembre. Quasi Natale, quasi il suo compleanno. Pensa ai regali, ai pranzi e alle cene, alla casa piena di parenti prossimi lontani e lontanissimi e di amici di famiglia di cui nemmeno ricorda i nomi. Non è bello. Non sarà bello.

Capitolo diciannovesimo

Sul tavolo della colazione un biglietto coperto di inchiostro svolazzante appoggiato alla tazza del caffellatte.

Adorato bambino,
la tua mamma oggi va a fare una gita. Quando la tua mamma è allegra le vien voglia di andare a spasso lo sai e oggi sono cosí allegra, non so neanche perché cosí vado insieme al Signore che ieri hai conosciuto a fare un viaggio brevissimo (tre quattro giorni) vedi di fare le cose per bene e di ascoltare sempre Fosca e Elide che sanno le cose. Ti abbraccio,

Mamma

Mentre Pietro legge il biglietto la Nina entra nella stanza.

Ciao.

Ehi, ciao.

Hai dormito?

Dice la Nina. Afferra una mela dal cestino appoggiato al centro del tavolo.

Quella lí era mia.

Dài, non rompere, ce ne sono altre due.

Scherzavo.

Ah, ecco, e quello cos'è?

La ragazza gli sfila il biglietto dalle dita e lo osserva rigirandolo da tutte le parti.

Lo vedi cos'è.

Lo sguardo della Nina ha un lampo giallo cattivo.

Io non so leggere.

Te lo leggo io.

Ah, una gita.

La ragazza lancia il torsolo della mela dentro il camino spento. Atterra sulla cenere fredda con un piccolo tonfo che solleva uno sbuffo di polvere grigia.

Perché, te sai dov'è andata?

Io? No. Cosa vuoi che sappia io?

Una volta ti ho sentito che aiutavi mia mamma in bagno e hai detto una cosa.

E allora?

Le hai detto una cosa tipo: sempre cosí, sempre cosí, ma cosa voleva dire?

E che ne so, non mi ricordo.

Perché la mamma si fa delle punture?

Che punture?

Non è possibile che non sai niente.

E invece non so niente.

La Nina guarda fuori dalla finestra, si strofina il naso con due dita e si pulisce le mani contro il grembiule.

Cosa fai oggi?

E te?

Io cosa?

Non dovevi andare a portare della roba a quelli?

La Nina si mette a posto il grembiule con dei colpi secchi delle mani, lo spiana, lo liscia sul davanti.

Sta' zitto.

Pietro si alza, è di fronte alla ragazza. Sono alti uguali. Gli occhi all'altezza degli occhi. Cerca di prenderle una mano, ma lei si scansa, brusca.

Cos'hai?

Devi stare zitto. Te l'ho detto, no?

Lo so. Scusa.

Adesso devo lavorare. Ciao. Ci vediamo.

La guarda uscire dalla stanza, la schiena dritta e i capelli arruffati sulla nuca in tanti riccioli spumosi. Gli pare che brillino come se fossero bagnati. Forse ha piovuto. O magari è solo la nebbia. Ma fuori dai vetri è tutto bianco di neve. Una distesa piatta e vuota dalla quale sbucano le case lontane e gli alberi del parco con le braccia cariche di latte rappreso.

Una fagiana grande come un gatto zampetta nel parco e becca la neve. I due piccoli la seguono, beccano negli stessi punti nei quali ha frugato la madre. Le code piumate marroni e verdi scintillano vivide contro il bianco del cielo e della terra.

Sono solo le otto e mezza. Il ragazzo ha tutta la giornata davanti. Niente davanti. Tempo da far scorrere. Vuoto.

Elide, Fosca e la Nina rivoltano la casa come un guanto, spalancano tutte le finestre, sbattono lenzuola e coperte, spolverano i mobili, lavano i pavimenti, stendono la cera, trasportano ceste di roba da una stanza all'altra, stirano, stipano gli armadi di biancheria fragrante. Cose inutili dal momento che il fetore di questa casa viene dalle fondamenta, ha impregnato i muri e ogni singolo mattone, ogni trave, ogni sputo di cemento, ogni chiodo conficcato nel muro. Una patina oleosa e puzzolente che aderisce a tutto quanto. A questi inutili centrini di pizzo, alle tendine svolazzanti, alle cornici dorate dei quadri che raffigurano tutti nature morte, agli stucchi dei soffitti, cremini rosa e bianchi incollati al muro. È meglio andarsene fuori, a respirare aria fredda e vera.

Il giardiniere sta liberando il vialetto dalla neve. Solleva la testa, con una mano dalle dita gonfie e rosse alza la tesa del cappello in segno di saluto. Il ragazzo non dice niente. Non lo conosce, quest'uomo. È da poco che lavora qui. È abbastanza vecchio. Ha un corpo pieno di nodi, come un grosso albero in inverno, quando si vede bene la struttura. Viene dal paese tutte le mattine con la bicicletta. Lavora fino all'ora di pranzo e poi va via. Non parla mai con nessuno.

Pietro cammina nel parco. La neve gli arriva sopra le caviglie. Gli scarponcini di pelle si stanno impregnando d'acqua gelata, ma cerca di non farci caso. Ogni tanto, alza la testa e si volta a guardare il vecchio che spala la neve e la lancia nell'aria verso un grosso cumulo che compatterà con la vanga. Diventerà un muro di ghiaccio e poi si formeranno piccoli buchi simili a crateri o a formicai e, piano piano, si scioglierà.

Il vecchio non alza mai lo sguardo verso di lui, lavora sodo e bene, concentrato. Devono fargli male gli occhi a forza di guardare solo quel bianco accecante. Raggiunge il gazebo e spolvera via la neve dalla panchina di pietra. Si bagnerà comunque, ma non importa. Si siede sopra il cappotto. Si alza e ricomincia a camminare, le sue orme si intrecciano sulla neve, fanno disegni stupidi, si tagliano l'una con l'altra e si confondono fino ad annullarsi in un pasticcio sporco e sciolto. Scende sul sentiero che porta al fiume. Ora dev'essere gelato. I rami incastrati nella trasparenza gelida dell'acqua. Forse c'è anche il corpo di qualche animale colto di sorpresa e intrappolato nella morsa del ghiaccio. L'unico occhio visibile, viscido e fermo. Raggiunge la radura nella quale ieri la Nina ha portato da mangiare a quegli uomini. Non c'è piú nessuno. Del bivacco resta soltanto un cerchio di sassi anneriti, coperti di neve. È triste. Si ferma a osservare quelle tracce leggere che vanno sparendo dopo cosí poco tempo. Pensa che le tracce degli uomini sono tutte cosí, e anche quelle delle bestie. La natura si mangia i residui. E dimentica quello che è accaduto, perché per la natura niente accade: polvere sollevata dal vento e poi di nuovo adagiata. Gli eventi sono i millenni che avanzano. Una misura che gli uomini, e le bestie, non possono sopportare.

Quegli uomini devono aver camminato molto a lungo. Stanno ancora camminando. Li immagina avanzare nella neve con i lunghi cappotti che strisciano per terra e assor-

bono l'acqua ghiacciata. Immagina le facce rosse e battute dal vento, le dita che sbucano dai guanti tagliati, bluastre e rotte, piene di geloni. I tascapane, gonfi della roba
che gli ha portato la Nina, dondolano sui loro fianchi ad
ogni passo. Riesce proprio a vederli. Tutti e tre magri e
con lo sguardo infuocato, come lupi che hanno perso le
tracce del branco da qualche parte e non riescono piú, con
tutta quella neve, a sentire l'odore dei compagni.

La neve ha cancellato tutto. Anche le impronte della
Nina sono già state cancellate. Pure quelle che ha lasciato
sul suo corpo, fatte di saliva e baci. Anche quelle svani-
scono subito.

Capitolo ventesimo

Quando sua madre torna sono passati tre giorni. Tre giorni lenti e uguali. La Nina non è piú venuta a cercarlo di notte, anzi lo ha evitato.

La neve è diventata grigia, marrone e nera, poi ha cominciato a sciogliersi. Adesso ne restano soltanto chiazze grigie e bucherellate in mezzo all'erba. Ma la campagna è ancora tutta bianca.

È tornata in taxi ed è tornata sola. A parte quattro scatoloni che vengono scaricati dall'autista nell'atrio. Lo straniero è sparito e lo sguardo di sua madre è di nuovo freddo e lontano. Sono le otto di mattina quando arriva e Pietro è seduto in sala a fare colazione. Lo bacia sulla testa, gli mette un braccio attorno al collo e appoggia le labbra sui suoi capelli. Fa odore d'inverno e di benzina. Vorrebbe alzare le braccia e stringerla a sé. Ma quando si è quasi deciso, lei sta già salendo le scale. Si chiude a chiave nella sua stanza e permette solo alla Nina di entrare.

Perché te ti lascia entrare?
Il ragazzo afferra il vestito della Nina e non la lascia.
Mollami. Io devo lavorare, non vedi?
In braccio ha un asciugamano pulito e altra biancheria.
Senti, devi dirmelo che cos'ha mia madre. È strana.
La Nina sbuffa, alza gli occhi al soffitto. Con le unghie del pollice e dell'indice gli pizzica la pelle del polso.
Ti ho detto di mollarmi. Non ha niente. Cos'è che deve avere? Lasciami in pace.

Nina!

La voce di sua madre arriva come una fucilata e fa schizzare tutti e due. Si separano di scatto. La Nina sbatte la schiena contro il muro. Pietro indietreggia sul primo gradino delle scale, per un pelo non cade di sotto.

E vai allora.

Le soffia.

Vai.

Gli scatoloni sono rimasti nell'atrio, per terra. Una montagna di cartone umido, color merda di cane. Non hanno nessuna scritta, nessun fiocco, nessun timbro. Sono chiusi con degli spaghi. Se li apre, lei se ne accorge subito. Però se non li apre muore. Qui, in mezzo all'atrio, passa sempre qualcuno, Fosca e Elide, o la Nina. Magari suo padre che apre la porta all'improvviso, è tornato dal suo viaggio senza avvertire. Bisogna trascinarli altrove, in un posto sicuro. Nel sottoscala ad esempio, lí c'è un piccolo sgabuzzino per la legna. Sarà stipato, forse non c'è posto, però si può provare. Si guarda attorno: nessuno e un gran silenzio, rotto solo dalla pendola che segna i minuti col suo fruscio.

Il primo scatolone è leggero, scivola facile. Dentro il ripostiglio è troppo buio per vedere dove si mettono le mani, deve fare attenzione a non strappare il cartone in nessun punto, solo slegare le corde per bene e poi richiudere e riannodare senza errori. Ci vuole mezz'ora, ma ce la fa. Nella penombra, dalla scatola saltano fuori delle mutande, delle calze da donna, dei bustini di pizzo. Tutta biancheria nuova.

Richiudere la scatola. Trascinarla fuori. Controllare di nuovo che non ci sia nessuno. È passata quasi un'ora, diventa pericoloso, però almeno un altro. Sono tre gli scatoloni: se sa cosa c'è in due, il terzo non sarà poi questa grande sorpresa. Piú o meno saranno le stesse cose. Ricomincia tutta la trafila. Fuori si fa buio. La luce è calata. Continua a calare, un grado al secondo, scivola, scivola.

Dentro la seconda scatola ci sono cinque cappelli, due paia di scarpe col tacco, una borsa rotonda di pelle blu, tre sciarpe di lana pelosa, leggere come nuvole. E poi basta. Tutti vestiti. Roba inutile. Che passa di moda. Che non si mette piú dopo un anno. Di sicuro costosa e inutile. La gente non ha da mangiare e sua madre sperpera fortune in mutande. L'ha sempre fatto. La casa straripa di roba che non serve a nessuno: stoviglie, bicchieri, soprammobili d'argento, orologi a cucú, boccette di profumi ce ne saranno almeno cinquanta tra la camera da letto di sua madre e il bagno. Superlavande reali e fragranti, dentifrici di classe e ricostituenti liquidi alle erbe da prendere a cucchiaiate e in tavolette da masticare, ciprie per il viso e per il corpo argentate, dorate, color luna, smalti per le unghie, flaconi di talco borato e mentolato, rossetti allo jodo nascente, brillantine liquide in pasta e lozioni alla lanolina per i capelli. La vasca del suo bagno personale l'ha fatta cambiare due volte, sempre troppo piccola diceva, poi c'è un modello piú bello, l'ho visto su una rivista straniera, diceva, tutta smaltata e coi piedini d'oro, un gioiello. E ha fatto costruire altre tre stanze da bagno. Irina gli diceva, ma lo sai te che l'altra gente del paese, quasi tutti, la cacca la fa in giardino dietro delle assi di legno, in un buco per terra, estate e inverno, col freddo, ma te lo immagini a culo nudo a dicembre, magari di notte, quando ti viene all'improvviso, l'aria gelata che passa dalle assi mezze sbrecciate e le stelle che si vedono dai buchi e tu in pigiama, a chinino, con una pezza in mano per pulirti o un foglio di carta da giornale tutto umido che ti rimane l'inchiostro attaccato alle chiappe? Tre stanze da bagno ha fatto costruire sua madre, piú la sua personale. Piastrelle rosso sangue e lavabo e bidet – che nessuno lo sa poi a cosa serve il bidet, quando viene qualcuno a casa e gli capita di vedere le stanze da bagno col bidet rimangono impressionati perché al massimo lo hanno visto per i malati, ma allora è un vaso da notte, ride lei, mica un bidet. Ha fatto installare i termosifoni piú moderni. Li hanno portati dall'estero, ha detto. Le stufe ormai non s'usano piú. Ma non le ha tolte, quelle che c'erano. Ha solo aggiunto. Dice che il freddo non le piace. Io voglio girare in abito da sera anche a dicembre, in casa mia. S'è mai vista una festa da ballo con la gente in pelliccia e cappotto? Ha sparso per la casa orologi da tavolo che fanno tutti un'ora diversa – tutti i posti del mondo, cosí mi piace, sapere che ora è dappertutto –, lampade elettriche in ogni stanza, tre radio, una piú grossa dell'altra, una persino incastonata come una pietra preziosa dentro il mobile bar, tappeti e tappetini dappertutto, anche sovrapposti perché ormai di pavimento libero non ce n'è quasi piú, e comodini, comò, armadi e armadietti, ogni mese si aggiunge qualcosa, la casa crollerà sotto il peso dell'inutile e fuori, dicono che la gente scappava dalle città per le bombe e con le macchine chi ce l'aveva o con i carretti e i muli si caricava quel che si riusciva e si andava via. Allora il ragazzo rimette lo spago attorno alle scatole e pensa che vorrebbe chiederle, mamma, se ci tocca scappare anche noi, dove la mettiamo tutta questa roba? Ma queste sono cose che non si chiedono. Se la roba è lí vuol dire che serve. Lo sanno gli adulti cos'è che serve.

Rimette gli scatoloni nell'atrio nella posizione in cui erano prima. Gli spaghi sono annodati un po' male, ma si può pensare che è per via del trasporto e poi, vuoi che sua madre stia proprio a guardare se gli spaghi sono dritti o storti?

Il buio è sceso in fretta mentre lui pensava alle cose. C'è un silenzio che sembra notte, ma è solo pomeriggio. E intanto però un po' di tempo è passato.

Lei stasera a cena non si vede, Pietro mangia in cucina con Elide e Fosca e la Nina che stanno tutte quante zitte e badano a mangiare, la testa bassa e gli occhi nel piatto e quando hanno finito, sparecchiano e puliscono e poi vanno a letto. Rimane in salotto da solo. Si stende per terra, sul tappeto, con la testa appoggiata al cuscino e una mano sul fianco caldo di Belbo che dorme steso accanto a lui. Alla radio c'è musica. Poi, quando ormai sono passate le undici, c'è gente che parla tra rumori di fondo che non fanno capire bene le parole. Si distrae, non riesce a seguire quello che dicono, poi entra la Nina, in camicia da notte, con una sciarpa di lana grigia avvolta intorno alle spalle. Ha gli occhi gonfi di sonno e i capelli tutti spettinati, i piedi nudi.

Che fai?

Niente. Ascolto la radio.

Ma se si sentono solo rumori.

No, c'è uno che parla ma ogni tanto c'è un fischio e va via la voce, dicono cosí che ci sono degli alleati. Dicono che arriveranno, prima o poi. Ma a fare cosa?

Io dico che te vieni giú dalle nuvole, veh. Ma non lo sai che abbiamo fatto la pace ma ai tedeschi non ci sta mica bene? Non sono piú amici nostri. Ci stanno occupando dappertutto, succede un casino.

Ma gli alleati chi sono?

Senti, adesso basta, è meglio che spegni, è tardi.

Ancora un po'.

Tua madre poi la sente.

Va bene, spengo.

La Nina sta ferma davanti a lui, in piedi. Si tira un ricciolo con due dita.

Vuoi che vengo a letto con te?

Non sa cosa dire. A guardare in quella direzione c'è una lampada che gli spara dritta negli occhi una luce che lo acceca. La Nina è sfocata, un'apparizione luminosa e senza lineamenti, circonfusa di luce come una santa.

Vuoi?

Ripete la Nina, stringendosi la sciarpa sul petto.

Non lo sai?

Pietro non trova niente da dire. Ci sono due risposte. E non riesce a scegliere. Vuole. E non vuole. Semplice. Complicato. La ragazza non insiste, si volta per andarsene.

Ti posso chiedere una cosa?

La Nina resta ferma di tre quarti, del suo viso non si vede quasi niente. Solo la punta del naso e un po' di zigomo.

Tu e Irina non eravate amiche, vero?

E chi l'ha detto?

Nessuno. Mi sembrava.

Ti sembrava cosa?

Niente, lascia perdere.

No che non lascio perdere, cosa vuol dire che non eravamo amiche? Cosa ne sai?

Non mi ha mai parlato di te.

La Nina volta la testa verso il fuoco. Gli occhi gialli spalancati sulle fiamme.

Perché Irina si faceva gli affari suoi. Era piú piccola, per quello pensi che non eravamo amiche, ma non è vero. Io le dicevo le mie cose delle volte. Mi ha anche imparato a scrivere il mio nome.

Insegnato.

Eh?

Niente. A lei gliel'ho insegnato io.

Bravo.

La Nina prende un'arancia da un cestino appoggiato su una mensola. La sbuccia e ingoia gli spicchi con ingordigia, il succo le cola sulle dita, sul mento, sulla camicia da notte bianca. Lancia le bucce dentro il camino. Il profumo si sparge nella stanza, pizzica il naso.

Io vado a letto.

Nina.

Eh?

Secondo te, perché è morta?

Sei scemo, no dico, sei scemo? Era malata no, lo sapevano tutti. La gente malata delle volte ci resta secca. È cosí e basta. Ciao.

Buonanotte.

La ragazza esce dalla stanza senza voltarsi e lui rimane fermo a guardare i suoi talloni nudi alzarsi e abbassarsi sul pavimento. La linea netta del tendine della caviglia che si allunga e si accorcia. Finché non sparisce.

*Passi che si avvicinano, luce, uno strappo che ti scoppia
dentro.*

*Sei sicura che braccia e gambe si siano del tutto staccate
da te e siano affondate nell'acqua.*

E invece no. Le hai ancora.

*Legate strette attorno al corpo: le braccia incrociate sul pet-
to e le gambe ripiegate contro la pancia.*

C'è luce adesso. Abbassi lo sguardo e vedi.

*Vedi con gli occhi veri, non con quelli dentro il cervello.
Vedi il colore blu della pelle, più scuro dove la corda stringe.*

Sollevi la testa e vedi loro.

Occhi e nasi e bocche.

Paura.

La senti, questa. La respiri.

*È la loro, non la tua. La tua è caduta nell'acqua. È anda-
ta a fondo. Poi è salita. Galleggia. Insieme alle foglie marce.
Agli insetti morti.*

Non hai più paura. Non l'avrai mai più.

Mai più.

Nel poco tempo che resta.

La mattina dopo, il ragazzo attraversa il prato e si mette seduto nel gazebo. Resta lí a osservare il giardiniere. Anche il vecchio non fa molto altro che guardare. Prende tra pollice e indice le foglie di qualche albero e le sfrega. Sfiora i tronchi rugosi dei tigli che costeggiano il viale e annusa certe muffe porose che crescono all'altezza delle radici. Le gelate delle notti scorse hanno fatto morire qualche cespuglio. Bisognerà estirparlo. Ma non ora. La vanga e gli altri attrezzi restano dentro il capanno. Il giardiniere oggi medita. Pietro lo osserva. E medita anche lui. Pensa al Collegio. Ai soldati stranieri che l'hanno requisito. A Padre Janius. Cosa farà lui adesso? Resterà lí da solo in quel palazzo sull'acqua a guardare il volo dei gabbiani, senza gli studenti? E poi chi sono esattamente gli uomini della radura con lo sguardo da lupi? E cosa fanno? E come fanno a pensare di scappare senza armi, senza niente di niente?

Raccoglie sassolini di ghiaia e li mette in fila sul tavolo di pietra del gazebo. Ha le dita gelate e si sente stanco. Conta i sassi. Li dispone a formare un semicerchio. Ecco, questo sono io, pensa. Prima invece ero cosí: e con altri due sassi chiude la linea che diventa un cerchio.

Il pugno chiuso esita due volte prima di sfiorare il legno della porta. Arriva a un millimetro, poi arretra. E ancora. Poi lo fa, bussa. Una, due, tre volte. La voce debole di sua madre da dentro la stanza.

Sí?

Mamma? Sono io, posso entrare?

Un attimo, aspetta, aspetta solo un secondo.

Si sente il rumore del corpo che si alza dal letto, le molle che cigolano, il fruscio di un vestito indossato sulla pelle nuda.

Ecco, vieni. Entra.

La stanza è illuminata solo dalla piccola lampada accanto al letto. I capelli di sua madre sono elettrici e vaporosi. Gli occhi segnati. La vestaglia col drago le scivola da una parte, la cintura è raccolta in un nodo lento sui fianchi, sotto è nuda, qua e là appaiono spicchi di pelle bianca scaldata dalla luce arancione della lampada.

Dormivi?

No.

Che fai?

Niente, tesoro, mi riposo. Ho mal di testa. E tu, cosa fai?

Niente.

E studiare? Da quando sei tornato a casa non hai piú aperto un libro.

Non è vero.

Lei non risponde. Accende una sigaretta. La stanza si riempie subito di fumo. Onde vaporose che si fermano a metà tra il pavimento e il soffitto.

Il ragazzo si morde un'unghia. Non riesce a parlare, eppure le domande ce le ha tutte stampate in testa, un questionario bello ordinato con domanda numero uno due tre quattro cinque sei, all'infinito. E invece, resta lí a guardare sua madre, la sigaretta che penzola a un lato della bocca, la vestaglia semiaperta, seduta davanti alla specchiera con la spazzola in mano che cerca di ravviarsi i capelli. Lo sguardo gli cade sulla caviglia sinistra, proprio sopra il malleolo c'è un livido blu grande quanto una noce. A guardarlo da vicino sembra un grappolo d'uva nera. Il posto delle punture. Gli viene l'impulso di inginocchiarsi davanti a lei, prenderle il piccolo piede tra le mani e baciare quel livido assurdo. Continua a mordersi un'unghia. Lei posa la spazzola e si volta verso di lui.

Volevi dirmi qualcosa?

No. Cioè, sí.

Dài, parla.

No.

Come no? Smettila di mangiarti le unghie in quel modo, ti farai uscire il sangue e poi ti viene un'infezione.

Si versa un bicchiere di liquido rosso scuro, trasparente. L'odore non è quello del vino.

Vuoi assaggiare?

La guarda, ma evita gli occhi, osserva uno zigomo, un orecchio, l'angolo delle labbra sollevato, l'ossicino della clavicola che sporge dal bavero della vestaglia, l'attaccatura del seno.

Sí.

Bagna appena le labbra. Sa di ciliegie sotto spirito. Una cosa da vomitare. Però lei ride e gli piace vederla ridere e allora butta giú tutto d'un fiato. E lei non ride piú.

Sei impazzito?

Resta zitto a guardarla, gli occhi negli occhi finché non è lei ad abbassare lo sguardo per prima. Si stringe al petto la vestaglia, copre le cosce con un lembo che è scivolato. Si accorge dello sguardo di Pietro sulla caviglia e allora sposta la gamba e la mette dietro l'altra.

Sono le sei. Sembra notte fuori. D'inverno viene buio cosí in fretta, sembra sempre buio, mi viene solo voglia di dormire.

Anche a me.

Vieni, dormiamo. È da tanto che non dormi con me.

Ecco la crepa. Ecco quel mondo incrostato di ghiaccio e sale che appare nel quadro enorme sulla parete di fronte, prendere vita e venirgli incontro.

Si domanda se lei ricorda l'ultima volta che hanno dormito insieme. Se ha sognato la sua mano toccarlo oppure se è accaduto per davvero. Gli ha detto che ormai è grande per dormire nel suo letto eppure ora glielo ha chiesto. Ha paura. Ricorda il viso appuntito della Nina che nel buio è solo spigoli ossuti e bagliore d'occhi, la bocca pallida e screpolata vicina alla sua, la punta dei suoi seni sul petto e si chiede se lei, sua madre, può lontanamente immaginare che lui ora sa cosa accade nei letti tra gli uomini e le donne. E cosa c'entra si chiede ancora, io, nel letto insieme a lei.

Si guarda attorno, osserva la stanza di sua madre. La Madonna Marina gli sorride dalla sua grotta azzurra. Le labbra possono ingannare, ma gli occhi no. Gli occhi sono quelli da puttana di tutte le madonne.

Si stende sul letto. Le lenzuola sono fredde. Lei resta seduta sull'angolo del materasso. Versa altro liquore nel bicchiere. Beve. Ne versa ancora. La bottiglia è già quasi vuota. Il liquido rosso ondeggia ogni volta che lei riappoggia la bottiglia sul tavolo. C'è la testa di un cavallo disegnata sull'etichetta, un cavallo rosso. Poi lei si stende accanto a lui e tira su le coperte. Allunga il braccio per spegnere la luce. La stanza è calda, c'è odore di alcol e di cannella, di polvere, fumo e borotalco. Restano immobili, uno di fianco all'altra, il respiro sfasato che piano piano si accorda.

Quando il ragazzo si sveglia, c'è una striscia di luce che entra dal corridoio, la porta della stanza è spalancata e la Nina è davanti al letto che li guarda. La coperta è scivolata giú e lui è nudo come un verme. Diventa tutto rosso, cerca con una mano di afferrarne un angolo e di tirarla su, ma non ci riesce.

La Nina non leva lo sguardo. Anzi, lo fissa proprio, sembra che stia controllando che lui sia tutto intero, con le cose giuste al posto giusto. Ha uno sguardo freddo, da scienziato o da meccanico.

Sua madre dorme ancora. Il laccio della vestaglia si è sciolto e la pelle nuda è attraversata dalla striscia di luce gialla che entra dalla porta. È un corpo molto diverso da quello della Nina. Il corpo di una donna. Carne morbida e curve, dove la ragazza ha soltanto spigoli e punte e cose ruvide.

Vieni a mangiare?

Gli dice la Nina a bassa voce, gli occhi gialli nascosti da un'ombra.

Abbiamo fatto le crescentine. Sono ancora calde. Ti vanno? Col latte.

Che ore sono?

Le cinque.

È buio.

Sí.

Il ragazzo si alza dal letto. Una molla cigola sotto di lui e schizza verso l'alto. Volta la testa per vedere se la madre s'è svegliata, ma lei ha gli occhi chiusi e la bocca aperta. I capelli sono un'aureola dorata sul cuscino.

Fa freddo.

No.

Io ho freddo.

Tieni.

La Nina gli porge le calze e il maglione.

Erano per terra, davanti al letto.

Lo guarda seria, senza nessuna sfumatura sulla faccia, sembra una statua di gesso, solo gli occhi che mandano lampi intermittenti.

In cucina fa molto piú caldo che nel resto della casa, c'è la stufa accesa, puzza di fritto e vapore che stagna al centro della stanza.

Pietro addenta le crescentine una dopo l'altra, inzuppandole nel latte freddo. Fosca solleva lo sguardo dal ricamo piú volte.

Non esagerare, tra due ore si cena.

Io ceno adesso.

E perché, sentiamo, cos'hai da fare, devi uscire?

Non devo uscire, ho sonno. Voglio andare a letto.

Io non lo so, in 'sta casa c'hanno sempre tutti sonno.

Sbotta Elide, agitando uno strofinaccio nell'aria come per scacciare le mosche.

Meno male che adesso arriva tuo padre che vi fa rigar dritti, tutti quanti.

Quando torna?

Eh?

Ho chiesto quando torna.

Non si parla con la bocca piena. Torna domani.

Come fai a saperlo?

Ha telefonato ieri, non te l'ha detto tua madre?

Abbassa la testa sulla ciotola del latte e non risponde. Guarda le briciole gialle galleggiare sulla superficie del liquido. Una pelle bianca e liscia. Con un'unica ruga al centro. Infila un dito e tira su un grumo di panna rappresa, lo succhia.

Non gliel'ha detto. Se è per questo, non gli dice piú niente. Non dice niente a nessuno. Sta a letto come morta e quando si alza è solo per bere e per farsi le punture. Lui l'ha vista. Gli altri, non lo sa.

Io vado a letto.

Be', buonanotte, hai bisogno di qualcosa d'altro?

No, grazie.

La Nina sta ancora mangiando. Seduta sul muretto davanti al camino, lo sguardo fisso sul fuoco, la schiena ingobbita e i piedi scalzi appoggiati sulla pietra calda. Quando lo sente uscire, si alza di scatto e appoggia la tazza sul tavolo.

Anch'io vado.

E tu dov'è che vai? Qua c'è ancora da fare, bellina.

Non sto bene, ho le mie cose, posso andare anch'io a letto, mamma, per favore.

Dài, ho capito, ho capito, vai che finiamo io e la Fosca, ma domattina niente storie, hai da fare il pollaio e poi delle commissioni in paese.

La Nina lo blocca a metà scala. L'ha seguito silenziosa e lo ha artigliato alle spalle costringendolo a voltarsi verso di lei.

Vai a letto davvero?

Perché, dove dovrei andare?

Vuoi venire con me?

E tu dove vai?

Vado da quegli uomini. Devo portare una cosa.

Che cosa?

Non devi farle le domande, te l'ho già detto.

Ma è buio. E poi fa freddo.

Io ci devo andare lo stesso.

È lontano?

Due ore a piedi, dalla parte del fiume e poi su per la collina. Bisogna attraversare un pezzo di bosco.

Non puoi farlo di notte. Lí la neve non si è ancora sciolta.

La Nina guarda per terra.

Non ci vai.

Devo andarci per forza.

E io non ti faccio andare.

Prende la ragazza per un polso, vede la smorfia che le torce la faccia, gli occhi gialli che lampeggiano cattivi.

Mi fai male. Lasciami.

Però mi devi dire una cosa.

Ti ho detto di non fare domande, tanto non ti posso rispondere.

Una sola.

La Nina alza gli occhi al cielo.

Ti avverto: non è detto che ti rispondo. Allora, cosa vuoi sapere?

Perché li aiuti?

Gli occhi della Nina sono occhi da animale, furbi e sospettosi e allo stesso tempo calmi e lontanissimi.

Perché devo farlo.

Cosa vuol dire che devi?

La Nina si morde un dito e guarda per terra. Quando parla, la sua voce è bassa che si sente appena.

Me lo ha chiesto mio fratello.

Tuo fratello?

Sí, Nino. È uno di quegli uomini lí.

Quindi anche tua madre lo sa.

No, lei non sa niente. E non lo deve sapere.

Gli punta un dito contro e spinge fino a fargli male, il polpastrello si incunea nello sterno, sembra quasi che stia per bucare la pelle e sprofondargli dentro il petto.

Non deve saperlo, hai capito, non deve saperlo nessuno. Lei pensa che Nino è disperso in guerra, che è morto, buttato da qualche parte, come un cane in un fosso, in mezzo alle ortiche e invece lui è tornato e ha detto che l'unico modo per salvarci tutti quanti è continuare ancora a combattere. Ma si devono fare le cose per bene, mia mamma non ci capisce di politica, dopo va a finire che le scappa detto qualcosa.

Ma contro chi bisogna combattere?

Ma te le ho già dette queste cose, sei proprio una tòcca, te. I fascisti e i tedeschi, tutti quelli che comandano. Tra un po' vedrai che non comandano piú. Gli facciamo saltare la terra sotto il culo. E poi gli alleati arrivano fino a qui sai, bisogna solo aspettare e aver pazienza finché non arrivano.

Un sorriso da bambina le illumina la faccia, ma scivola via subito.

Adesso devo andare via.

No. Non ci puoi andare adesso, fa troppo freddo.

Lasciami la mano. Ti ho detto di lasciarmi!

Gli occhi gialli della ragazza sputano lingue di fuoco. Fanno paura.

Lascia andare la mano.

Capitolo ventiduesimo

L'ha lasciata andare. Adesso la Nina sta camminando nel boschetto lungo l'argine con il cappottone da uomo che striscia per terra e si riempie di neve. Sotto, ha un vestito di lana verde.

Il ragazzo si infila nel letto e si tira le coperte sopra la testa. Chiude gli occhi e segue la ragazza che cammina. È una figura piccola e svelta, tutta nera nel bianco accecante della neve che ancora ricopre la campagna. C'è luna piena stanotte: almeno avrà luce per vedere dove va. Non si guarda attorno. Cammina spedita, senza esitazioni, la strada la conosce benissimo. Ma forse a un certo punto le viene sonno. Sta quasi per fermarsi. Appoggiare la schiena al tronco di un albero, chiudere gli occhi, solo un istante. Un gufo appollaiato su un ramo: gli occhi, lo stesso colore di quelli della ragazzina. La guarda passare con i suoi globi fosforescenti. Sposta il peso del corpo da una zampa all'altra. Un mucchietto di neve scivola giú dal ramo. Atterra senza rumore su altra neve. Un tonfo soffice. Riprende a camminare, la neve le arriva a metà polpaccio. Ha messo gli stivali, ma qualche schizzo di neve è entrato lo stesso e le ha inzuppato i calzettoni. Ha cosí freddo che le viene da piangere. Non sa se ha piú sonno o piú voglia di piangere. Cosí continua a camminare. Cerca di non far caso a nessuna delle due cose. Cammina. Sa dove sta andando. La borsa di tela pesa sul fianco destro e la cinghia le sega la spalla sinistra. Rimbalza contro l'osso dell'anca. Le verrà un livido se non la sposta, cosí, senza smettere di camminare, la sfila da sopra la testa e la gira dall'altra parte. Adesso rimbalza sul fianco destro. Le dita dei piedi si stanno addormentando per il freddo. La neve si è sciolta ed è filtrata dentro i calzettoni e poi si è di nuovo indurita. Sembra di camminare con dei sassolini di ghiaia infilati nello spazio tra un dito e l'altro. Socchiude gli occhi per il dolore. Succede a volte che il dolore fa chiudere gli occhi. Chissà perché. Adesso deve svoltare. La deviazione è un sentiero appena visibile. Non lo usa quasi mai nessuno. Una volta era una mulattiera. Adesso è niente. Terra battuta larga poco piú di trenta centimetri, invasa di arbusti. Adesso, veramente, è solo neve bianca che ricopre tutto. Potrebbe essere qualche passo piú avanti, oppure l'ha già superato. La ragazza si ferma e cerca di ricordare. Un dettaglio, l'inclinazione del ramo di un albero, la forma delle foglie nel punto esatto dove dovrebbe aprirsi il sentiero. Non ci riesce. Non riesce a ricordarsi niente di niente. Il dolore alle dita dei piedi torna a pungere. Anche quelle delle mani stanno diventando rigide. I polmoni bruciano ad ogni respiro. Il verso acuto di una civetta lacera l'aria. Rimbalza sulla neve, si amplifica nel silenzio assoluto del bosco di notte, sembra un urlo umano. Un urlo agghiacciante. Che si ripete una, due, tre volte.

Pietro si addormenta. Fa un sogno dove c'è neve, tantissima neve. Ma invece di essere fuori, sui campi, sugli alberi, sui tetti delle case, è dentro. Cade dal soffitto e ricopre il suo letto, lo avvolge in un sarcofago bianco da faraone egiziano. Attutisce i rumori fino a costruire attorno a lui un bozzolo di silenzio terrificante. Apre la bocca per urlare, ma la neve ci cade dentro, scivola lungo la lingua, una palla dura e fredda che gli impedisce di emettere suoni e persino di respirare. Si sveglia di soprassalto, con il batticuore. Ha le mani ghiacciate e rigide eppure suda. Una patina d'acqua lo avvolge dalla testa ai piedi.

Accende la lampada. Prende il bicchiere sul comodino.

Sulla superficie dell'acqua galleggia un moscerino morto. Lo leva con la punta di un dito poi beve tutto d'un fiato l'acqua che ha il sapore della polvere e del ferro.

Guarda fuori dalla finestra. È l'alba. Devono essere le sei e mezza, forse le sette, comincia a schiarire. Il cielo è di un blu copiativo, con strisce violacee basse sui campi.

Forse ci sarà il sole, oggi.

Capitolo ventitreesimo

Suo padre è tornato. Nell'atrio, c'è la sua valigia per terra. Il soprabito buttato su una sedia. Anche il giardiniere è già arrivato. Pietro vede la sua sagoma in fondo al parco, dove ci sono i cespugli di rose. Le foglie superstiti, azzurre di verderame. Il vecchio sta fermo, le mani in tasca. Il cappotto sdrucito con le toppe sui gomiti, la sciarpa grigia legata in un nodo sul collo rugoso e flaccido. Come al solito, osserva e basta. Pietro immagina gli occhi stretti a fessura per ripararsi dal vento freddo che taglia la carne. Le rughe della fronte come solchi nella terra asciutta e gelata dei campi, sotto la neve residua. Immagina anche i pensieri del vecchio che devono esser fatti di terra e sole, di calcoli precisissimi e fondamentali sulle temperature e la direzione dei venti. Sulla capacità di sopportazione di ogni singolo arbusto.

Il vecchio piega la schiena su un cespuglio, leva una mano dalla tasca e raccoglie tra le dita qualcosa. Porta la mano vicino agli occhi poi scuote la testa. Mette di nuovo la mano in tasca, insieme alla cosa che ha raccolto dalla terra smossa e gelata che circonda i cespugli di rose.

Pietro lo vede incamminarsi verso il capanno, a passo veloce. I rami dei tigli neri e nudi fanno ombre spaventose sulla neve. Il sole è una patina giallo chiaro, ha il colore dell'albume d'uovo, gelatinoso e pallido. Chissà dove ha messo la vanga piccola, quella per tirare fuori le piantine e travasarle. Il pettirosso che ha trovato morto tra le rose merita una bella sepoltura. Come un cristiano. Ha il corpicino ghiacciato, le ossa scricchiolano tra le dita del vecchio come fili di ghiaccio, le piume sono rigide e fredde.

Stanotte la Nina non ha dormito in casa.

Elide guarda fisso Fosca e non dice niente, aspetta.

Sono andata da lei per svegliarla ma non c'era, e il letto è rifatto come se non ci ha dormito nessuno, di solito hai voglia prima di tirarla in piedi. Il suo cappotto non c'è e neanche gli stivali.

Pietro butta giú il caffellatte, si scotta la lingua, l'esofago, lo stomaco. Deve andare a cercarla. Lo diceva lui che non si esce con tutta quella neve. Nel bosco, di notte. Afferra cappotto e sciarpa. Elide gli urla dietro, ma lui non sente, è già fuori, sta già correndo. Corre verso il fiume. Imbocca il sentiero che porta al bosco, cerca di ricordare le deviazioni che prendeva la Nina. La neve è tutta pasticciata, piena di impronte sovrapposte.

La prima cosa che vede sono i suoi stivali. Stivali di cuoio marroni. Con il tacco basso. Stivali da uomo, troppo grandi per i suoi piedi. Sono per terra, uno sopra l'altro, sporchi di fango.

Poi vede i piedi. Nudi e bianchi, penzolano all'altezza della sua testa. Le unghie sono bluastre e le dita piene di spaccature rosso scuro.

Il ragazzo alza la testa a guardare quello che viene dopo.

La Nina è legata a un ramo grosso e ha gli occhi aperti. Intorno al collo penzola una cordina con un cartello attaccato.

Il ragazzo non riesce a leggere cosa c'è scritto perché ha già ricominciato a correre. La neve sguilla sotto le suole delle scarpe, ma lui riesce a non cadere. Vola sopra la terra ghiacciata e scarta come una lepre. Gli alberi hanno braccia e mani, piedi, gomiti e ginocchia, nasi e bocche, capelli sfibrati e unghie rotte. Ciglia che sbattono e voci che gemono, hanno vene e capillari e cicatrici lungo i fianchi. Dita che cercano di prenderlo, di fermarlo, ma lui respira a scatti tra i denti e continua a correre, piú veloce che può.

La madre è scesa dalla sua stanza in vestaglia, i capelli arruffati e gli occhi cerchiati di viola. Non ha voluto venire a vedere la ragazza. Ha acceso una sigaretta ancora prima del caffè, gli occhi asciutti fissi fuori dalla finestra da dove si vede soltanto un fianco del capanno, tavole di legno fradicio che vanno sostituite la primavera prossima. A questo ha pensato, e anche che dovrebbero cercare di costruirlo in un punto piú nascosto di quello, che non si veda dalle finestre di casa, rovina la vista del parco.

Sono le nove. Il cielo è sempre giallo pallido. Pietro hanno dovuto acchiapparlo e tenerlo con la forza perché dopo che è corso a casa a chiamarli, col cappotto aperto sopra il pigiama, si è rimesso a correre come un indemoniato, non si riusciva a stargli dietro in nessun modo. Correva verso il fiume senza aspettarli e loro gli arrancavano dietro, nella neve. Elide, che inciampava e cadeva un passo sí e uno no, Fosca con la gonna tirata su con tutte e due le mani, e il giardiniere e poi suo padre, con il cappotto cammello e la sciarpa davanti alla bocca.

Il ragazzo correva con gli occhi fissi davanti a sé, ma non vedeva niente. Solo la faccia della Nina. Che stanotte era la Nina e adesso è solo una bambola di stracci appesa come un salame. Il vestito verde tutto strappato e sporco di sangue marrone. Un cartello con scritto puttana appeso al collo.

Elide sta aggrappata al corpo della figlia. Le stringe le gambe, la faccia premuta contro le ginocchia graffiate. Quasi non respira. Ha una smorfia tremenda da vedere. Fosca spinge la faccia contro i palmi delle mani. Il padre del ragazzo suda e non sa cosa dire.

La Nina ha ancora il vestito verde che indossava ieri. È tutto strappato e macchiato di sangue.

Il ragazzo guarda le piccole mani contratte. La mascella dura. Gli occhi spalancati. I ricci biondo sporco che le scendono rigidi sulla fronte.

Il giardiniere, la mano destra in tasca, stringe tra le dita il cadavere del pettirosso, accarezza le piume, la testolina grande come una noce, il piccolo becco socchiuso. Non sa dove metterlo, non sa piú cosa deve fare.

Dobbiamo seppellirla e basta.

Dice alla fine.

Non c'è mica nient'altro da fare.

Fosca ha preparato due bricchi grandi di caffè. Ha acceso il fuoco in sala da pranzo e ha scaldato le crescentine avanzate da ieri.

Elide trema e con le braccia serrate al petto guarda il pomo d'Adamo sporgente del padrone che va su e giú ad ogni boccone come un galleggiante da pesca.

Hanno lavorato sodo stanotte, eh?

Dice il giardiniere, gli occhi bassi sulle scarpe infangate che hanno lasciato una scia sul pavimento della stanza.

In che senso?

Domanda il padre di Pietro.

Hanno fatto fuori altri quattro.

Lascia la frase a metà, abbassa lo sguardo a guardarsi la punta degli scarponi infangati. Una pozza di liquido nero, neve sciolta, si allarga sotto le suole. Ha le guance arrossate. Un angolo di labbro risucchiato tra i denti. Butta un'occhiata a Elide, ma lei non se ne accorge. Tiene le mani premute sul viso.

Stanotte c'è stato un agguato sulla strada che porta in paese, hanno ucciso a fucilate quattro *fascisti* e li hanno appesi in piazza ai piloni della luce. Dice cosí che nessuno ha visto niente, nessuno ha sentito niente. Stamattina la gente è uscita di casa e si è trovata quello spettacolo lí davanti.

Eh, non è un momento facile, questo qua. Avete sentito qualche settimana fa che hanno trovato ammazzato il Federale di Ferrara? Era in macchina, in mezza campagna, sei colpi gli han sparato addosso, poi l'han lasciato lí senza neanche gli stivali. E i suoi hanno mandato subito in città una squadra e per rappresaglia ne hanno fucilati tredici, di notte.

Aggiunge il giardiniere, grattandosi via le briciole dalla bocca con l'unghia del mignolo.

Ma chi è stato?

Chiede Fosca, versando caffè in tutte le tazze.

Chi vuoi che sia stato?

Dice il padrone, le labbra strette.

I disertori. I ribelli. Si radunano in bande armate e si nascondono nelle campagne. Infestano tutto come le zecche. Vanno schiacciati uno per uno, cosí.

E unisce con forza pollice e indice.

Elide lo guarda fisso, le braccia strette al petto. Gli occhi infiammati e lampeggianti in questo momento sono tali e quali quelli della figlia.

Il giardiniere scuote la testa guardando fisso dentro la tazza.

Non lo so mica se son stati loro per davvero.

Non diciamo eresie.

Sbotta il padrone.

Certo che sono stati loro. Chi è stato se no?

Rimangono tutti in silenzio, il giardiniere tiene gli occhi bassi, le dita rosse e rugose stringono con forza la tazza.

Pietro sta seduto di fianco a sua madre, una coperta avvolta intorno e la mano di lei che gli accarezza una gamba. Guarda fisso il fuoco che schioppetta nel camino. Un grosso ciocco ha fatto una fiammata improvvisa, violenta e rapida a consumare. Non sono stati i disertori, pensa, quelli erano suoi amici. Perché suo fratello avrebbe dovuto ammazzarla? Ma sente che questa cosa è meglio tenersela per sé. Non parlerà di niente con nessuno, dovessero tirargli fuori la lingua con le tenaglie.

Ma sua madre all'improvviso parla. La mano scivola via dalla gamba di Pietro e corre a cercare l'accendino nella tasca della vestaglia.

Io la Nina l'ho vista uscire altre volte. Non ho detto niente perché non volevo allarmare nessuno.

Un'occhiata veloce a Elide che incassa la testa tra le spalle e si torce le dita le une con le altre.

Forse aveva qualcuno. A me non l'ha detto. E forse, quel qualcuno aveva bisogno d'aiuto. Mi spiace dirlo, Elide, perdonami, ma mi sono sparite delle cose ultimamente, non vedo chi altri potrebbe averle.

Quali cose?

La interrompe il marito.

Ma, cose, non so... una collanina d'oro, un maglione, delle sigarette, chissà cos'altro. Quelli lí magari l'hanno sfruttata, poi l'hanno eliminata perché sapeva troppe cose, può essere, no?

Sbuffa il fumo al mentolo in larghi cerchi che si inanellano al centro della stanza.

Pietro non può distogliere lo sguardo dalla bocca di sua madre. Guarda le parole rotolare fuori senza sforzo e ognuna ha una luce sinistra di pietra lunare.

Dentro la sua testa, vede la luce della luna sulla neve. La Nina dentro il bosco che cammina.

La ragazzina non aveva fatto in tempo a raggiungere il bosco. Li aveva incontrati sulla strada. Erano due. Ed erano decisi. L'avrebbero presa e avrebbero fatto in fretta. L'avrebbero costretta a portarli con lei. Con le buone, o con le cattive. E siccome le buone non avevano funzionato, avevano dovuto passare in fretta alle cattive. Tanto ci dovevano arrivare comunque. Ma la ragazza urlava come un maiale che sta per essere sgozzato e per forza avevano dovuto tapparle subito la bocca. Cosí adesso non avevano piú la ragazza da seguire fino alla tana.

Però potevano farsene una per uno finché era calda. E allora avevano steso il cappottone della ragazza sulla neve e ce l'avevano messa sopra. Era proprio bella. E non era neanche vergine.

Poi le avevano appeso un cartello al collo. Puttana, ci avevano scritto sopra. Erano tornati a casa per il sentiero secondario, quello che costeggia il fiume. Le divise nere erano bagnate fradice, macchiate di fango, erba e sperma: faceva freddo nel bosco e i vestiti avevano dovuto tenerseli addosso.

Il ragazzo si addormenta vestito e con le scarpe. Nel sogno che fa c'è una luce verde di foglie, la luce del fiume, l'estate abbagliante che si infrange sui ciottoli bianchi del fiume, sulle foglie appuntite delle canne e su quelle secche e marroni degli arbusti morti di sete. C'è Irina che lo prende per mano. Ha appena smesso di piovere. Il fiume non ha pelle. È un rivolo sottile come un filo d'erba, quasi fermo. Dentro il filo, milioni di larve d'insetti si muovono frenetiche, pronte a sbocciare, a spiccare il volo e invadere il mondo.

Comincia tutto dalla pioggia.

Ogni volta è cosí.

La strada mangia l'acqua. Poi la risputa.

Il vapore si alza dalla terra.

Sbuffi di fumo caldo.

Ha appena smesso di piovere.

Corri e salti nelle pozzanghere, il fango schizza in alto, ricopre le calze di cotone bianco, la gonna, il corpetto, arriva fino ai capelli e ancora vola.

Tutto comincia con la pioggia.

Sono queste le giornate perfette per scappare alla capanna sul fiume.

Qui puoi parlare con chi vuoi. Le storie assurde diventano vere come le cose che si toccano.

Un giorno qualcuno entra nella tua casa di fango. Assi inchiodate, fango e paglia. Qualcuno che ascolta.

Sei lí. Resti lí.

Capitolo ventiquattresimo

Il padre entra nella stanza senza accendere la luce, guarda il ragazzo addormentato, tutto vestito e composto come un morto. Gli sfila le scarpe, gli stende sopra una coperta. Fa freddo: nella stanza, la finestra dev'essere rimasta spalancata per tutto il pomeriggio, come al solito.

Resta a guardarlo nella penombra ancora per qualche minuto. È grande. Non se n'era mai accorto. Si passa una mano sul volto, è stanco per il viaggio. Due bambine morte nel giro di pochi mesi. Troppe cose da pensare.

Il ragazzo si gira nel letto, di scatto si leva la coperta e rimane a piedi nudi.

Il sogno finisce. Irina scompare nella polvere bianca che si alza ad ogni passo dal letto del fiume prosciugato. L'ultima cosa che vede nel sogno è il verde delle canne appuntite che costeggiano il fiume. Arriva un ricordo, e il ragazzo si sveglia. Sono le cinque del mattino. Il cielo è ancora nero. Ma il parco fuori dai vetri già risuona di richiami. Tutto uno sbattere di ali e frusciare di rami smossi da piccole zampe agitate.

Si era dimenticato tutto. Ma non per davvero. Aveva sepolto da qualche parte questo ricordo come si fa con un tesoro prezioso. Lo aveva messo lí, tra pagina e pagina come un quadrifoglio o una banconota. Ma adesso il ricordo è tornato. Ha sfogliato il libro giusto e il quadrifoglio è caduto. I quattro petali sono cosí sottili che si riesce a vedere attraverso. Ecco il mondo verde. Accosta un occhio

e l'altro lo chiude. Deve concentrarsi, ricordare per bene.
È un ricordo molto triste. È il mondo come vorrebbe non
vederlo.

Un'immagine del parco. Pomeriggio, caldo umido che
incombe da tutto il giorno. Nuvole pesanti che non si de-
cidono a cadere. È la fine dell'estate. Una di quelle giornate che avanzano con la luce nell'autunno, anche se ancora fa caldo.

Irina gioca a palla contro il muro dalla parte del parco.
Il lato della casa che resta sempre in ombra. Pietro la guarda dalla finestra dello studio, sulla scrivania, i compiti restano abbandonati. La sente cantare a voce bassa: Pirin
Pirocia caval a na bocia la bocia la corr Pirocia al morr, la
bocia la cureva Pirocia als gudeva.

La versione di latino ferma alla terza riga. Il vocabola-
rio è aperto sulla G.

G di glisco, gliscis, gliscere: crescere poco a poco. Au-
mentare. Progredire.

G di globus. Lunae globus, il disco lunare.

G di glomero, glomeras, glomeravi, glomeratum, glo-
merare: aggomitolare, avvolgere.

G di globus cordis, il cuore.

La palla cade. Risuona contro il muro. Rimbalza. Torna con uno schiocco tra le mani di Irina. E poi ancora, ancora, e ancora. Sempre quel povero Pirin Pirocia. Pietro
non sa piú da quanto dura questo gioco. Ascolta. Il mento tra le mani. Gli occhi chiusi. I gomiti puntati sul davanzale. Quasi si addormenta. Ecco che arriva la pioggia.
Le prime gocce gli cadono in testa, grosse e lente. Apre gli
occhi. Irina è là sotto, sta zitta e sorride. Le palpebre striz-
zate. La pioggia comincia già a disfarle la treccia. I capelli si arricciano e scappano da tutte le parti.

Scendi giú.

Gli dice sottovoce.

Lui sorride, scuote la testa.

Non posso. Dęvo finire i compiti.

Dài. Scendi. È bello quando piove... ti faccio vedere la tana della volpe, vieni.

Il cane Belbo le sta a fianco, impaziente. Quando piove gli viene sempre voglia di correre.

E allora il ragazzo scende. Lascia senza fare rumore la stanza immersa nell'ombra grigia, lascia i compiti non finiti, il silenzio opprimente, la sedia dura.

Sotto la pioggia che adesso è diventata fitta e leggera, Irina lo prende per mano.

Ora andiamo a vedere una cosa segreta... gli dice sottovoce, con gli occhi grigi che brillano.

La segue in silenzio, lascia che lo trasporti dove vuole.

Camminavano leggeri sul letto del fiume. L'estate lo aveva prosciugato quasi del tutto, solo un rivoletto sottile, ora ingrossato dalla pioggia, correva al centro, in una cunetta di polvere color luna. Camminavano sui ciottoli bianchi, sui tronchi neri strappati dalla furia del fiume in un'altra stagione e abbandonati lí a marcire. Le farfalle volavano rapide avanti e indietro. Macchie di colore. Azzurro, giallo, rosso e nero. Petali volanti che frusciano muti nell'aria, sfiorano le loro spalle, li anticipano, tornano indietro e guardano silenziosi il loro avanzare.

Il fiume una volta aveva un altro nome, ma nessuno se lo ricorda piú. Era un nome semplice. Adesso ha un nome importante, sta sulle carte geografiche, segna un confine di provincia, è affluente di un altro fiume che taglia a metà un territorio molto esteso. Eppure, nei mesi d'estate questo fiume non esiste. È uno spazio vuoto tra una riva e l'altra e l'assenza dell'acqua è cosí difficile da sopportare che a camminarci in mezzo pare quasi di sentirne il flusso. Arriva, arriva, ora arriva, scende dalla cima dei monti lontani, corre per le vallate, si tuffa nella pianura, eccola l'onda violenta, arriva, ora ci travolge. E invece niente. Niente si muove, niente precipita, niente accade. Solo l'estate.

Le farfalle. Il caldo. La pioggia ha smesso. Il cielo è sempre basso e grigio, ma asciutto. Il cane li segue in silenzio, la testa bassa che ciondola a un soffio dai ciottoli bianchi. Pietro tiene la mano di Irina e si lascia trascinare. Gli viene voglia di chiudere gli occhi e ascoltare l'acqua fantasma. Far finta che quel sottile rivoletto che scorre sotto i loro piedi sia invece un'acqua gonfia che gorgoglia.

Siamo quasi arrivati, non ti fermare proprio adesso, dice Irina senza voltarsi, la mano aggrappata alla sua, il braccio teso. E lui cammina, continua a camminare. Un passo dopo l'altro.

La capanna non si vedeva bene da lí. Si poteva intuire che c'era qualcosa di artificiale nel modo in cui si incurvavano i rami in un certo punto, da come i cespugli erano quasi ripiegati su se stessi, le canne tutte pettinate in un'unica direzione.

Quella è la capanna del vecchio.

Di chi parli?

Pietro aguzza lo sguardo, vede la collinetta di foglie lucide di pioggia e fitte che ricoprono il tetto.

Il vecchio.

Ripete Irina, ostinata.

Non conosco nessun vecchio.

No, infatti non lo conosci. Ma lo sai.

Cos'è che so?

È una storia vecchia come il cucco.

Sarà anche vecchia come il cucco, ma io non la so.

Ora Irina si arrabbia, ora si mette a correre e se ne va, non sopporta quando lui non capisce le cose. Allora sta' zitto. E invece non lo fa. Non si mette a correre, non scappa. Per una volta, il suo tono è gentile, la storia è molto vecchia, anche la capanna è vecchia, però adesso è stata rimessa a posto: nuovo tetto, nuovi rami a sostenerla, frasche nuove anche dentro, stese per terra. È stata lei a fare tutto il lavoro, da sola. Di notte. O di pomeriggio, quando tutti dormono. È venuta fin qui da sola ogni notte per dei mesi. Tutto per sistemare la capanna del vecchio. Il vecchio che viveva qui.

Era tanto tempo fa, noi non eravamo ancora nati. Era uno di un altro paese, aveva moglie e figli grandi. Due figli. Avevano poco piú di vent'anni. Sono morti. Tutti e due lo stesso giorno. Lontano da qui. C'era la guerra. Erano bravi, coraggiosi. Sono morti. Un giorno d'inverno freddissimo. La moglie del vecchio lo ha saputo per prima, è lei che hanno trovato sulla soglia di casa quando sono arrivati con il dispaccio in cui c'era scritto sopra soldati semplici L. e G., morti sul fronte per un colpo di mortaio. Onore al merito. La vecchia – non era vecchia davvero, ma sembrava decrepita – si è seduta lí per terra dove stava, sulla soglia di casa, ha chiuso gli occhi, non ha detto niente. È rimasta seduta cosí molte ore, faceva freddo, la porta di casa era aperta, non c'era verso di farla rialzare. Poi è tornato il vecchio – lui era vecchio per davvero, aveva trent'anni piú della moglie –, ha sentito la notizia, anche lui non ha detto niente, ha fatto un fagotto e dentro ci ha messo la Bibbia e un libro che parlava di alberi, con tutte le piante e come riconoscerle, qualche vestito, gli scarponi, una pagnotta che era sul tavolo, la sua armonica a bocca, ha salutato la moglie ed è sparito. Per sempre. Per la moglie, almeno. Ha vagato giorni e notti lungo la sponda del fiume, incerto perché non sapeva se voleva ammazzarsi oppure no, guardava l'acqua scura che gorgogliava, i mulinelli veloci, i pezzi di legno travolti dalla corrente, si fermava e guardava, poi scuoteva la testa e ricominciava a camminare. Finché è arrivato qui. Il suo paese era a molti chilometri dal nostro, lungo lo stesso fiume, ma molto lontano. Lo sai quanto è lungo questo fiume? Taglia in due una pianura cosí estesa che andarci a piedi vuol dire passarci tutta la vita dentro. In mezzo.

Questo racconta Irina. Pietro apre la bocca, fa per rispondere alla sua domanda, poi capisce che non era una vera domanda e richiude la bocca. Si siede su un sasso e lei resta in piedi, gli occhi rivolti all'imboccatura della capanna.

Quando è arrivato qui, ha scelto un riparo tra le canne e si è addormentato. Ha dormito molti giorni, senza mai svegliarsi, finché è arrivata una donna, che veniva a lavare i panni in questo punto del fiume e lo ha trovato che dormiva. Non gli ha chiesto niente, lui l'ha aiutata a riportare a casa i panni lavati e lei gli ha offerto da mangiare. Poi c'erano dei lavori in giardino, e nella casa, e lui li ha fatti. I giorni sono passati. L'uomo aveva una stanza nel capanno degli attrezzi in fondo al parco. Un lumino, un letto, un armadio e un tavolo senza sedia. L'uomo è rimasto. Sono passati gli anni e l'uomo era sempre piú vecchio, ma rimaneva uguale. Di notte spesso veniva qui, nel punto del fiume dove la donna l'aveva trovato che dormiva. Ha costruito una capanna, questa qua – Irina allunga il dito per mostrargliela come se non fosse già abbastanza evidente che è proprio quella la capanna di cui parla –, veniva qui con la sua armonica in tasca e il suo libro con le storie degli alberi. Era sempre buio per leggere qui, ma lui lo portava lo stesso. Lo sfogliava, poi lo rimetteva nella tasca e tirava fuori l'armonica. Suonava tutta la notte. Io l'ho sentito. La donna che lo ha portato a casa era Elide. Il capanno degli attrezzi era quello di casa nostra. L'uomo si chiamava Tommaso, anche se non era il suo vero nome: quello, non lo sapeva nessuno.

Tommaso, il custode.

Pietro scuote la testa.

Come fai ad averlo sentito suonare, se è morto prima che noi nascessimo?

Irina lo fulmina con lo sguardo.

Ti dico che l'ho sentito. Io lo conoscevo.

Pietro non dice piú niente. Quando Irina parla cosí è meglio non contraddirla, se no le viene la febbre. Si ammala. Perché nessuno crede a quello che dice e lui vuole che stia bene, lui vuole crederci, anche se a volte non ce la fa, e dubita, come tutti, delle parole che dice, di tutte le storie assurde che racconta.

Irina entra nella capanna, le frasche si chiudono dietro di lei, si riafflosciano sull'apertura. Non si vede piú niente, nemmeno la sagoma del suo corpo accovacciato nell'ombra fitta là sotto.

Vieni.

No.

Ha paura. Paura degli insetti, delle vipere, del vecchio. Anche se non c'è da aver paura. Il vecchio è morto, gli insetti ci sono anche fuori e le vipere scappano con i rumori, ma lui ha paura lo stesso.

Vieni.

Dentro la capanna, c'è un letto coperto da un lenzuolo di lino molto grande. Un tavolo improvvisato con una cassetta da frutta ribaltata. Restano lí a lungo, seduti uno di fianco all'altra, sotto le frasche e le canne. Quando escono dalla capanna, è quasi sera. Si sentono i primi grilli, le cicale hanno smesso. Un gallo canta quattro volte.

È un'ora bella. Prima che arrivi il buio, ma con la giornata che già è finita.

Irina prende la mano di Pietro. Camminano in mezzo al letto del fiume, si bagnano i sandali nel rivoletto d'acqua. Prima della svolta che porta a casa, Irina si ferma e gli prende anche l'altra mano.

Devi farmi una promessa.

La guarda.

Prometti.

Che cosa?

Irina scuote la testa, la treccia ormai disfatta, un serpente nascosto dietro la sua schiena.

Prima devi promettere.

Va bene, prometto.

Gli viene da ridere, ma non lo fa.

Guarda che ti ho visto. È una cosa seria.

Va bene. È seria. Sono serio. Prometto.

Quando io non ci sarò piú.

Perché non dovresti esserci piú?

Sta' zitto!

Gli occhi grigi sono duri come pietre.

Zitto. Ascolta, se non ci sarò piú, tu vieni qui alla capanna, e aspetti. E fai attenzione alle cose.

E cosa devo aspettare? Quali cose?

Irina ricomincia a camminare. La testa bassa, lo sguardo ostinato. Pietro le tira la treccia.

Di cosa stavi parlando? Cosa mi hai fatto promettere?

Non c'è niente da spiegare. Niente domande. Hai già
promesso. Se io vado via, tu vieni qua e aspetti. E fai attenzione alle cose. Ora andiamo che è tardi.

La segue. Il cielo sta diventando scuro. Una striscia viola di nuvole sopra le cime degli alberi piú alti. Domani ci
sarà il sole.

Si era dimenticato tutto. Ma non per davvero. Aveva
sepolto da qualche parte questo ricordo come si fa con un
tesoro prezioso. Lo aveva messo lí, tra pagina e pagina come un quadrifoglio o una banconota. Ma adesso il ricordo
è tornato. Ha sfogliato il libro giusto e il quadrifoglio è caduto. Era davanti a lui, ha dovuto solo chinarsi a racco-
glierlo.

Capitolo venticinquesimo

Ormai la neve è quasi tutta sciolta. Per terra, ci sono isole di ghiaccio bucherellato. Sale una nebbiolina leggera che prenderà spessore nel giro di qualche ora. Stanotte la campagna sarà un deserto abitato solo dal bianco. Ma adesso è territorio di caccia. E lui è il cacciatore.

Il ragazzo ricorda che quel pomeriggio che Irina lo trascinò alla capanna, lui socchiudeva gli occhi e guardava le foglie muoversi nell'aria e disperdere miriadi di piccole gocce d'acqua. Ascoltava il rombo del fiume fantasma e immaginava un'immensa onda cadere giú vorticosa dalle montagne e raggiungere il greto asciutto. Uno schiaffo violento alle spalle, poi sarebbero stati trascinati via anche loro insieme ai tronchi secchi e ai minuscoli scheletri fangosi dei pesci. Era troppo distratto per fare caso alla strada. Cinquanta, cento, centocinquanta, duecento passi. Una svolta a sinistra, un boschetto di pioppi da attraversare.

Sono passati molti mesi. La vegetazione infittisce o si dirada, comunque cambia, di continuo. Un percorso poco usato non rimane uguale a se stesso molto a lungo.

Il ragazzo chiude gli occhi e cerca di ricostruire il cammino a memoria. Il colore e la forma degli alberi. Il tempo impiegato per arrivare. Qualche dettaglio. Va avanti e indietro molte volte come un animale che annusa le tracce, le confronta, le studia. Belbo lo segue, annusa gli stessi punti, poi alza gli occhi verso di lui come a chiedergli cos'è che sta cercando.

Tenta di concentrarsi. Il cane mette il muso tra le sue

mani, l'alito bollente gli scalda le dita. È un fiato denso e colloso, puzza di pesce, e di formaggio.

Decide che deve proseguire ancora per un tratto, un piccolo tratto, procedendo in direzione nord-est. Verso la luce pallida del sole che non buca la coltre bianca aderente al cielo. A socchiudere gli occhi e guardare tra le ciglia abbassate appare una palla verde piú fitta e densa della vegetazione circostante. Eccola. Quella è la capanna di Irina. Sepolta in un intrico di rami e foglie che però non hanno intaccato la struttura, si sono soltanto sovrapposte. Braccia e mani fatte di fronde elastiche.

Pietro cerca un passaggio tra le foglie, infila un braccio tra i rami tentando di toccare con le dita le assi di legno che si intravedono sotto. Ecco la porta. Ci vorrebbero un paio di cesoie per riuscire ad allargare il varco abbastanza da riuscire ad aprirla, ma non ha niente con sé. Nemmeno il coltellino svizzero che gli hanno regalato l'anno scorso per il suo compleanno. L'ha lasciato dentro la scatola di latta nel giardino del Collegio.

Si guarda attorno. I pioppi bianchi e sottili, i salici, i campi a perdita d'occhio, l'argine. Un silenzio rotto ogni tanto dai richiami striduli delle cornacchie. Dovrà arrangiarsi con le mani. E con i denti. Morde rami stopposi che lasciano sulla lingua un sapore velenoso, rilasciano il succo, si sfilacciano e si sfibrano, ma non si spezzano. Bisogna cercare una pietra abbastanza affilata. Scendere fino al fiume che è quasi del tutto gelato. Un velo di ghiaccio sottile sotto il quale scorre l'acqua. A guardarla cosí, in questa luce senza colore, sembra acqua nera che corre alla velocità della luce trascinando con sé sassi e pesci, fino al mare. Ecco le pietre. Bianche e levigate. Rotonde. Inutili.

Torna alla capanna. Spinge la porta con una mano mentre con l'altra tiene sollevati i rami, il cane ci si infila dentro e lui lo segue, scivola sulle ginocchia, striscia. Le fronde si chiudono dietro di loro.

Si domanda se riuscirà a tornare indietro o se adesso rimarrà imprigionato dalla vegetazione come in una favola con le streghe e gli gnomi.

Dentro la baracca, c'è odore di erba fradicia, di terra bagnata, di escrementi. Gli occhi si abituano subito al buio, dalle fessure tra le assi entra un po' di luce. C'è il letto. Un giaciglio quadrato coperto da un lenzuolo bianco. Sopra, un velo di foglie marce come coperta. Il tavolo è una cassetta da frutta. Una famiglia di lumache ha abbandonato la vecchia casa lí sopra. Gusci vuoti, in fila indiana. Uno è attaccato allo spigolo. C'è una mensola con dei libri. Delle riviste. La carta è marcita, l'inchiostro si è sciolto e ha impiastricciato le pagine rendendole quasi tutte illeggibili. È qui che Irina gli aveva chiesto di venire. E lui è qui. E qui non c'è niente. Non c'è nessuno. Forse il momento giusto è passato, il ricordo di quella strana richiesta è arrivato troppo tardi. Quello che lui doveva trovare è già sparito. Ha sbagliato.

Si butta a sedere sul giaciglio. L'odore che sale dalle foglie marce non è poi cosí cattivo. Ci si abitua presto.

Resta lí molto a lungo. Le gambe stese davanti a sé. Il respiro che forma nuvole bianche davanti alla bocca. Il cane sta disteso accanto a lui, ogni tanto apre gli occhi a guardarlo poi li richiude, sospira, si assopisce.

Dev'essere quasi mezzogiorno. Dentro la capanna, i fasci di luce che entrano dalle fessure sono raggi dorati all'interno dei quali si sollevano sfere di polvere e insetti coraggiosi. È un bel posto. Ci vorrebbe un camino per scaldarsi, ma è proprio un bel posto. Lontano da tutti i seccatori. Un posto per pensare e starsene per conto proprio. Immagina Irina qua dentro. In questo quadrato di terra battuta largo poco piú di tre passi. La immagina seduta sulla soglia, in un giorno d'estate, con un libro sulle ginocchia; vede le sue labbra compitare le parole una per una, lentamente. Ha una mosca sul naso. La allontana, poi ride. La vede anche col martello in mano e i chiodi stret-

ti tra i denti, un'espressione seria e concentrata, una ruga
in mezzo alle sopracciglia che la fa sembrare piú grande.
Vede le sue mani segnate dai lavori di casa. Proprio come
quelle della Nina. Mani da vecchia. La vede anche ascoltare il suono di un'armonica fantasma, una canzone misteriosa che qualcuno suona soltanto per lei. È il vecchio
custode che suona. Una canzone molto bella e molto triste. Perduta nel tempo. Il ragazzo pensa che a volte il tempo si muove in modo strano. Va avanti veloce e poi torna
indietro. Oppure il contrario. Il tempo, a volte, fa come
gli pare. Aveva ragione Irina quando gli diceva queste cose. Le cose che nessuno voleva mai ascoltare. Non erano
balle. Erano strappi nel tempo. Cose che gli altri non riuscivano a vedere e lei invece sí. La gente non sopporta
quelli che vedono le cose in un modo diverso dal loro. È
per questo che è morta, Irina. Ora ne è sicuro. Perché le
cose che vedeva lei, gli altri non volevano vederle.

Poi pensa al vecchio. Per lui doveva essere molto piú
scomodo vivere qui. Tre passi per tre passi. Una gabbia.
Ma una volta forse la baracca era piú grande. Magari il
vecchio aveva una stufa. Si sente battere la campana della chiesa. Batte dodici volte. Dovrebbe essere già a casa.
Prima però deve trovare qualcosa. Ma cosa? Le dita dentro i guanti di lana sono rigide come bacchetti. Ci sbuffa
sopra l'alito caldo. Le strofina le une con le altre. Torna a
guardare i gusci abbandonati della famiglia di lumache.
Sono in ordine crescente. Il guscio piú grande dev'essere
il padre. Poi viene la madre. Poi vengono i figli, fino al piú
piccolo, quello che ha lasciato il guscio sullo spigolo. Chissà dove vanno le lumache quando lasciano il guscio. Forse muoiono. Ma quello sullo spigolo non è davvero l'ultimo. La luce si è spostata, entra bella dritta dalle fessure,
illumina una parte della capanna che prima era in ombra.
I gusci di lumaca continuano ad avanzare, ce n'è un altro
un po' piú in basso, sul lato sinistro della cassa e poi uno
grande per terra, un altro a qualche centimetro di distan-

za e ancora un altro, fino all'angolo estremo della capanna, dal lato opposto al giaciglio sul quale sta seduto. Si alza per guardare. L'ultimo guscio è posato sopra una piramide di sassi bianchi. Sono i ciottoli del fiume, rotondi e appiattiti. Quelli alla base sono piú larghi, poi, via via diventano sempre piú piccoli fino all'ultimo, quello in cima che è grande quanto una noce. Lo rigira tra le dita, è bianco e poroso e a strofinarci le dita sopra lascia una polvere fina come borotalco. Sulla base è incisa una I.

Il ragazzo scompone la piramide di sassi, li controlla uno per uno e tutti sono siglati con la stessa I. Un ossicino lungo e dritto come un minuscolo femore. È incisa sulla pietra, forse con un semplice coltellino. Immagina Irina trascorrere un intero pomeriggio per marchiare un solo sasso, seduta sul letto, le gambe incrociate, la ruga tra le sopracciglia che la fa sembrare piú grande. Concentrata, precisa. Immagina anche lo stridio della lama sulla pietra, un suono acuto e frastagliato che fa venire la pelle d'oca. Quando solleva l'ultimo strato di sassi, il ragazzo si accorge che dalla terra emerge una scatola di latta. Scava con le unghie per rimuovere la terra. È una scatola marrone con disegnate sopra delle anatre. I colori delle piume sono sbiaditi. Soffia via la patina di terriccio che la ricopre, la spolvera bene con la manica del cappotto. Adesso i colori sono piú netti: arancio e blu. La apre. C'è una busta di tela cucita e dentro c'è un grosso quaderno quadrato. Ha la copertina di stoffa verde.

Il ragazzo si siede sul giaciglio. La luce entra dalle fessure tra le assi, fa troppo freddo dentro la capanna, bisognerebbe accendere un fuoco, ma ha troppa fretta di leggere. Si soffia sulle dita per cercare di scaldarle, sistema la sciarpa attorno al collo e tira su i lembi del cappotto per coprire le gambe. Apre il quaderno e comincia a leggere.

Il cuaderno di irina

gennaio-luglio

La prima pagina di cuesto cuaderno (regalo di Tea per Natale) lo dedico alla luna.

La luna di oggi è tonda e bianca.

La luna di oggi è luna di genaio ce serve per il grano. (lo à detto il custode).

Cuando cè la luna piena, gli animali si inamorano, e ance le donne o le donne anno le sue cose. (lo à detto sempre il custode).

Io, Irina ce sono cuella ce scrive su cuesto cuaderno, avevo una mamma ce è morta una notte di luna piena. (lo à detto Elide ma non mi à detto gnientaltro.)

Allora comincio cuesto cuaderno con una riciesta alla luna: cara luna piena, se mi vedi e se vuoi, potresti farmi vedere mia mamma una volta? Ance da lontano.

Tuti dicono ce nele notti di luna piena si vede lontano, così lontano ce ance da cui, a guardare bene, si vede il mare. E allora forse si vede ance ci è andato così lontano ce non puoi mai raggiungerlo se non vai via ance tu. Mi basta vederla una volta, ance da lontanissimo.

Ecco la mia riciesta.

Adesso metto via il cuaderno in un posto dove

nessuno lo trova. Un buco così fondo nella terra, vicino al fiume, con i sassi tondi sopra (i sassi bianci del fiume ce sembrano lune picole).

A domani.

I.

Secondo giorno di luna. Oggi è ricominciata scuola e il maestro di Pietro e venuto alle oto. Si sono ciusi nello studio dello zio e ò sentito ce Pietro diceva rosa rose rosa rosa rosa ripeteva e ripeteva la rosa e il maestro lo sgridava e coreggeva ogni tanto percé non aveva detto la m in fondo alla rosa. Non ò capito gnente, sembrava un gioco scemo, ma erano seri tutti e due.

Elide dice è latino. Io le ciedo cosè latino? e lei dice è una lingua ce non si usa più ce la parlavano i romani antici. Ci sono i romani antici? dico io e Elide à sbuffato e si è messa a piegare i panni con una gran stizza. Alora sono venuta cui al fiume, ò tirato fuori il cuaderno e ò pensato: scrivo una poesia per Tea. Ce è ance una rosa (lo à detto il custode. Una rosa gialla grande ce fa un profumo da cui al cielo).

Rosa

La rosa più bella
nata di notte
ciusa, la testa come un spillo
la punta baniata, il cuore buio.

Sei tu, Tea,
la rosa gialla di notte, con gli occi
aperti.

Adesso vado a aiutare Elide a stirare i panni se no
sono guai. Alle cuatro, cuando Pietro à finito i compiti la scuola tocca me. Oggi à detto Pietro ce mi fa
fare un detato di tografia. Non so cosè ma mi sa ce
è una cosa su come si scrivono giuste le parole.

La capanna, domani.

Faustino, il falegname ce cè giu al paese à promesso di procurarmi cualce attrezo e delle assi di-
fetose ce stava per bruciare nel camino. Per con-
vincerlo a non dire gniente a nesuno, gli ò promesso
dieci avemarie per la sua bambina più piccola – la Ida
– ce à preso una bruta malattia e sta a letto da tre
mesi. Faustino mi à ciesto di aggiungerci una sbir-
ciatina alle gambe, ma non à insistito cuando à visto
ce mi sono rabbiata.
   Dai scerzavo, à detto, e io gli ò soriso percé ò capito ce è vero. Però gli ò detto ce sono scerzi ce non
si fanno. Faustino à preso un baratolo di colla da legno e me lo à regalato. Cuesto ti serve, prendilo. A'
detto e poi: ti prometto ce non scerzo più. Dì altre
cuatro avemarie alla Ida, valà.

Caro diario,
   oggi ò fato un calendrio dei lavori, in modo di finire la capanna entro la fine di primavera. Volio fa-

re una sorpresa a Pietro. Nella capanna ci metto ance un tavolo – o una specie – per mangiarci sopra e per scrivere. Uno scafale co i libri.

(Il patrimognio della nostra bilioteca è oggidì a numero 4 volumi.

Ce sarebbero poi: La divina comedia di Dante Aligeri, inferno, purgatoro, paradiso. La sacra bibia (cuelo del veccio tuto consumato).

Più 7 numeri della rivista Gioia e Lavoro. Ma mi sa ce cuela la buto via. Ance percé non so se interesa cualcuno. me no.

Ieri ò scritto ce parlavo della capanna così lo facio. La capanna cera gia, io lò solo trovata. Per arrivarci, da casa, ci sono settemila passi dei miei, e un po dificile spiegare la strada giusta se uno non la sa gia. Ma insoma è un punto del fiume dove cè un boscetto di betulle e un sasso grande grigio con l'erba attaccata (il muscio, si ciama così). La capanna cuando lò trovata era tutta rotta, non cera il tetto e niente pareti. Solo dei pezi tutti scasati ce si capiva cera una capanna ma tanto tempo fa adesso era solo un rudere di legni e di marcio. Io ò pulito per bene tutte le foglie secce e il marcio. O' buttato via tutto in un angolo e poi ci ò fatto il fuoco ma non si è acceso percé il legno era troppo baniato dalle pioggie degli anni ce sono passati, ne sono passati tanti uno sopra l'altro (gli anni sembrano il milefolie di crema ce fa l'Elide).

Poi ò trovato ance un libro dentro. Era tutto sfasiato, mangiato un po' dai topi e umido. I fogli venivano via e si sbriciolavano in mano come il pane secco. Mi sono messa a legerlo e cerano tantissime sto-

rie dentro solo ce mancavano dei pezzi a un certo
punto non si capiva piu come andava a finire. Cerano tutti nomi come Mose e gremia e isaia e siraci. e
cera ance dei segni di matita su delle frasi come
    se fai il bene sapi a ci lo fai
    o se ti è caro ascoltare imparerai.
    ero li ce legevo e dopo poco tempo è venuto il cu-
stode. Aveva sonno e si è messo a dormire in un angolo. Mi à solo guardata senza dire gnente. Era veccio. E aveva un gran sonno. A' dormito per terra, sul
giacilio ce avevo preparato per me e per i miei ospiti se venivano. Il veccio è stato il mio primo ospite.
Poi sono andata via e cuando sono tornata a casa
era pomerigio il vecio era ancora li. dormiva. Non si
è mosso. E il giorno dopo, cuando sono tornata, non
cera piu ma mi aveva lasciato un mazeto di marge-
rite e non ti scordar di me legati con un pezeto di
corda sopra la paglia. Lò rivisto dopo una setimana.
Sempre di pomerigio. È arrivato e si è seduto sul giacilio, di fianco a me. Aveva gli occi incastrati in mezzo ale ruge ce cuasi non si vedevano, due fetine azu-
re piccole così. Mi à detto ciao. E io gli ò detto ciao.
Lui à tirato fuori dalla tasca dei calzoni un retangolo dargento e ci à soffiato dentro. È venuta fuori una musica bellisima. A'suonato per tanto tempo e
io son rimasta li ferma con gli occi ciusi. Cuando li ò
riaperti, era cuasi sera e il veccio era andato via.
Com'è ce non mi ero accorta ce andava via?
    Cuando sono tornata a casa sono andata da Tea
nella sua stanza, prima ò bussato e lei non à risposto così sono entrata piano piano e lei era sul letto,
seduta, tuta nuda ma mi à detto entra entra, vieni,
si stava metendo una crema bianca, faceva profumo
di fiori. Io non lò guardata molto, ò guardato fuori

dalla finestra fincé non si vestiva ò detto, ò conosciuto un veccio. Suona lamonica è tanto stanco.

Tea mi à guardato storto, si è stretta la cintura
della vestaglia, si è passata le dita nei capelli e li a
butati tutti indietro. Aveva deli occi ce sembravano
pieni di paura, poi all'improvviso si è avvicinata e mi
à presa per le spalle. Aveva gli occi cattivi. A' detto, non è vero, sei una bugiarda. Percé raconti sempre balle? Come cuella ce ai racontato ai bambini dei
contadini, ce io sono tua madre?! Tua madre è morta, mettitelo in testa! Tua madre era una puttana e
adesso è morta. I vermi se la sono mangiata gia tutta, ance le ossa anno rosicato. E smettila di andar-
tene sempre in giro a perdere tempo, sei grande ormai, devi darti da fare, non lo vedi cuanto lavoro
cè? Va' da Elide, forza, va' ad aiutarla un po. A la tua
eta è ora di compotarsi da donne! Non sei più una
bambina.

Io son stata zitta. Cuella ce lei era mia madre è vero ce lò detta in giro. Ma solo percé mi prendevano
in giro e mi ciamavano lorfana allora io ò detto io ce
l'ò la mamma, mamma di Pietro è ance la mia. E basta.
E poi nessuno mi à più presa in giro per un po'.

Dopo ce le avevo raccontato del vecio, lui non è
piu tornato per tanti giorni. Cissà dove andava a
dormire. E poi una matina o visto ce la paglia nella
capanna era tutta spetinata non bella liscia come la
metto giu io. O' pensato a un gato randagio, o cualce animale. Invece era proprio il vecio percé in un
angolo cera un massolino di fiori posato.

Cuando Tea dorme fino tardi poi si sveglia rabbiata. Percé?

à gli occi tutti neri come se à preso dei pugni e
gonfi, la bocca rota e poi vomita dentro il ceso si
sentono dei rantoli ce mi scoppia la testa e viene ance a me il vomito. Non vuole nessuno dentro la camera solo la Nina ce ciude la porta e fa segno con la
mano ce dobbiamo smamare tutti specie i bambini e
il cane, io e Pietro stiamo dietro la porta a spiare
cualce volta ma non si vede niente percé stanno tu-
tedue in bagno e poi Nina esce va avanti e indietro
le porta le cose asiugamano biancieria e il vesito,
cuando Tea viene giù è profumata elegante come al
solito e non si vede più niente sulla sua faccia neance l'arabiatura.

È passato un po' di tempo ce non ò scrito sul cuaderno ma sempre ci ò pensato. o avuto la febbre e
son stata sempre a letto non potevo venire cui.
   Scrivo su fogli in giro poi li nascondo e cuando
torno facio la bela sul cuaderno mio.
   Poi la febbre mi è passata e Elide mi à detto ce
potevo alzarmi. Non ne potevo più di stare stesa a
guardare il sofito e il muro. O' raccontato tante
storie tute le notti colla lampada piccola accesa ce
faceva delle ombre mostruose. Pietro mi à fatto
compagnia cuasi sempre. Cuando tutti andavano a
letto lui entrava di nascosto in camera mia e io gli
raccontavo tutte le storie ce avevo pensato stava
li zitto zitto con gli occi ciusi ce pensavo ce dormiva invece se mi fermavo un atimo subito lui diceva
continua. Gli volevo raccontare ance del veccio col
retangolo d'argento – lamonica – ce fa la musica magari poi voleva sentire ance lui ma cisa cuando torna il veccio. Non puoi mai saperlo cuando viene. Vie-

ne cuando pare a lui non sai dove cercarlo. Poi ance tea è venuta una notte ce cera Pietro e non gli
à sgridato, non à detto niente à riciuso la porta è
andata via.

Oggi devo studiare delle parole nuove Pietro à
detto ce mi insegna dieci parole nuove ce io le scrivo sul cuaderno fino ce non lò imparate. Cisa ce parole sono.

Ecco le parole nuove di ieri.
Fioritura. Ce è cuando escono i fiori e si aprono.
E ancora,
distruzione ce è cuando le cose si rompono si rovinano.
sottrazione ce è cuando si toglie.
e dele altre desso non mi ricordo.
poi pietro dice ce cuando scrivo ò sbalio perce ci
vuole la acca ce si fa così h
ma a me non mi viene di scriverla e non la scrivo
tanto si capisce uguale.
Ance = anc H e e ce= c H e
ma cisa (c Hisa!) se mi ricordo non mi ricordo mai

Poi ho visto cosa fa Tea prima che la mattina si
sveglia arabiata tira fuori il medaglione appeso al
collo e lo mette sul tavolino. Da un bauletto di legno
tira fuori una sachetto e dentro cè della polvere maroncina, là messa in un cucchiao e poi il cucchiao sopra una candela per un po' poi ha tirato su con la
sirringa che cè nel medaglione il licuido che cera nel
cucchiao e poi lha guardato contro la luce e à fatto uno spruzo e dopo ha messo l'ago sopra una gam

ba e à tirato la siringa é venuto sangue e lei ancora à spinto giù. E dopo si è rimessa a letto. A dormito fino sera che l'elide ci ha chiesto se stava male
ma lei solo ha detto di lasciarla stare che aveva le
sue cose.

Oggi è San Velentino e al paese cè una festa che
si balla e si mangia e si beve. Tutti ci vanno. La nina
e le ragazze della fabrica vanno assieme solo io non
ci vado perché tea dice che poi mia ammalo sempre
ma non è vero. Non vuole che ci vado perche... ecco non lo so perche. mi fa i dispetti. Con la mia età
è già ora di andare le feste se no dopo divento vecchia che posso solo sposarmi e fare i bambini ma io
non mi sposo mai. Mai. Pietro dice che tutti si devono sposare. Ma io non ci credo; io non mi sposo. Mi
sa che provo di scappare oggi pomeriggio (la festa
e alle cincue alla sala dell'osteria.

Caro diario non ci puoi credere! Cuando sono salita nella mia stanza per prepararmi e scappare via
con la nina per andare alla festa e ho aperto il baule con dentro le mie cose cerano le mie scarpe tagliate a metà. Ma proprio tagliate. tagliate con l'ac-
cetta della legna. Cuattro pezzi di cuio che non ci
faccio piu niente. Ho pianto con una rabia. O' solo
cuelle scarpe lì se no gli zocoli, come fai andare a
una festa con gli zocoli? Èstata tea anche se non
posso dirci niente. io lo so che è stata lei. è sempre
cattiva in cuesti giorni. sempre rabbiata e sempre si
fa le punture e vomita che io la spio e lo so cosa dico. Perche fa così io cosa ci ho fatto? gia che non
mi manda alla scuola perché dice non mi serve stu-

diare e mi fa lavorare che io non sono la sua serva.
Ma cosa sono io? Nessuno mi risponde mai mai mai.
Che sono morti tutti mia madre mio padre va bene
dico io ma chi erano perché sono cui e nessuno me
lo dice. E adesso non o' piu neance le scarpe e non
posso andare alla festa e in paese e alla messa ci vado con gli zoccoli? La odio tea la odio la odio la odio.

Ieri la nina cuando è tornata dalla festa era tutta rossa in faccia e ci aveva anche il vestito strappato. e venuta su da me e mi ha svegliata che dormivo con i pezzi delle mie scarpe stretti. Si e messa
a ridere come una pazza e non smetteva mai cuella
carogna. poi in mezzo a che rideva scopia a piangere e io dico cosai e lei niente lasciami stare ma era
seduta sul mio letto allora voglio sapere cosai e allora mi a' detto una cosa che non so neance come
faccio a scrivertela caro diario di cuanto e brutta.
Che cuando è uscita dalla festa e ha preso la bicicleta per tornare a casa un uomo che ra lì la' stretta per il braccio e la' fatta scendere dalla bicicleta
e poi la' spinta dentro un posto buio di un portone
che non cera nesuno e le tirato su i vestiti e poi con
le mani l'ha toccata sotto e ci ha fatto male. poi ha
sputato su la mano e ha tirato giù i calsoni e poi si
è buttato addosso e le ha messo il suo coso contro
che le ha fatto male. io non so cosa dire; chi era?
dico lo diciamo al padrone gli fa arrestare; no fa lei
non dici niente a nessuno. perche dico io e lei mi fa
io lo so chi è se ti dico chi e vedi cosa vuoi andare
dire; ma chi e non l'a' detto neanche se pregavo. poi
a' dormito da me. A' spento la luce e a'tolto le scarpe rotte dal letto e mi a'bracciata e anchio dormito
fino che Pietro è arrivato e ciha svegliate alle cin-

cue che non aveva sonno. e la nina è scapata via dal
mio letto senza neance che la' salutato.

caro diario la nina à deto che l'uomo dellaltra sera è un amico dei padroni; uno della polizia ma io non
ci ò creduto à deto uno vecchio brutto che puzza.
Bò. La nina ha detto che se ce lo fa ancora lei urla
che sveglia tuto il paese e ance di più così impara.
e poi mi ha deto che devo starmi zitta con tutti. e io
a chi lo dico tanto?
oggi c'è pioggia fa fredo cua dentro torno a casa le lumachine sono tutte andate via sono rimasti
cua solo i gusiolini.

caro diario
pietro è il mio milior amico cuando siamo grandi
ci sposiamo ance se elide à detto che ce tempo per
pensare a sposarsi che hai volia a decidere adesso.
Vediamo. ance perce non so se poi mi volio sposare
veramente. epoi la guera ancora non finisce.

caro diario è pasato tanto tempo ma io sono stata malata che non mi potevo alzare dal letto volevo
dire a pietro della capanna di venire a vedere come
andava ma poi non so perce non lielo detto. Non mi
va ancora di dirlo a nesuno. neance a lui.
desso è cuasi estate e cè tanti fiori bellisimi nei
prati. belbo viene sempre con me che Pietro mi dicie
dove che andate sempre voi due ma io sorido e non
lielo dico.

Caro diario

ieri notte ero uscita per venire cui alla capanna; faceva bello e cerano le stelle tutto limpido così ò pensato di venire e stare la note cua ò raccolto dei fiori (gelsomini bianchi piccoli profumati da morire), ò messo a posto il giacilio con della paglia nuova che ò portato da casa percé belbo ci à pisciato sopra. Stavo seduta sull'uscio della capanna senza far niente. Era buio e fresco si sentivano le rane e ance i grilli, una musica bella e cera l'odore della mantuccia e dei gelsomini stavo bene. Ho sentito dei rumori. Alora sono nascosta dietro un cespulio e ò visto della gente venire da cuesta parte. Piccola piccola nel cespuglio avevo paura ce arrivano fin cui alla capanna e invece no; sono fermati accanto alli alberi e stavano lì a parlare. Tre persone una dona e due uomini. Ma non si riusciva a sentire cosa dicono alora mi sono avicinata pian piano. E cosa vedo? Caro diario due erano tea e il padrone. laltro mai visto. Desso sentivo cosa si dicono; cuelo mai visto dice così a tea che se non ci fa trovare dei documneti ce loro li possono fare avere lui va in giro a dire a tutti la storia come sta. e dice che vuole ance vedere suoi figli una volta. e sui figlii chi è? penso io. Poi dice così che devono stare tutti due molto atenti che lui li rovina alora tea cambia discorso dice ma dove sei stato tutto il tempo? e lui via dice, cazzo, un bel giorno mi prendono e mi restano poi mi sbatono in galera e un'altro bel giorno mi ficcano su un camion e mi mandano a combatere lontano una guera che me ne fregava un cazzo insieme a dei delincuenti che io non sapevo neance cosa vuol dire dover parare il culo giorno e

note e poi la guera. Poi sono scapato. Dice sono deli anni che scappo e mai riuscivo a tornare cui, tanto torno cui mi fanno seco ma adesso non ne potevo più mi servono documenti falsi e soldi e una pistola tuo marito è melio che me li fa avere. Alora
tea à guardato suo marito e li ha fatto un cenno con
la testa ma lui ha girato li occi. E cuellatro dice volio vedere mia figlia e tea à detto irina sta bene. e
allora io mi sono morsicata la mano che ancora ci
sono dei buchi perche non urlavo. e ò chiuso li occi
e volevo sparire dalla tera. cuelo lì è mio padre?
non capisco niente dio non capisco niente e l'altro
filio? lui à detto i mei filli. poi tea à chinato per terra e prende un sasso gli è andata contro e comincia
a pestarli la faccia con un saso e lui cade indietro
per tera e io ò urlato no! e tea e il padrone sono
voltati per vedere ci era e io sono scpata via di corsa come una lepre che non potevano seguirmi. sono
entrata in casa dalla porta di cucina e mi sono fica-
ta a letto zitta soto le coperte con la testa nascosta facevo finta che dormivo ma vedevo la mano di
tea bianca e il sasso bianco contro la faccia di cuel-
luomo la. poi caro diario il giorno dopo nesuno à
detto niente e siamo andati al pinic e tea invece è
stata a letto poi dopo due giorni ò sentito tea che
diceva così in cucina a colezione che i disertori sono delle bestie e cera il capo della polizia brutto e
veccio che fa puzza di violetta ce un profumo che
si mette sempre in testa. e il padrone che scoteva
la testa e diceva il morto lo mettiamo via adesso
chisa chi era e Pietro è diventato palido io mi chiedo cosa sa ance lui perce mi sembrato ce sapeva
cualcosa.

caro diario
tea mi guarda storto io ci ò paura secondo me lo
sa ce io li ò visti perce mi guarda così strano e poi
non mi parla per gnente.

(e io penso ma se cuello lì era mio padre, mia madre chi è?)

e un mese che non mi dice gnente sono stata malata acora con la febre e poi il dotore à detto che
ho una malatia che non va via non so cosa ma no tanto grave solo ce devo stare sempre trancuilla
Ma io ò paura. devo portare Pietro cui alla capanna e dirli delle cose.

Capitolo ventiseiesimo

Il ragazzo alza la testa dal quaderno. Da qui in avanti ci sono solo pagine bianche. La luce intorno a lui è calata in modo impressionante. Le ombre dentro la capanna hanno il colore dei lividi. Fa freddo. Il sole si è spostato e si è nascosto dietro la coltre bianca. Sfoglia ancora il diario, fa scivolare le pagine avanti e indietro. C'è anche un pacchetto di lettere legato con uno spago, ma adesso non ha la forza di leggerle. Proprio non ce la fa. Cosí si alza e guarda fuori. Il cielo è bianco sporco con delle minuscole macchie blu e viola verso il basso. Si è levato un po' di vento che fa frusciare le fronde dei pioppi con un rumore secco e asciutto di carta.

Di certo lui ora non può tornare a casa. Guardarli in faccia. Mangiare al tavolo in silenzio insieme a loro, fare finta di niente.

Rimette il diario dentro la busta e se lo infila sotto la cintura dei calzoni. Esce dalla capanna e comincia a camminare. Cammina finché fa buio. Attraversa la campagna a passo veloce. Il boschetto di pioppi si allontana dietro di lui. E poi l'argine del fiume e ancora i campi, e le strade sterrate e i laghi d'erba ghiacciati. I salici bianchi che in questa luce sembrano fatti di fili d'argento. Mentre cammina, il sangue gli si scalda dentro e il ragazzo comincia a sudare. Il vecchio cane gli cammina al fianco, cerca di stare al passo, la bocca aperta che sbuffa fumo bianco nell'aria azzurra del pomeriggio.

Una miriade di minuscoli lapilli di cenere infuocata che piovono verso il basso.

Luci rosse.

Non puoi vederle.

Ma le vedi.

Con gli occhi dentro il cervello, quelli nascosti.

Li vedi roteare rapidi verso il fondo, sfrigolare e spegnersi al contatto con l'acqua.

Sparire.

Eppure non sei morta. Pensavi di sí e invece no. Respiri.

Qualcuno ti adagia su un letto.

Respiri, senti e vedi, però non puoi parlare.

Sei lontana. In un posto strano. Sei lí e non sei lí. Vedi le cose. Le persone che ti girano attorno e spostano oggetti, parlano di te al passato, come se già fossi morta. E invece tu vedi e senti. Polpastrelli freddi che ti scorrono sulla fronte. Un respiro che odora di cognac ti scalda le guance.

Apri la bocca. Esce un suono.

Respiri la paura. La loro.

Urli. Le sillabe non hanno forma sulla lingua. Urli ancora. Una mano si appoggia sulla tua bocca. Puzza di disinfettante.

Ti fruga nei capelli, cerca un punto. Non sai quale.

Le giornate si allungano. È per te che questo accade. Fuori, il buio arriva presto, ma tu non te ne accorgi. La luce illumina la stanza a giorno.

Anche questo è per te che accade. È quasi buio. La luce ti ferisce gli occhi.

Non puoi alzarti.

Hai sentito dei passi sulle scale, rumori, porte che si aprivano e si chiudevano.

Lo hanno portato via.

C'era luce.

Non è piú tornato.

È una distrazione che dura poco, un fruscio rapido d'erba nel giardino. Il suono di passi sul prato e poi sulla ghiaia, ruote che scivolano e si allontanano.

Adesso è buio. Le dita ti corrono sulla fronte, entrano tra i capelli, massaggiano il cuoio capelluto. Uno spruzzo d'acqua sottile ti cade sulla bocca. Lo lecchi via con la lingua. È amaro.

Una puntura. Violenta. Veloce.

Da subito, non sei piú qui.

Ti alzi dal letto. Puoi correre di nuovo.

Corri e il boschetto di pioppi si allontana dietro di te. E poi l'argine del fiume e ancora i campi, e le strade sterrate e i laghi d'erba ghiacciati. I salici bianchi che in questa luce sembrano fatti di fili d'argento. La tua bocca sbuffa fumo bianco nell'aria azzurra del pomeriggio.

Parte seconda

Capitolo primo

La ragazza portava con la mano destra, appoggiato sul palmo in perfetto equilibrio, un piatto di fegato e cipolle, nella sinistra stringeva una bottiglia di verdicchio ghiacciato, e nell'incavo del braccio un cestino di vimini con il pane, fette grosse e scure, umide, dall'odore penetrante.

La fronte bagnata di sudore, il vestito incollato al corpo, gli zoccoli che ticchettavano sulle mattonelle di cotto della veranda, il grembiule macchiato di sangue d'oca e strutto, piccole piume soffici rimaste incastrate nella fibra grossa, trattenute dalla rete. Gli occhi della ragazza erano appannati per il caldo, gocce di sudore fitte scivolavano giú dalle sopracciglia, le inumidivano il viso e andavano a cadere nella scollatura.

Il tavolo numero sei è quello davanti al pergolato, ricòrdatelo, abbiamo invertito il sette col sei, adesso il sette è quello d'angolo, vicino alla porta della cantina.

La voce di suo fratello si era persa, come sempre piú spesso accadeva alle voci che la circondavano, certo l'aveva sfiorata, ma il colpo non l'aveva quasi avvertito, un prurito, subito dimenticato, messo da parte.

Dunque ora la ragazza passò attraverso i tavoli apparecchiati e filò dritta verso la cantina. Che il tavolo era vuoto se ne accorse solo quando stava per posare piatto e bottiglia, allora si voltò, si guardò attorno e alla fine vide che l'unico tavolo occupato oltre al dodici – che aveva appena servito – era il sette. Ora sei perché l'hanno invertito.

Gli occhi appannati, lo sguardo stanco, il grembiule sporco, gli zoccoli che scivolavano sulla ghiaia. Fitti rami di glicine cadevano intorno a quel tavolo bellissimo che era diventato il numero sei, il piú bello di tutti, davanti al campo e circondato di fiori appena sbocciati. Era la fine della primavera, quasi estate.

La ragazza posò il piatto, la bottiglia e per ultimo, il cestino del pane. Si asciugò il sudore dalla fronte con il grembiule sporco. L'uomo ringraziò e aprí il tovagliolo con gesti lenti, tanto lenti che lei, occhi chiusi, grembiule sul viso, fece in tempo a finire questo gesto, a riaprirli e a vederlo.

Vederlo.

Vedere le sue mani che mettono il tovagliolo sulle ginocchia e lo stendono con piccoli colpi leggeri.

E ora lo ha visto.

Occhi chiari, le sembra, ma no, forse sono scuri, è il fascio di luce che li colpisce a farli scintillare cosí. Scuri, invece. Pelle olivastra. Capelli neri, ondulati. L'abito che indossa è elegante, ma sdrucito, si vede che lo porta già da troppo tempo. Le mani che spiegano il tovagliolo e lo posano sulle gambe sono grandi, molto belle.

La ragazza restò lí ferma, non sapeva piú cosa doveva fare. Lui le sorrise. Aveva i denti bianchi. Gli occhi molto scuri. Anche lei sorrise. E arrossí. Per il grembiule, il sudore, lo sporco, gli zoccoli di legno, l'odore di cipolla che la avvolgeva tutta. Le piume d'oca incastrate nel grembiule. Fece un piccolo inchino, si voltò e cercò di sparire. I fianchi rotondi dondolavano sotto il vestito di tela bianca, le gambe apparivano e scomparivano dall'orlo della gonna che si alzava ad ogni passo. Sentiva lo sguardo dell'uomo addosso come un peso. Un peso piacevole e insieme fastidioso, come tutte le cose sconosciute.

Nascosta dietro la porta socchiusa della cucina, la ragazza studiò l'uomo del tavolo numero sei, studiò ogni gesto che faceva. Lo vide tirar fuori dalla tasca della giacca un giornale arrotolato e posarlo sul tavolo. Del titolo in neretto si distingueva solo la parola Carlino. Non era un giornale di queste parti.

Adesso si era sfilato la giacca, aveva sganciato la cinghia con la fondina della pistola e l'aveva appesa allo schienale della sedia di fianco a quella sulla quale stava seduto. Sopra, ci aveva sistemato la giacca, ma il rigonfiamento si vedeva lo stesso.

Preferisce portarla in tasca, ma oggi ha provato a mettere la fondina nuova. Un fastidio bestiale, non poteva mangiare con quella addosso, ha dovuto toglierla. Comunque nessuno se n'è accorto, gli pare.

La possiede da sei giorni. È una Luger calibro 9. Nuova di zecca. Rifiniture dorate. Guancette di legno lucide e lisce come seta. Un gioiello. Dovrebbe farci un po' di esercizio. È cosí maneggevole che non se la sente bene in mano, è ancora troppo abituato alla grossa Mauser di suo padre che aveva prima. Quella con la quale ha imparato a sparare da ragazzino, nei campi attorno a casa, contro bersagli fissati ai tronchi degli alberi, e contro le lepri, i gatti, gli animali selvatici.

Hanno suonato alla porta della pensione in cui alloggia da una settimana per consegnargli questa Luger che è un regalo di un tizio per cui lavora da un po'. Soldi per una pistola del genere in questo momento non avrebbe saputo dove trovarli. Però ne aveva proprio bisogno. Non si sa mai. Con il lavoro che fa. Avanti e indietro dal confine. A piedi, in camion, in macchina, in treno. Una volta anche su un somaro. Meglio essere coperti. La Mauser poi l'ha lasciata a casa. E lí stavolta proprio non ci poteva andare. Le sorelle se lo vedono lo accoppano. Non ha voglia di sentir storie. Dall'ultima volta che le ha viste saranno passati tre mesi e gli deve anche un bel po' di soldi. Meglio lasciar stare. Meglio questa pensione di ultima categoria, fatta apposta per i viaggiatori stanchi tra un treno e l'altro. Fa schifo, ma tant'è. È un edificio smorto e insignificante, sull'incrocio vicino alla stazione, l'intonaco scrostato, un androne buio e muffito sul quale si aprono quattro porte nere e una scala ripida e stretta. La sua stanza è al secondo piano, la finestra è larga e bassa e guarda in faccia la strada. La gente passa, passano i carretti, i camion, c'è rumore, i treni che arrivano e quelli che partono, gli scampanellii delle biciclette, le voci che salgono come piroette e gli rimbombano in testa. Solo smozzichi di frasi, sillabe che si mescolano in una lingua incomprensibile. Lui se ne sta lí, sulla poltrona di velluto giallo a coste, un caldo infernale che lo fa sudare, non conta niente stare nudi. La poltrona è davanti alla finestra spalancata. Sono le sei di pomeriggio. Non sa dove andare. Nessuno lo aspetta. È lui che aspetta qualcuno, ma non sa quando e non sa dove. Aspetta. Le voci dalla strada, una musica improvvisa, quattro note e poi basta, di nuovo solo le voci. Tiene il sesso in mano, ma non ha nessuna intenzione precisa. Ascolta. Si ascolta. Non ha nemmeno voglia di una donna. Si alza, cerca la fiaschetta con l'avanzo di cognac, giusto un dito, e un sigaro. Un toscano già mezzo fumato. È in quel momento che bussano. Quattro colpi in rapida successione. Si guarda attorno, cerca qualcosa con cui coprirsi. Basterà un asciugamano sui fianchi o dovrebbe mettersi camicia e giacca? Bussano di nuovo. Tre colpi, veloci, secchi. Basterà l'asciugamano.

Un attimo, arrivo.

Il ragazzino non sorride, non dice niente, lo guarda e basta. Ha gli occhi scuri. Una cicatrice verticale gli spacca in due il labbro superiore.

Entra.

Il ragazzino entra. Guarda la finestra, la poltrona gialla, poi guarda lui, l'asciugamano arrotolato sui fianchi, i suoi piedi nudi.

Dormivate?

No. Tu chi sei?

Nessuno.

Come nessuno?

Nessuno.

Che cazzo vuol dire nessuno, come ti chiami?

Non mi chiamo.

Va bene, riproviamo, allora cosa vuoi?

Sono qui per la cosa che aspettavate.

Dov'è?

Nei pantaloni.

Dammela.

Prima i soldi.

Bravo, prima i soldi, sei in gamba signor Nessuno, ma quella pistola è un regalo. Devi solo consegnarla, non ci sono soldi da ritirare.

Non mi hanno detto cosí.

Dài, forza, tirala fuori, non ho tempo da perdere.

Prima i soldi, è cosí che devo fare.

E quanti soldi sono, sentiamo.

Non lo so.

Come non lo sai?

L'uomo si gira verso la finestra, appoggia le mani al davanzale e si sporge a guardare la strada. Poi si volta verso il ragazzino.

Bravo. Hai fegato. Io al posto tuo non l'avrei mai fatto.

Il ragazzino si guarda la punta delle scarpe slabbrate e polverose. Ha gli occhi lucidi, sembra quasi che stia per piangere, ma non lo farebbe per niente al mondo. Niente. Tiene duro e non piange. Ha il mento che tremola, ma niente lacrime.

Tieni, questi sono un bel po' di soldi, no? Te li sei guadagnati.

Il ragazzino neanche li guarda, si mette in tasca le ban-

conote senza dire una parola. Poi solleva la gamba destra
dei pantaloni e si china a sciogliere la fondina stretta a sangue sul polpaccio magro.

Hai un bel segno lí. La prossima volta, sotto mettici un
fazzoletto.

No, Signore, se ci mettevo il fazzoletto non stava su.

Il biglietto avvolto intorno all'impugnatura dice solo:

Tientela cara.
K

La ragazza era ancora dietro la porta a spiarlo. L'uomo
faceva finta di niente, ma se n'era accorto benissimo. Si
pulí la bocca nel tovagliolo. Con il mignolo, scostò le briciole dal piatto e le fece cadere giú dal tavolo. Spostò verso l'angolo estremo del tavolo il piatto sporco e aprí il giornale davanti a sé.

Tea lo guardava. Le tremavano le gambe, avrebbe voluto solo poter scappare di lí e non vederlo mai piú.

Nell'aia non c'era nessuno. Il caldo aumentava. Erano
quasi le due del pomeriggio. Lei sudava, lui no, aveva la
pelle asciutta. Profumava di salvia, di limone. Odore di
erbe aromatiche, resina, olio. Soprattutto olio.

L'uomo le sorrise. Lei si accostò con il piattino della
crostata ma non sapeva dove appoggiarlo.

Può spostare il giornale?

Guarda, mettilo lí, vicino al bicchiere. Tu non lo leggi
il giornale?

Io no signore. Leggo le novelle.

Fai male, senti qua che roba, altro che novelle: Il colpo
di rivoltella è stato sparato dal matricida, ma l'orrendo
scempio del cadavere è opera di due amanti della vittima?

La ragazza rimase lí immobile a fissarlo e lui sorrise.

Impressionata?

Non rispose, abbassò lo sguardo.

Le porto il caffè?

Aspetta, senti questa qua: Un cadavere trovato dopo dieci mesi in una valle del Trentino. Fitto mistero.

Finí di leggere poi alzò lo sguardo.

Neanche questo ti impressiona?

Ancora, lei restò lí ferma in silenzio, imbarazzata.

Allora magari ti impressiona questa qua: Il Giro d'Italia a Reggio Emilia, Girardengo ha colto ancora una volta la vittoria in pista. Cosa dici? O magari questa, senti, senti, in prima pagina: Prima di togliere la seduta, il segretario generale amministrativo Marinelli ha dato notizia delle forze sempre piú importanti del Partito che dall'11 giugno 1926 erano di ottocentosettantacinquemilatrecentocinquantadue fascisti tesserati in confronto dei quattrocentonovantatremilasettecentonovantasette dello scorso anno. Te cosa ne pensi, sei contenta?

Non lo so, penso di sí.

Pensi di sí.

L'uomo sospirò, ripiegò il giornale. Notò lo sguardo della ragazza fisso alla giacca appesa allo schienale della sedia di fianco, dove una forma squadrata premeva sotto la stoffa.

Vuoi vederla?

Pausa. Altro sorriso. Lei annuí con la testa. Allora lui le fece segno di avvicinarsi. Fece scivolare la Luger sotto il tavolo e con la canna le sfiorò l'orlo della gonna. Era serio adesso, ma lei non sentiva nessuna paura. Non le venne neanche in mente che c'era questa possibilità: che poteva anche avere paura. Aveva sempre desiderato di tenere in mano una pistola e c'era l'occasione. Guardinga, che i fratelli non si accorgessero di niente. La rigirò tra le mani, accarezzò il metallo della canna, le guancette di legno dell'impugnatura.

Con questa si uccide. Basta premere il grilletto. Prendere la mira. È semplice. Dentro c'è una forza incandescente, misteriosa e invisibile per la velocità. Un foro infinito, da qui all'altra parte del mondo.

La strinse tra le dita, era pesante e allo stesso tempo sembrava una cosa inoffensiva. Quando restituí la pistola all'uomo da sotto il tavolo, le venne da ridere. Una risata roca e gonfia che le fece stringere gli occhi e allargare la bocca fino a mostrare tutti i denti, piccoli e perfetti.

Anche lui rise.

Era un preludio.

Lento, eppure velocissimo.

La prima volta fu dentro quello stesso campo davanti al tavolo numero sei. Un'ora dopo soltanto. Senza essersi detti una parola. Tra loro, c'era stato solo il gioco della pistola. Il fegato alle cipolle e un dolce di albicocche. Un caffè amaro. Il conto. Il ristorante chiudeva. I fratelli salirono in casa, nelle stanze fresche con gli scuri serrati, a riposare. Lei scese, attraversò l'aia, entrò nel campo. Lui era lí che l'aspettava, un sigaro spento in bocca. Le mani in tasca, guardava l'orizzonte lontano, il caldo giallo dell'aria. L'odore di olio è l'odore della pistola. Adesso la ragazza lo sapeva, anche le sue mani facevano lo stesso odore. Mescolato agli altri, quelli della cucina. Non aveva fatto neanche in tempo a lavarsi. Si avvicinò e lo guardò, in silenzio. Lui sputò il sigaro. Strofinò le mani sulla tela della giacca. Slacciò i calzoni, mise una mano sulla spalla della ragazza e la costrinse ad abbassarsi. Lei lo osservava, gli occhi aperti nell'aria gialla, nel caldo. Il rumore forte delle cicale che li circondava. Il caldo che batteva la campagna. Le sue labbra lo sfiorarono. Pelle liscia. Calore. Fame.

L'uomo la sollevò per le ascelle e la guardò negli occhi. Occhi grigi. E verdi. Azzurri. Occhi con dentro colori bellissimi. Anche l'oro.

È ancora un preludio.

Solo un abbraccio. La ragazza si accorse che ora sudava anche lui. E che nel sorriso bianco si apriva una piccola finestra scura, un dente consumato.

Rimase in silenzio, lo guardava senza abbassare gli occhi, non sapeva niente di come ci si dovrebbe comportare. Aveva diciassette anni. Una ragazza di campagna. Quasi una bambina, ancora.

L'uomo sorrise. Con una mano allargò la fessura che si apriva nella stoffa bianca delle mutande. Strinse il sesso tra le dita. Con l'altra mano aprí la bocca della ragazza. Ci infilò le dita dentro. Lei lasciò fare, chiuse gli occhi. Non sapeva niente. Non sapeva come si chiamasse quello che stava facendo. Aprí la bocca meglio che poteva.

Una voce arrivò dal fondo del campo, allora lui si chinò, si nascose dietro il grano, inginocchiato accanto a lei. Le fece scorrere le mani addosso. Sorrideva sempre. Il buco scuro tra i denti bianchi era scomparso, lei non riusciva piú a vederlo.

Quando l'uomo se ne andò attraverso i campi, senza voltarsi indietro una sola volta, la ragazza restò ferma a guardarlo. Non era successo nient'altro. Dal fondo del campo era arrivato quel richiamo, un fischio lungo e modulato, ripetuto tre volte di seguito. Lui si era alzato, aveva detto che ora doveva andare, ma sarebbe tornato. Quando, non lo aveva detto. Lei restò a guardare finché l'uomo non scomparve. Prima sparí la sagoma della sua giacca chiara che avanzava veloce tra le spighe di grano, poi la testa scura, la nuca abbronzata. Quando fu scomparso, come inghiottito dal campo, Tea chiuse gli occhi e si addormentò per terra. La testa riparata con un lembo del grembiule. Gli insetti le ronzavano attorno in cerchi veloci.

L'uomo attraversava il campo a lunghe falcate, l'urto del grano contro i fianchi. Camminava e lasciava dietro di

sé steli spezzati e un rumore scrocchiante e brutto era l'e-
co di ogni suo passo. Arrivato al margine del campo, si
fermò e si guardò attorno con calma. Infilò una mano nel
taschino interno della giacca che teneva appesa per il pas-
sante al dito indice dell'altra mano. Estrasse la scatola dei
sigari e ne sfilò uno. Lo mise in bocca e lo inumidí lentamente, da entrambe le parti. Staccò con un morso la punta e la sputò. Poi cercò l'accendino nella tasca dei pantaloni, ma non riuscí a trovarlo. Si deterse la fronte dal sudore che la circondava come un'aureola d'acqua e fece un
passo in direzione dell'automobile parcheggiata dall'altro
lato della strada, le portiere spalancate e la vernice nera
che sembrava una pozza liquida sotto il sole.

L'uomo al posto del passeggero emerse dal sedile con
uno sbuffo e gli andò incontro, la mano destra protesa verso di lui, le dita strette attorno all'accendisigari cromato.

Grazie.

Disse lui e sputò per terra un grumo di catarro nero e
denso.

Di niente.

L'altro uomo non si muoveva dal posto di guida. Teneva la testa dritta e guardava fisso davanti a sé le ondate di calore liquido che apparivano e scomparivano in lontananza, sul selciato rosso.

Andiamo?

E dove? Possiamo parlare anche qui.

L'uomo gettò il sigaro per terra e lo pestò con la suola
della scarpa. Non disse niente. Teneva gli occhi chiusi. Si
passò una mano sulle palpebre, una leggera pressione dei
polpastrelli che impresse onde e cerchi colorati sulla sua
retina, rosso, giallo e nero verdastro, poi le dita scesero sul
naso e sulla bocca. Riaprí gli occhi. Non aveva pensato a
niente. Non sapeva ancora se poteva permettersi di essere lui a condurre il gioco oppure no. Lo fece lo stesso.

Siete in ritardo. Avevate detto alle due.

L'uomo al volante si voltò verso di lui.

Mi sa che ti sei trattato bene nel frattempo, eri là seduto al tavolo, coll'ombra in testa e il bicchierino davanti. Mangiato bene?

Bene, sí. Andiamo?

Con calma, adesso fa troppo caldo. Prima ci beviamo
un caffè alla trattoria. Ci mettiamo là sotto il pergolato,
all'ombra, dove stavi tu.

Hanno già chiuso. Sono le tre e mezza.

Vedrai che un caffè ce lo fanno. Basta fargli vedere
questi.

E sfregò il pollice e l'indice tra loro.

Va bene. Voi andate. Io ci torno per il campo.

Camminò attraverso il campo lentamente. Dietro di lui,
la strada sterrata, bianca e tremolante sotto le vampate di
caldo. Intorno a lui, il frastuono insopportabile delle cicale, un rumore che gonfiava l'aria e la faceva sembrare
ancora piú calda e pesante. Gli venne in mente una volta
che da bambino aveva deciso di partire e andarsene piú
lontano che poteva. Lontano da sua madre, lontano da casa. Dalla finestra della camera in cui dormivano lui e le sue
sorelle, nei giorni particolarmente limpidi si vedeva in lontananza una catena di montagne. Una era piú alta delle altre. Era una montagna nera e aguzza. Sembrava fatta di
sola roccia. Uno spuntone alto come il cielo e con la base
larga come l'orizzonte. Era partito di pomeriggio. Faceva
caldo, era estate, come adesso. Tutti dormivano, nella casa. E lui camminava verso la montagna. Avrebbe vissuto
là, pensava, sulla cima. Avrebbe guardato i falchi spiccare il volo dalle rocce, la loro ombra rapida e nera sarebbe
stata una macchia liquida sotto di lui. Non avrebbe piú
sentito la voce di nessuno, solo la sua. Aveva otto anni.
Camminava attraverso il campo, sotto il sole bollente di
luglio, veloce e sicuro come uno che deve andarsene a qualsiasi prezzo, per sopravvivere. Le cicale urlavano la loro
disapprovazione. Come avrebbe urlato sua madre se aves-

se saputo cosa covava nel cuore. Come le sue sorelle. Come suo padre. Ma lui non le ascoltava, quelle voci. Teneva lo sguardo fisso sulla cima della montagna. Fino a che non aveva sentito una specie di schiocco dentro la testa e aveva dovuto fermarsi a riposare. Lí si era addormentato, nascosto dagli steli del grano alti come uomini, con la testa grossa. Quando si era svegliato, la luna era alta nel cielo e le sorelle erano sedute di fianco a lui, a guardarlo.

Continuò a camminare finché non vide una massa scura tra gli steli. Scacciò una vespa con la mano e si chinò verso la ragazza. Aveva il viso coperto di mosche, una corona di gocce di sudore sulla fronte, la bocca aperta e la gonna che le saliva sui fianchi. Un braccio sotto la testa e l'altro sullo stomaco. Le sfiorò una gamba e lei non si mosse. Pensò di prenderla cosí, mentre dormiva. Bastava scostarle un po' le gambe, metterle una mano sulla bocca per non farla urlare. Ma sentí il rumore delle portiere dell'automobile che si aprivano e si chiudevano. Doveva andare.

La ragazza aprí un occhio.

Fa un po' caldo qua in mezzo, per dormirci.

Sí.

Senti, ti piacerebbe andar via di qui?

E per andare dove?

Una città.

Che città?

La ragazza si sollevò a sedere, sistemò la gonna per coprire le cosce.

Ti interessa il nome preciso?

No.

Bene.

È lontana?

Sí, molto lontana. Oltre la frontiera, in un altro stato, è un problema?

Non lo so.

Quanti anni hai?

Ne faccio diciotto tra pochi giorni.

Diciotto. Ti facevo piú grande. Ma non fa niente. Tu porta i documenti, al resto penso io, non ti devi preoccupare. Se vuoi venire con me, io parto stanotte, alle undici. Fatti trovare alla stazione. Lo sai dov'è?

Sí. In città. È lontano da qui.

Attraversi i campi, non è neanche un'ora di cammino, l'ho fatta io oggi. Non ce la fai a camminare per un'ora?

Sí che ce la faccio.

Hai paura a camminare da sola, di notte?

No.

Io non ti posso venire a prendere, non ce l'ho la macchina.

Non l'ho mai preso un treno.

E allora? Non è mica difficile. E poi ci sono io. Ti aspetto lí. Al binario sei.

Perché?

L'uomo la guardò e non trovò una risposta. Avrebbe dovuto abbassare i pantaloni e mostrarle il sesso teso. Quella era l'unica risposta, ma non sapeva se lei avrebbe capito. Era solo una ragazzina. E lui un uomo.

Al ristorante ci sono due tizi che vorrebbero un caffè. Sono amici miei. Si può fare?

La ragazza si alzò e con le mani cercò di pulire il grembiule, di scrollarsi via la polvere e gli insetti.

Tutto si può fare.

Sorrise.

L'uomo era ancora chinato.

Come ti chiami?

Tea.

Le prese una mano e l'attirò verso di sé. Le labbra della ragazza erano appiccicose, avevano il sapore salato del sudore.

Fu un bacio molto complicato e molto lento. Doveva imparare proprio tutto.

Io mi chiamo Leone, ma mi chiamano Leòn, fa piú esotico.

Cosa vuol dire?

Cosa?

Quella parola che hai detto.

Esotico?

Sí.

Vuol dire lontano. Strano, anche. Una cosa che viene
da posti strani, e lontani.

Mi piace.

Cosa, Leòn o esotico?

Tutt'e due.

Capitolo secondo

La ragazza preparò la valigia, e in testa le suonava quel nome, Berlino, il nome di una città che non conosceva, e sembrava abbastanza lontano. Lontano dal paese e lontano da questa di città, Verona, lontano dalla cucina povera con il tavolo grande di legno intorno al quale stanno seduti tutti i suoi fratelli, sua madre e anche suo padre, finché era vivo. Tutti lí, uno di fianco all'altro, ognuno col suo particolare modo di tenere in mano le posate, di masticare. Tutti zitti, la sera, troppo stanchi per parlare. Gli occhi bassi, pieni soltanto di cibo e di sonno. La madre che si muove in continuazione: affetta il pane, riempie piatti e bicchieri, e loro tutti lí, muti. Indifferenti alla stanchezza della madre, alla sua, nella pretesa di essere serviti cosí, ogni giorno che dio manda in terra perché è cosí che dev'essere. Perché loro sono uomini e voi donne e la vita è cosí che va.

La ragazza pensò a sua madre, al suo corpo sfasciato che un anno dopo l'altro ha portato il peso di un figlio non voluto. Tutti quei bambini, quelli vivi e quelli morti, le hanno succhiato il sangue e l'hanno fatta diventare decrepita. Questo è quello che tocca anche a lei. Lo sa da sempre. Prima o poi le sceglieranno un marito. Il meglio che le può accadere è che sia lei a sceglierselo. Un uomo rozzo e ignorante come i suoi fratelli. Sempre stanco, sudato e affamato. Tempo dieci anni e anche lei sarà uguale a sua madre: sfatta e risucchiata.

Quando scese per cenare, i fratelli erano tutti già seduti. La madre appoggiò un fianco al tavolo per riposare le gambe. Il piú grande alzò la testa dal piatto e scrutò i fratelli uno per uno, poi si fermò a fissare la ragazza e incominciò a parlare, la bocca ancora piena, una goccia di minestra rappresa sul mento. Non si rivolse a lei ma a tutta la famiglia, eppure continuava a guardarla. Voleva sfidarla, vedere se aveva almeno l'attenuante della vergogna. Dentro il campo qualcuno l'ha vista. Ha visto la ragazza, e ha visto l'uomo. Il forestiero.

E poi l'hai pure portato qui coi suoi compari a prendere il caffè.

La ragazza non rispose, abbassò la testa sul piatto. Mangiava.

Lo sai che abbiamo le nostre idee. Non vogliamo rogne. Gente del genere qua non la serviamo.

E allora?

Rispose la ragazza, poi abbassò di nuovo la testa sul piatto.

Nessuno disse piú niente, però la guardavano tutti, pensavano che se ci fosse stato il padre, se fosse stato ancora vivo, lí, seduto insieme a loro, non si sarebbe mai permessa di parlare in quel modo. Non avevano idea che la valigia della ragazza era già pronta, nascosta sotto il letto, che il treno sarebbe partito stanotte e che lei ci sarebbe stata sopra, dentro, già lontana.

La ragazza arrivò alla stazione in ritardo. Per la paura che i fratelli si accorgessero della sua fuga, aveva aspettato di essere davvero certa che dormissero e quando aveva sentito i loro respiri diventare pesanti e grossi, era uscita di casa. Il cielo era freddo e buio sopra di lei e le piccole stelle bianche brillavano nel buio. Da sola, a piedi, la valigia tenuta su con tutte e due le mani, la schiena piegata in una torsione innaturale, la ragazza aveva attraversato chilometri di campi. Aveva camminato cercando di non pensare alla fatica, alla paura, alla sua famiglia, all'uomo che l'aspettava sulla banchina numero sei. Aveva guardato fisso l'orizzonte e messo un piede avanti all'altro, con costanza, regolando il respiro sui passi. C'era solo questo: camminare. E lasciare questo paese, per sempre. Ogni tanto si fermava, posava a terra la valigia per riposare un istante e si voltava a guardare le ombre massicce delle case coloniche che rimpicciolivano e scomparivano dietro di lei. Rivide le facce di quelli che ci abitavano, si ricordò le loro storie, i nati, i morti, i matrimoni. Salutò da lontano tutti i cani addormentati, i maiali nei porcili, i polli, i gatti selvatici e le lepri. Le pareva che quella fosse la sua vera famiglia, molto piú dei suoi fratelli e di sua madre.

Poi non si voltò piú. Continuò a camminare e si concentrò sul passo, e sul respiro.

Leòn era già lí, in piedi davanti al tabellone con gli orari. Le mani in tasca. Rilassato. Il peso del corpo appoggiato su tutte e due le gambe, solido come un albero centenario. Prima di avvicinarsi a lui, Tea l'aveva osservato da lontano. Il cuore le batteva troppo forte, troppo veloce, tutto il sangue le era salito alle guance, alla bocca.

Allora, aveva pensato la ragazza, forse non è soltanto scappare da qui, non è soltanto mettere piú strade e campi e città possibile tra lei e questo posto. È qualcos'altro. È anche qualcos'altro. È quest'uomo con i capelli ondulati, scuri e morbidi che ti si infilano tra le dita come anelli. È la sua pelle liscia e profumata di olio. Sono le sue braccia. La sua bocca appena incurvata verso il basso. Il suo naso diritto. Gli occhi. Liquidi e scuri. Che da vicino sono verde bosco. Pieni di promesse. Le parole sconosciute che usa. Avrebbe voluto corrergli incontro e abbracciarlo. Nascondere la faccia nel suo petto, farsi strin-

gere fino a non respirare piú. Avrebbe voluto anche che
lui facesse tutto e subito, che la prendesse senza dire niente, che le insegnasse tutto quello che c'è da imparare, con
le mani, la bocca, il sesso.

Lo guardò da lontano, la valigia ancora stretta tra le
mani. Il cuore che non smetteva di rimbalzare. Lui voltò
appena la testa, per cercare con lo sguardo il mozzicone di
sigaretta che aveva buttato per terra e spegnerlo con la
punta della scarpa. L'aveva vista. Anche lui tremava, ma
forse era solo quel soffio di vento fresco che era arrivato
all'improvviso. Però sorrideva e il bianco della sua denta-
tura era una catena montuosa coperta di neve, lontana lontana. Anche la ragazza sorrise mentre si avviava nella sua
direzione.

Tea e Leòn guardavano fuori dal finestrino, osserva-
vano in silenzio la stazione illuminata, i cartelloni pubbli-
citari, il via vai di persone che entravano e uscivano dal-
l'atrio.

Nello scompartimento c'erano soltanto loro.

Leòn guardò il corpo della ragazza. Grandi seni e fianchi, spalle rotonde e braccia piene. Stava seduta compo-
sta sulla cuccetta e si guardava le mani. Continuò a guardarla. Era davvero molto giovane. Ma questo lo sapeva anche prima. Diciassette anni. Questo è il suo primo viaggio
da sola. Forse il primo in assoluto. Si vede benissimo. Se
ne accorgerebbe chiunque. Da come si muove e osserva le
cose, da come sorride a tutti quelli che incrociano il suo
sguardo. Qualche ciocca di capelli, fini e crespi, di uno
scialbo castano chiaro, sfuggono dalla grossa treccia che le
scende sulla schiena. L'abito è nero. Gonna al polpaccio.
Un abito orrendo, tagliato da cani. Mai visto un abito piú
brutto di questo. Scarpe nere, con il tacco consumato e la
punta scorticata. Scarpe da funerale.

Leòn sistemò la pistola e la fece scivolare un po' piú in basso: se la sentiva piantata come un coltello tra l'inguine e il fegato. Guardò di nuovo la ragazza. Avrebbe dovuto lasciarla a casa sua. Lo sapeva benissimo. Poteva fotterla anche nel campo davanti alla trattoria. Però è dovuto partire. Poteva fottersi un'altra. La città dove va adesso è piena di femmine. Tutte le città sono piene di femmine. Già ce n'è una che lo sta aspettando. Ma è fatto cosí. Adesso vuole questa, di femmina. Anche questa. Che stronzata. Adesso alla frontiera gli toccherà inventarsi qualcosa, dare spiegazioni: mia cugina, la figlia di mia sorella, la domestica. Vedremo. Meglio non pensarci piú. Meglio cercare di dormire un po'.

Spense la sigaretta. Si stese senza levare le scarpe e chiuse gli occhi. Doveva proprio lasciarla dov'era. Gli uomini ragionano tutti con il cazzo. L'ha sempre saputo. Mai sperato di sottrarsi a questa legge. Poi si addormentò. Tea lo osservava. Le venne da piangere, non sapeva neanche bene perché. Pensava a casa sua. Ai suoi fratelli che domattina avrebbero preparato i tavoli per il pranzo, steso le tovaglie di fiandra perché c'era un cliente importante. Avrebbero messo le stoviglie migliori. Domani era giorno di ragú di coniglio.

Il treno rallentò la sua corsa per entrare in una stazione. Si vedevano case coloniche e campi coltivati, filari di alberi da frutto, fragili e tremolanti e ancora case, piú fitte.

Si accorgeranno subito che manca. Che anche la sua piccola valigia di tela è sparita da sopra l'armadio. La cercheranno. O forse no.

Il movimento del treno le faceva venire il vomito. Meglio chiudere gli occhi, concentrarsi su qualcosa di gradevole: acqua fresca, un pezzo di ghiaccio, la brezza che attraversa i campi, la notte. La stanchezza le si riversò addosso tutta in una volta. Si lasciò andare sulla cuccetta, si raggomitolò su un fianco, le gambe strette, i pugni chiusi sotto la guancia sinistra, nell'incavo del collo. Si addormentò.

Si svegliò di soprassalto. La luce le feriva gli occhi. Fuori dal finestrino si sentivano voci concitate e rumori.

C'è il controllo della dogana. Dammi i documenti.

Leòn si stropicciò gli occhi.

Quanto c'è ancora?

Leòn sorrise, attese un secondo prima di rispondere.

Venti ore.

Si divertí a vedere l'espressione stupita della ragazza, i grandi occhi grigi allargarsi e poi stringersi a fessura, come quelli di un gatto.

Domattina cambiamo treno a Monaco. C'è quasi un'ora da aspettare. Cosí ci facciamo una bella colazione: salsicce e pane nero, che dici?

La ragazza non rispose, restò seduta a guardare il movimento della stazione là fuori, ad ascoltare le voci. Non ci aveva pensato che il viaggio potesse essere tanto lungo, che ci fosse cosí tanto tempo per pensare, per cambiare idea.

Quando l'ufficiale di polizia controllò i documenti e li restituí con un sorriso a Leòn, Tea si accorse che le tremavano le mani, cosí le nascose in una piega della gonna. Trattenne il respiro finché i passi dell'ufficiale smisero di far vibrare la carrozza. Alzò gli occhi a guardare Leòn e vide che era tornato a sdraiarsi sulla cuccetta e che già dormiva.

Quando apparve la periferia della città, nei campi cominciarono via via a comparire degli edifici. Sempre piú fitti, sempre piú alti, sempre meno spazi verdi tra l'uno e l'altro. Cominciava la città. Doveva essere enorme.

La stazione era grigia. E anche Berlino. La gente era vestita in modo diverso che al paese. Sembrava che avessero tutti una gran fretta. Era quasi buio. Il cielo di un limpido blu oltre le grandi vetrate della copertura sopra i binari della stazione. Faceva molto freddo. Davanti a Tea c'era un piazzale nuovo, nessun monumento, nessuna chiesa, nessuna scalinata, nessuna statua, nessuna aiuola fiorita, solo automobili che passavano, carrozze, gente che entrava e usciva dall'atrio della stazione, qualche albero. Ferro, pietra, cemento e vetro che rifletteva le luci. Tram che si fermavano e ripartivano. Freddo. Il cielo che diventava sempre piú blu. Quasi nero. Con grandi stelle che sbucavano di colpo. Non se l'era immaginata cosí. Forse non aveva immaginato niente di preciso, ma certo non questo freddo tagliente, questo cielo cosí nero. Una città che a lui non somigliava per niente. In alto, sulla cima della Anhalter Bahnhof un grande angelo di pietra dispiegava le sue ali.

Dentro il taxi, Leòn nemmeno la sfiorava. Stava in silenzio e guardava con attenzione la strada, si voltava di qua e di là per vedere le vie che incrociavano, le targhe con i nomi.

Ecco l'Esplanade, siamo arrivati, questo è il nostro hotel, adesso entri e chiedi della stanza prenotata a nome mio, non fare quella faccia... ho già avvertito che sarebbe arrivata prima la Signora... non devi preoccuparti di niente, nessuno ti chiederà i documenti per controllare...

Ma io.

Non sai il tedesco. Ma non ti devi preoccupare, basta che dici il cognome, sa lui. Io adesso ho due o tre cose da fare, ti raggiungo piú tardi, fatti un bagno caldo e riposati. A cena ci andiamo insieme. Ora va', forza.

La ragazza rimase ferma sul marciapiede con la valigia in mano. Guardò l'auto che si allontanava e spariva. Dall'altra parte della strada, una musica scivolò fuori da una finestra socchiusa: sembravano una viola e un flauto. Tea restò ferma davanti alla porta a vetri illuminata dell'hotel finché un facchino non uscí, sollevò la sua valigia di tela e l'accompagnò alla concierge e poi nella sua stanza senza una parola.

Tea si vergognò dell'abito nero con l'orlo che pendeva un po' da una parte, del cappello di feltro grigio, delle scarpe con i tacchi consumati, della valigia di tela chiara con una macchia rotonda di unto che in mano a quell'uomo alto ed elegante sembrava davvero una povera cosa.

La camera numero dodici era al secondo piano e si affacciava sulla strada. Dalla finestra si vedeva il palazzo dall'altra parte. Dentro una finestra illuminata, dietro le tende, si intravedevano i due musicisti, e i loro gesti, ma la musica non si riusciva piú a sentirla. Tea provò ad aprire la finestra, ma c'era solo il frastuono dei tram, delle carrozze e delle auto che passavano e il vento gelato che entrava a raffiche e la faceva rabbrividire. Si voltò a guardare la stanza stringendosi le braccia al petto per cercare di scaldarsi.

Sopra i due letti singoli accostati era disteso un copriletto di velluto verde vomito di bile. Due comodini alti di legno lucido e rossiccio. Un caminetto. Un armadio a muro intarsiato con una porta a specchio. Una scrivania. Sulla scrivania, la carta intestata dell'hotel. Fogli bianchi e pastosi. Una penna. La boccetta d'inchiostro sigillata.

Senza neanche togliersi il cappotto, la ragazza scostò la sedia davanti alla scrivania e si mise a sedere. Prese in mano la penna. Poi la posò. Aveva imparato a scrivere per lavorare. Per fare i conti, scrivere il menú della giornata sulla lavagna della trattoria, prendere le ordinazioni. Un pensiero sulla carta non ce l'aveva mai messo. Doveva essere bello, ma non avrebbe saputo da dove incominciare. Cosí si stese sul letto, tutta vestita e si tirò addosso il copriletto. Si addormentò subito e sognò cose confuse. Treni e gente in fuga. Quando si svegliò, erano passati solo cinque minuti. Si sedette di nuovo alla scrivania, prese in mano la penna e scrisse per cento volte il suo nome. Il foglio scricchiolava sotto i suoi polpastrelli, l'inchiostro macchiava le parole, le cancellava. Tea sollevò la testa, scostò la sedia e si rimise a letto. Il foglio restò lí, posato sullo scrittoio, l'inchiostro ancora non si era asciugato.

Leòn entrò nella stanza insieme a un soffio di aria fredda. Aveva l'aria agitata e gli occhi stanchi. Buttò una scatola sul letto.

È per te.

Poi si chiuse nel bagno.

Tea restò ferma, seduta sul letto, con le coperte strette al seno e gli occhi sgranati. Il rumore dell'acqua che scorreva invase la stanza. Chiuse gli occhi e immaginò di essere al fiume, oppure sotto una cascata d'acqua calda. Si sdraiò. Nel bagno, l'acqua continuava a scendere. Quando lui tornò nella stanza, si era addormentata con la bocca aperta e un braccio sugli occhi.

Svègliati. Adesso usciamo.

Ma è tardi.

Tardi? Non sei mica al paese qui. Forza, vèstiti. Ho prenotato in un posto. Dài.

E indicò la scatola sul letto.

Adesso doveva spogliarsi davanti a lui. Il soffio d'aria fredda ancora non si era smorzato e la faceva rabbrividire.

Non lo hai fatto un bagno caldo?

No.

Vai, fa' in fretta.

Disse lui brusco, mentre scioglieva il nodo che gli fermava l'asciugamano sui fianchi e lo lanciava per terra.

Tea non sapeva se muoversi oppure no, si sentiva le gambe pesanti, inchiodate a terra. Lui era nudo, ed era la prima volta che lo vedeva cosí. Lo guardò attenta. Era bellissimo. Non c'era bisogno di concentrarsi per vederlo. Era una bellezza che aveva a che fare con la terra, con la soli-

dità degli alberi e delle rocce. Con la luce di certi pomeriggi giú al fiume, nella conca grande dove si raccolgono
le acque impetuose della cascata. Una luce piena di rifles-
si, di scaglie colorate che sembrano quelle del dorso di certi pesci.

Tea conosceva il corpo dei suoi fratelli, quello dei cu-
gini piú grandi. Aveva sempre visto corpi maschili, fin da
quando era una bambina. Bagni estivi nel fiume al paese.
Tinozze troppo grandi per un solo bambino, meglio sfrut-
tare l'acqua calda, quindi dentro tutti insieme. Aveva visto petti lisci e stretti allargarsi e riempirsi di peli, timidi
sessi a forma di lumaca raggrinzirsi a contatto con l'acqua,
oppure ingrossarsi sotto le mani brusche di sua madre o
delle zie, piccole pance striminzite dilatarsi anno dopo anno per il troppo vino, braccia deboli e bianche abbronzar-
si e diventare solide come tronchi, gambe piene di lividi e
croste allungarsi di colpo e ricoprirsi di vello riccio e nero.

Ma lui era diverso, diverso da tutti loro. Non assomi-
gliava a nessuno. Il petto era ampio, le spalle squadrate, i
muscoli del ventre disegnati di netto, l'inguine asciutto e
teso, il sesso puntato verso di lei.

E cosí ora la ragazza arrossí, nascose il viso nell'asciugamano, strofinò il naso contro la stoffa. Non sapeva piú
cosa fare, se muoversi o restare lí ferma ad aspettare che
fosse lui a dirglielo.

Tea non lo sapeva se il suo corpo era bello oppure no.
Era un corpo buono per lavorare, non si ammalava mai.
Qualcuno le aveva detto che era bella. Uomini. Sua madre mai. Nemmeno i suoi fratelli, né suo padre. Solo uomini per la strada, i contadini nei campi, i clienti della trattoria che alle volte, se avevano bevuto un po' troppo, al-
lungavano le mani.

Lasciò cadere l'asciugamano senza guardarlo, e aprí la
scatola sul letto. Il vestito era grigio. Scivolava addosso,
seguiva le curve. Tirava un po' sui fianchi. Ma lui sorrise,
batté le mani, fischiò. Le scarpe, ordinò. Le sue scarpe era-

no poco adatte al vestito, ma lui non ci aveva pensato. Nere, tacco medio, un po' consumate, scarpe da funerale. Le tenne aperta la porta della stanza e la guardò passare, così impacciata dentro quel vestito elegante, da signora.

Capitolo terzo

Leòn guidava bene. Le mani strette sul volante, gli occhi concentrati. C'era molta nebbia e uscendo dal centro della città, la cappa bianca aumentava ad ogni metro. La campagna perdeva quasi tutte le sfumature di colore, c'era solo il marrone scuro della terra nuda e un verde intenso a tratti, dove il freddo non aveva bruciato l'erba. Il resto era bianco latte. L'aria densa, il cielo, l'orizzonte, le case, tutto bianco.

Tutto bene?

Le chiedeva distratto di tanto in tanto, senza guardarla.

Tea non rispondeva piú. Guardava fisso davanti a sé, gli occhi anestetizzati da tutto quel bianco, le palpebre pesanti per il sonno. Ancora non le aveva detto niente. Dove stavano andando, a fare cosa. E lei evitava di chiederlo. Aveva capito da subito che le cose di cui si occupava Leòn erano cose sulle quali non bisognava fare troppe domande.

All'alba, dopo poche ore di sonno, lui si era alzato e le aveva scosso una spalla. Lei era già sveglia, voltata dalla parte della finestra, gli occhi aperti. Quella notte, quando erano rientrati dalla cena, Tea aveva tenuto gli occhi ben aperti, e le orecchie e tutti i sensi, perché sapeva che quello che sarebbe accaduto adesso accade una volta nella vita e mai piú, e dopo, non si riuscirà a dimenticarlo mai, in nessun modo, né a ripararlo. Ma Leòn si era spogliato in fretta e si era buttato sul letto a peso morto.

Domattina dobbiamo svegliarci presto, aveva detto. E Tea aveva guardato il suo corpo scivolare dentro le lenzuola. Avrebbe voluto allungare una mano a sfiorarlo e invece si rannicchiò dal suo lato del letto, cercando di scaldarsi e di prendere sonno. Si era detta che doveva chiudere gli occhi e cercare di dormire, di non pensare a niente. Si era voltata di nuovo a guardarlo. La luce rossa della lampada accesa sul comodino gli illuminava il viso. Sembrava stanco e invecchiato e la ragnatela di segni che si allargava intorno ai suoi occhi le apparve piú netta. Dormiva già. Le labbra separate. Il respiro lento e grosso. La ragazza allora aveva chiuso gli occhi, e si era addormentata anche lei.

Era la seconda volta che Tea saliva su un'automobile. E la sensazione era del tutto diversa dalla prima. Seduta al posto del passeggero, con il vetro davanti alla faccia, le sembrava che da un momento all'altro sarebbe stata sbalzata in avanti e avrebbe sfondato il parabrezza con la fronte. L'orizzonte bianco e piatto le correva incontro, e gli alberi, i profili smangiati delle case, tutto correva verso di lei, veloce e impossibile da schivare. Poi gli occhi si abituarono al bianco, furono catturati solo da quello e la paura passò.

Quando la città sparí alle loro spalle e tutto divenne definitivamente piatto e bianco, Tea socchiuse gli occhi e vide che tra le palpebre abbassate il paesaggio era identico a quello di casa. Tranne per gli edifici. Per la disposizione dei filari di alberi nei campi, le recinzioni.

La casa apparve dopo una curva lunghissima e dolce che deviava dalla strada asfaltata. Nascosta da un fitto boschetto di lunghi alberi frondosi fitti di foglie verde nero. Una casa imponente, bianca, con il tetto aguzzo, come tutte le case della zona, ma piú grande e curata delle altre.

Un uomo apparve sulla soglia prima ancora che l'auto

si fosse fermata. Era alto e magro e indossava un'uniforme. Il volto appuntito e scarno, il naso adunco, gli occhi
stretti e chiari.

Restò fermo a guardarli senza fare nessun cenno di saluto. Alle sue spalle, una donna minuscola infagottata di
stracci neri, sporgeva la testa a guardarli. Anche lei aveva
gli occhi stretti e chiari, il naso adunco.

Tea scese dalla macchina senza appoggiarsi al braccio
che l'uomo le tendeva. Abbassò lo sguardo e si accomodò
una calza. Quando tornò a sollevarsi, l'uomo ancora le tendeva il braccio e sorrideva. Un sorriso un po' storto che
metteva in mostra denti scuri e cariati. Fu costretta a sorridere anche lei. E a passare la mano dentro quel braccio
per farsi guidare verso la casa.

La vecchia rimase ferma a lato della porta e li guardò
entrare in casa senza una parola. Li fissava con quegli occhi freddi e chiari che sembravano privi di ciglia tanto erano azzurri.

Dovete scusarla, disse l'uomo, non parla la vostra lingua e poi è un po'... e fece un gesto con l'indice della mano destra accanto alla tempia.

La luce si smorzò di colpo. L'interno della casa era protetto dalla luce da lunghi tendaggi di velluto verde scuro
e nero. Alla ragazza vennero i brividi e cercò con la mano
quella di Leòn, ma lui camminava dietro di loro, in silenzio, con le valigie in mano.

Vi mostro le stanze.

Disse l'uomo voltandosi di scatto verso di lui.

Lei dorme con me. Ne basterà una.

L'uomo sorrise. Un sorriso veloce che gli stirò le labbra per non piú di un secondo.

Vi darò la stanza gialla, allora, quella che guarda il lago.

Che lago?

Domandò Tea.

C'è un lago qua fuori, a poche decine di metri dietro la
casa; non ti piacciono i laghi? Questa regione ne è piena,

si potrebbe dire, certo esagerando, che c'è un lago per ogni singola famiglia, ognuno ha il suo.

L'uomo le parlava con un tono dolce e fermo da maestro di scuola elementare, e sorrideva. La sua pronuncia era calda e arrotava tutte le erre con una cura particolare. Un'attenzione che doveva costargli uno sforzo sovrumano. O forse era semplice esercizio.

Non ci siamo ancora presentati, io sono Kurt.

Tea lo ascoltava in silenzio. Gli occhi fissi sulla sua bocca sottile incurvata in quello strano sorriso.

Tea.

Disse solo il suo nome e non abbassò lo sguardo.

Ti dispiace se ti do del tu? Sei molto giovane.

No, va bene.

Lo disse in fretta, senza quasi separare le labbra, con gli occhi fermi.

La vecchia domestica comparve da dietro una porta, silenziosa, le ciabatte di panno che scivolavano sul pavimento lustro di marmo a losanghe bianco e nero. Afferrò le valigie dalle mani di Leòn senza nemmeno guardarlo in faccia ed emise un mugugno a labbra strette che non era decifrabile in alcun modo.

Leòn la seguí per primo lungo le scale buie. La vecchia sostò un secondo sull'ultimo gradino della prima rampa, poi proseguí. Da sotto la gonna nera si intravedevano i polpacci arcuati e rinsecchiti. Gambe da vecchia, con le vene bluastre in rilievo e grumi di sangue rappreso che sbocciavano sottopelle come misteriosi e raccapriccianti fiori.

Al secondo piano, la vecchia si fermò di colpo. Posò le valigie sull'ultimo gradino e si voltò verso di lui. Lo guardò dritto negli occhi con quelle due fessure azzurro chiaro che lampeggiavano di domande.

Leòn restò lí fermo a farsi scrutare. Gli occhi freddi della vecchia erano spilli pronti a infilzarlo. La vecchia aprí anche la bocca, un paio di volte. Una bocca secca e dritta. All'interno, pochi denti marci, torri decrepite in un de-

serto fangoso. Avvicinò il viso a quello di lui. Leòn sentiva il fetore dell'alito. Cipolle, carne e vecchiaia. Una puzza tremenda, che lo costrinse a tirarsi indietro. La vecchia
però non mollava. Si avvicinò e gli puntò un dito ossuto
contro il cuore. Lo guardò ancora un istante, poi si voltò,
riafferrò le valigie e lo accompagnò alla stanza gialla senza piú guardarlo in faccia.

La grande porta finestra aveva le tende aperte. La luce, che nel resto della casa era tenuta a bada da pesanti
tessuti, qui entrava violenta e sbatteva impazzita contro i
muri.

Tea usò il bagno per prima. Chiuse a chiave la porta e
restò ferma al centro della stanza a contemplarla. Lo specchio grande quanto una parete, il lavabo di porcellana bianca, i servizi igienici, la grande vasca da bagno smaltata, i
rubinetti dorati, le mattonelle rosa dipinte una per una con
minuscoli motivi floreali, le salviette vaporose e gli ac-
cappatoi, le saponette profumate posate nei portasapone
di ceramica a forma di conchiglia.

Tea! Sbrigati, è un'ora che sei chiusa lí dentro, dobbiamo scendere.

La chiamò Leòn.

È ancora lí ferma al centro della stanza da bagno, gli
occhi che non si abituano al lusso che in questa casa – che
non è un albergo, ma una casa vera – è la vita quotidiana.
Che per molta gente è la vita quotidiana. Gente della quale lei non sa nulla. Guarda nello specchio la ragazzina con
la treccia e gli zoccoli, abituata a fare i suoi bisogni in una
latrina di lamiera e legno, al freddo, in mezzo agli insetti,
con i fratelli che la spiano da un buco nella porta senza car-
dini legata col fil di ferro. Ha già uno sguardo diverso.

Raccolse un po' d'acqua nel palmo della mano e se la
strofinò sul viso.

Capitolo quarto

Il lago scintillava tranquillo sotto la luce grigio ferro del tardo pomeriggio. A ovest, qualche striscia color arancio, bassa all'orizzonte, mandava un'idea di calore, ma non riusciva ad ammorbidire il paesaggio.

Avevano pranzato nel salone, seduti al tavolo lungo e stretto al centro della stanza. Le pareti erano nude, non c'era niente da guardare. Le spesse tende di velluto verde tirate sui vetri delle finestre e come unica luce quella debole di qualche candela. Li aveva serviti la vecchia, ciabattando avanti e indietro per la stanza. Dopo il caffè, Kurt aveva chiesto se volevano fare una passeggiata. Così adesso camminavano sul sentiero di ghiaietta che circondava un'ansa del lago. Era ghiaia fina, che scivolava sotto le suole delle scarpe e faceva rischiare ad ogni passo brutte cadute.

Tea si guardava attorno e cercava con lo sguardo le tracce degli animali, ma non riusciva a vederne nessuna. Tutto era fermo e silenzioso, non tirava neppure un alito di vento. Anche le punte degli alti pioppi erano nitide contro il cielo, come disegnate a china sulla superficie porosa di un grande foglio grigio. Ai bordi del sentiero e sulle sponde digradanti del lago nascevano piccoli fiori bianchi, a forma di stella. Erano fiori a sei petali, con all'interno altri sei petali minuscoli con le punte gialle e un pistillo centrale verde pallido. Anche nella campagna di casa sua crescevano fiori come quelli, mescolati alle margherite, ai ranuncoli gialli e ai piscialetto. A Tea piacevano moltissi-

mo quelle stelle bianche che non avevano per niente l'aria
modesta degli altri fiori di campo. Ne raccolse due e li ap-
puntò sul bavero della giacca. Kurt osservò il veloce movimento delle dita di lei, dita da bambina, con le unghie
corte e mangiucchiate, senza traccia di smalto. Dita da
contadina anche, un po' screpolate e callose. Continuò a
sorriderle con quel suo strano sorriso tirato, poi strattonò
il guinzaglio e si batté una mano sulla coscia perché il cane adattasse il passo al suo.

È sempre cosí obbediente?

Domandò Tea.

No, non sempre. Ma è stato addestrato, e sa benissimo
chi è che comanda. Vero Boops?, aggiunse, rifilando una
pacca sul fianco lucido e vellutato del cane.

Se vuoi, puoi provare a tenerlo.

Tea guardò prima il cane, con la grossa testa nera che
ciondolava sul collo come se fosse legata all'interno soltanto da una sottile cordicella, poi guardò Kurt e di nuovo il cane. Anche la bestia ora la guardava, come per dar-
le il suo permesso.

Va bene, sí, posso provare.

Non aveva mai tenuto un cane al guinzaglio. In campagna, a casa sua, i cani li lasciavano liberi oppure, quando erano troppo aggressivi, li tenevano legati a lunghe ca-
tene che li costringevano ad agitarsi avanti e indietro senza sosta, con la speranza di riuscire finalmente a liberarsi.
Abbaiavano furiosi verso qualsiasi cosa si muovesse nella
loro direzione.

Tea lasciò che la mano di Kurt facesse scivolare il manico del robusto guinzaglio di corda nella sua. Strinse le
dita attorno alla corda ruvida e percepí subito sotto di sé,
legata a lei e vibrante di energia trattenuta, la grossa mo-
le del cane. Fece un passo incerto e sentí come il guinzaglio si tendesse nella sua mano e come la costringesse a ir-
rigidire il braccio. Altri tre o quattro passi e già si era abituata, il cane la accompagnava mansueto, la testa bassa e

il naso affondato nella polvere del sentiero. Dopo dieci passi, si era dimenticata di lui, era come se fosse diventato una sua appendice, appena un po' estranea rispetto al resto del suo corpo, ma comunque parte di lei.

Kurt e Leòn camminavano dietro. Avanzavano a passo lento, fermandosi di tanto in tanto, e parlavano fitto, Leòn gesticolava e Kurt annuiva di tanto in tanto.

Tea si guardava attorno adesso, cercava un ramo spezzato, un nido nascosto tra le fronde degli alberi, un guizzo veloce che increspasse l'acqua grigio verde del lago. Ma non accadeva niente. Tutto era fermo e zitto. I due uomini si erano appoggiati a una balaustra di legno che delimitava un'ansa del lago. Tea e il cane erano qualche passo avanti, fermi sul sentiero di ghiaia. Tea avvertí all'improvviso una sensazione ostile nell'aria. C'era odore di tempesta in arrivo e quella luce grigio ferro che incombeva sulle loro teste le fece venir voglia di scappare via, di andare a nascondersi da qualche parte, in un angolo sicuro e protetto, come faceva da bambina quando annusava qualcosa che non andava. Ma ora il suo corpo non le rispondeva. Restò immobile, il guinzaglio del cane trattenuto con tutte e due le mani e avvolto intorno a un polso e si lasciò attraversare dalle scosse elettriche dell'aria. Anche i due uomini adesso non sembravano di buon umore. Fino a quel momento, avevano parlato fitto fitto tra loro mescolando tre lingue diverse, forse per non farsi intendere da lei, che comunque non li avrebbe ascoltati. Ma adesso avevano le labbra strette e guardavano tutti e due verso il centro del lago, dove un piccolo gorgo stava aumentando di volume e vorticava, disegnando delle spirali increspate sul pelo dell'acqua.

Avvenne tutto in un istante. Il momento prima, Tea aveva il guinzaglio avvolto intorno a un polso, la cima tra le mani e guardava verso il lago un riflesso di luce arancione a forma di rombo; il cane era seduto tranquillo al suo fianco e annusava un cespuglio, indeciso se pisciarci sopra o meno.

L'attimo dopo, Tea si sentí trascinare via da una forza incontenibile, cadde prima di fianco, poi venne sbattuta in avanti, le braccia stirate sopra la testa, il guinzaglio che le segava la carne dei polsi.

Dall'altra parte del sentiero, verso la bassa collinetta che separava la zona delle ville dal viale che costeggiava il lago, avanzava una vecchia con un piccolo cane al guinzaglio. Una specie di volpino, con le zampe corte e il muso appuntito che spuntavano a malapena da una vaporosa pelliccia nera. Tirava con tanta foga il guinzaglio che i passi della vecchia si fecero piú veloci e ravvicinati, un tentativo di corsa che le fece perdere l'equilibrio un paio di volte. Boops diede uno strattone netto e sicuro e si slanciò sull'altro cane con due balzi lunghi ed elastici. Tea venne trascinata in avanti senza poter fare niente. Sentí la pelle delle braccia spaccarsi contro la ghiaia, aveva la bocca piena di sangue e di terra e non riusciva a urlare. La vecchia restò lí impietrita. Immobile, trattenendo il respiro, accorciò il guinzaglio al suo cagnolino e cercò di tenerselo stretto accanto alla gamba. Avrebbe voluto chinarsi e prenderlo in braccio, ma non riusciva nemmeno a piegarsi, paralizzata com'era dalla paura.

Kurt e Leòn non avevano sentito niente. Quando la vecchia finalmente si chinò per prendere in braccio il suo cane, era troppo tardi. Boops gli aveva già serrato le mascelle sul collo. La vecchia mollò la presa e lasciò andare il guinzaglio. Tremava, le mani davanti alla bocca aperta, come a trattenere un urlo che avrebbe potuto lacerare l'aria e far esplodere il mondo. Tea riuscí a liberarsi della corda e cercò di rimettersi in piedi.

Boops strinse i denti e scosse la testa avanti e indietro, come se sapesse perfettamente che quello era il modo giusto per spezzare al volpino la spina dorsale.

La vecchia piangeva adesso e Tea urlava, ma quando i due uomini arrivarono, richiamati da tutto quel rumore, ormai non c'era piú niente da fare.

Boops ringhiava sordo, i denti ancora conficcati nel collo spezzato del volpino che aveva la bocca spalancata e piena di schiuma rossa. Gli occhi aperti. Iniettati di sangue. Gli diede altre due o tre scosse poi lo mollò. Il cagnolino cadde ai piedi della vecchia con un tonfo leggero che a Tea ricordò quello della palla di stracci con cui giocava da bambina.

Kurt frustò il fianco del cane con il manico del guinzaglio e gli sussurrò rimproveri veloci e taglienti con un tono che fece venire i brividi anche a lei. Il cane, le orecchie abbassate, restò seduto a terra, a prendersi la sua punizione.

Perché cosí va per i cani. Devi fare sempre quello che ti dicono gli uomini e se non lo fai, sai benissimo che dopo dovrai prenderti le tue frustate a denti stretti, buono buono.

Questo pensava Tea.

E pensava anche a tutte le morti che si erano consumate davanti ai suoi occhi: la lotta di due ragni avviluppati nella stessa ragnatela, il ronzio feroce delle loro bocche premute una contro l'altra finché uno dei due non fosse riuscito a staccare la testa del nemico; l'agonia di una falena bruciata viva alla fiamma di una candela; il risucchio dell'acqua sul corpo di minuscoli gattini appena nati, ciechi e muti, affogati dentro una tinozza dalle mani di sua madre; la deflagrazione silenziosa di un riccio schiacciato dalle ruote di un carro, tutto quel sangue e la carne cruda e rossa; l'urlo assordante dei maiali che stanno per essere macellati, impazziti per quell'odore di morte che aleggia intorno a loro ancora prima che il coltello gli abbia aperto la gola; il corpo nudo e bluastro di un neonato soffocato nel suo stesso vomito, la piccola bocca incrostata di schiuma bianca, gli occhi spalancati e vitrei; la morte di un al-

bero consumato da una malattia senza nome, il tronco rosicchiato, i rami flosci; lo sguardo perduto del passero tra
le unghie di un gatto, il cuore che balza nel petto sangui-
nante, le ali spezzate e unte di saliva, un minuscolo chicco di granturco ancora stretto nel becco.

Le sembrava, per la prima volta in vita sua, di essere
tante persone diverse, compresenti e in disaccordo su tutto. Le sembrava di essere dentro la testa del cane e di vedere i suoi pensieri. Pensieri da cane, ma non poi cosí diversi dai suoi. E le sembrava anche di essere stesa a terra
dentro quel fagotto di peli insanguinati posato davanti ai
suoi piedi come un orribile dono. Era anche la vecchia con
gli occhi annegati e rossi che non osava chinarsi a sfiorare
la pelliccia morta del suo cane.

Ed era se stessa, in due modi diversi. Un occhio piangeva e inorridiva, l'altro era roso da una strana luccican-
za, come se il sangue versato non fosse mai troppo, come
se ci fosse qualcosa di oscuramente attraente nella morte.

Scosse la testa, portò le mani agli occhi e le rifrazioni
scomparvero.

C'era soltanto lei adesso, Tea, una ragazza di diciassette anni, vergine, appena scappata di casa con uno sconosciuto, una serva con le mani rovinate dal lavoro e ora
anche con i polsi sanguinanti e le labbra spaccate; e poi
c'erano il cane morto, la vecchia, Kurt e infine Leòn che
le cingeva le spalle e le parlava a bassa voce dentro l'orecchio destro, per rassicurarla.

La luce sul lago era diventata un riverbero nero con delle striature verde azzurro. Stava arrivando il crepuscolo e
una brezza fredda montava da ovest. La pelle del lago si
increspava e buttava fuori migliaia di starnuti di luce.
Spruzzi veloci e argentati che saltavano sul pelo dell'acqua e sparivano lontano.

Tra poco, avrebbe fatto buio.

Capitolo quinto

La vecchia domestica l'aiutò a farsi un bagno caldo. Preparò tutto quanto, come faceva Tea a casa con i suoi fratelli e quando fu il momento di entrare nella vasca, la ragazza non si vergognò a farsi guardare nuda. Si affidò alle mani della vecchia come se la conoscesse da sempre, come se fosse sua nonna, la sua tata o qualcosa del genere. Le mani della vecchia, grinzose e bianche, percorsero il suo corpo avanti e indietro, strofinandolo e togliendo via tutta la polvere e gli indolenzimenti. Gli occhi chiari e freddi la fissavano senza lasciarla un istante, occhi da felino, attenti ai dettagli, capaci di vedere anche con il buio. Ogni tanto parlava. Separava appena le labbra bianche e asciutte e farfugliava qualcosa che Tea non poteva capire. Lasciò che le sciogliesse la treccia che portava quasi sempre arrotolata e puntata sulla nuca e i capelli vennero giú come bisce morte. Capelli crespi, castano chiaro, lunghi fino alla vita. La vecchia li lisciò con le mani, poi li snodò lentamente con il pettine, una ciocca alla volta. Tea sentí le unghie corte della vecchia sfiorarle di tanto in tanto il collo e la nuca. Chiuse gli occhi e cercò di dimenticare il lago, quella luce fredda e acuta che tagliava gli occhi a ripensarci, il ringhio sordo del cane, il sangue sulla ghiaia, la bava schiumosa nella bocca del volpino, il tonfo del piccolo corpo sul selciato. Si addormentò.

A cena non riparlarono dell'accaduto. Erano tutti e tre silenziosi e assonnati. La zuppa fumava nei piatti e nessuno si decideva a cominciare. Continuavano a bere vino. Un bicchiere dietro l'altro. Vino rosso e asciutto, di quelli che tagliano le gambe e la lingua all'improvviso.

Domattina dobbiamo partire presto. L'appuntamento è alle dieci e il viaggio da qui è abbastanza lungo.

Kurt decise per tutti. Si alzò dal tavolo di scatto e buttò il tovagliolo sul piatto sporco.

Quella notte, Leòn si avvicinò alla ragazza con cautela. Uno spostamento progressivo del suo corpo dentro il letto, come l'ombra che cresce su un quadrato di terra, tra le lenzuola fredde che facevano odore di cenere e lavanda. Rimase fermo, con i gomiti puntati sul materasso e il viso raccolto tra le mani.

Nel buio della stanza, il corpo di lei era una forma scontornata, fatta di linee morbide e vaghe che salivano e scendevano come strade collinari nascoste da banchi di nebbia, senza disegnare linee riconoscibili.

A guardarla cosí da vicino, addormentata, era proprio una bambina. I capelli sciolti sul cuscino, la bocca socchiusa, le mani abbandonate sul ventre. Leòn sollevò una mano per sfiorarla, poi la lasciò lí, sospesa nell'aria, immobile, per non rischiare di svegliarla. Ancora doveva capire come fare. Non avrebbe potuto semplicemente sollevare la camicia da notte, allargarle le gambe e montarle sopra, dividerle le labbra con un dito e infilarci la lingua in mezzo? No. Non poteva. E nemmeno sapeva bene il perché. Continuava a guardarla. Forse lei adesso sognava casa sua, la pianura distesa davanti alla stanza, il campo di grano battuto dal vento, il richiamo degli uccelli notturni, le piccole civette dal grido acuto e ripetuto all'infinito, da far impazzire. O forse non sognava niente, faceva finta di dormire e aveva paura, paura di lui, di questo posto che non conosceva, di tutte le parole che non capiva. E infatti Tea era del tutto sveglia, ma sulla paura lui si sbagliava. Ad occhi chiusi, la ragazza ascoltava i suoni prodotti dal corpo di Leòn che si muoveva pianissimo accanto al suo. Poi si sollevò sui gomiti, i capelli frusciarono sul cuscino e lui chiuse gli occhi per ascoltare meglio quel suono bellissimo, che era notturno e segreto come tutto quello che proveniva da lei. Nessuno dei due scelse il primo gesto. Forse fu lei a inclinare la testa verso quella di lui, o forse la mano di Leòn scivolò verso le spalle della ragazza. E nessuno dei due trovò sensato pronunciare una parola in quel momento.

La notte era fresca e silenziosa e dentro quella stanza sconosciuta e spoglia, ma protetta dalla brezza e dallo sguardo curioso degli animali notturni, Tea imparò come si usa il corpo di un uomo. Per la prima volta in vita sua, Leòn invece imparò che anche una donna è capace di scegliere e prendere quello che vuole. Scostò le lenzuola e rimase lí immobile, con gli occhi chiusi e lasciò che le mani di lei lo studiassero da cima a fondo, come se fosse un ingranaggio da imparare a far funzionare. Tea accarezzò tutto: il collo e il petto, la pancia, il sesso, le braccia, le mani, fece scorrere tra le sue dita quelle di lui, una per una, poi scese a toccare le gambe, le caviglie, i piedi. Smise subito di vergognarsi dei polpastrelli ruvidi e delle unghie corte e sbrecciate. Dimenticò che ci fossero cose di cui vergognarsi. Il corpo di Leòn era la cosa piú bella che avesse mai toccato. Dalla sua pelle veniva un odore di erbe che sapevano di casa e allo stesso tempo di posti lontanissimi. Salvia e limone, rosmarino e lavanda. E quando finalmente si sollevò a sedere sul letto e si chinò su di lui per baciarlo, i suoi capelli caddero sul petto dell'uomo con un tonfo soffice e le mani di Leòn si alzarono a toccarla. Nessuna di quelle cose che le donne le avevano raccontato da quando era bambina accaddero. Niente dolore e niente sangue. Semplicemente, ci volle molto tempo perché il suo corpo decidesse di aprirsi e lui non aveva fretta. Continuò a baciarla per tutto il tempo e quando fuori dai vetri una stri-

scia rosa cominciò a tingere il cielo, Leòn sprofondò dentro di lei. In quel preciso istante, una civetta levò il suo
urlo sinistro contro il cielo, Tea spalancò gli occhi a guardare il volto dell'uomo che le stava sopra e vide che aveva gli occhi chiusi.

Capitolo sesto

Il cielo era ancora scuro. Avevano dormito due ore, forse tre e avevano gli occhi gonfi e cerchiati. Kurt non disse niente, ma Leòn capí da come li osservava, sollevando e abbassando la tazza, maneggiando con precisione coltello e cucchiaino per spalmare di burro le fette di pane nero e versare zucchero nel caffè, che sulle loro facce si leggeva chiaro quello che era accaduto. Leòn pensò che non doveva essere poi cosí interessante. Una vergine che non è piú vergine. Tutto qui. Addentò una piccola salsiccia di lardo, innaffiò il boccone con il caffè amaro e lo sguardo gli cadde sulle mani di Tea posate immobili di fianco al piatto di ceramica bianca a fiorellini blu. Osservò le piccole unghie scheggiate e il dorso liscio e bianco come carta. Ricordò la pressione delle nocche contro il suo petto mentre la prendeva, ricordò la preghiera muta di quelle mani che gli chiedevano di andare piú piano, di muoversi con piú leggerezza e dovette distogliere lo sguardo. Si versò altro caffè e ne versò anche a lei. Kurt nascose il sorriso con un angolo del tovagliolo poi lo lanciò appollottolato sul piatto sporco di uova e lardo, scostò la sedia e si alzò.

Dobbiamo andare. È tardi.

Il posto aveva un nome impronunciabile. E Tea, dopo esserselo fatto ripetere tre o quattro volte da Kurt decise che non aveva poi cosí tanta importanza saperlo. Dal sedile posteriore aveva tutto il tempo per contemplare la nuca di Leòn sulla quale una mezzaluna rossa col segno dei suoi denti spuntava dal colletto della camicia.

Durante il viaggio, Kurt si voltò verso di lei e rimase fermo a fissarla. Nei suoi occhi c'era una luce che Tea non credeva d'aver mai visto negli occhi di nessuno. Aveva a che fare con l'intelligenza, ma anche con qualcos'altro che lei non conosceva, qualcosa che le faceva paura. Si girò a guardare fuori dal finestrino dell'auto la campagna nascosta da una foschia bianca e vaporosa. Si riuscivano a distinguere soltanto i tetti aguzzi in ardesia delle case che sbucavano all'improvviso da quella coltre pallida. Niente campi, niente recinti o staccionate, niente bestie, niente contadini, niente strade, solo quelle punte nere e rosse in mezzo al nulla.

Tea chiuse gli occhi, appoggiò la testa contro lo schienale e dietro le palpebre chiuse, cominciò a scrivere.

Hai aperto un passaggio. Come una strada. È un posto per cui si passa. Non è fatto per starci. Non assomiglia a una casa. Cammini. E vedi lontano. Io invece non vedo niente. Solo il segno dei miei denti sulla tua nuca. E sento bruciore e dolore tra le gambe. Adesso è arrivato, avevano ragione le vecchie. Qualcosa mi si è strappato là dentro e adesso non so cosa devo fare. Le gocce di sangue escono da me brillanti e vive. Ne ho raccolta qualcuna sulla punta delle dita stamattina, erano rosso scuro, rosso violento e ho dovuto infilare un fazzoletto nelle mutande e ora spero che non si inzuppi e macchi anche i vestiti. E c'è il sapore della tua saliva che resta attaccato alla pelle perché stamattina non c'è stato il tempo di lavarsi. E mi è dispiaciuto. Per una volta che avevo il bagno in casa, con l'acqua corrente e asciugamani e sapone. Non ho capito ancora niente. Se ti guardo, il cuore mi si impiglia da qualche parte e smette di battere per un istante poi riprende e pompa fuori ritmo. È proprio come uno di quei pesci di fiume, grigi e grossi. Si muove nell'aria, perso, a scatti brevi.

Ti chiami Leone, ma vuoi che ti chiamino Leòn. Hai trentacinque anni. Sei nato il sei settembre sotto il segno della Vergine che vuol dire precisione e tempo di raccolto. Viaggi sempre. Non credi a niente.

Cosí hai detto.

Io vedo: occhi neri. Pelle liscia, scura come legno. Una pistola infilata sotto la giacca. Una lugher calibro nove, hai detto. Il tuo sesso è lungo quanto la mia mano.

Queste sono le cose che so.

Non so qual è il tuo mestiere. Non so cosa sei venuto a fare qui. Non so perché mi hai portata con te.

Capitolo settimo

La casa era nascosta da una collina. Una collina nera, ricoperta di conifere appuntite, gli aghi verde scuro. C'era una luce diversa che nel resto della vallata. Era come se tutte le ombre si fossero date appuntamento, per un qualche misterioso motivo, su questo versante della collina. Parcheggiarono la macchina sullo spiazzo davanti alla casa e scesero. L'aria era fredda e una brezza tagliente sbatteva contro di loro a ondate veloci e ravvicinate. La ragazza tornò indietro a prendere lo scialle che aveva lasciato sul sedile posteriore dell'auto e se lo avvolse sulle spalle.

Kurt e Leòn si guardarono attorno in silenzio. La casa aveva tutte le imposte serrate e sembrava abbandonata da molto tempo. L'intonaco sui muri era scrostato e lunghe crepe correvano sulla sua superficie. Anche il giardino che circondava la casa aveva un'aria malconcia. I tronchi degli alberi erano macchiati di muffe bianche e i rami erano contorti e nudi.

Fecero un giro attorno alla casa e videro che c'era un'automobile posteggiata sul retro. Due cani color caramello arrivarono di corsa verso di loro. Mostravano i denti e ringhiavano. Il mantello liscio e vellutato risplendeva come bronzo in quella strana luce.

Tea, sta' attenta, vieni qui.

Leòn abbracciò la ragazza e la tenne contro di sé per proteggerla, se ce ne fosse stato bisogno, ma i cani, non appena furono davanti a loro, smisero di ringhiare e cominciarono ad agitare la coda in segno di festa. Erano poco piú che cuccioli, si capiva dai movimenti sgraziati e dagli scatti improvvisi che facevano con la testa e le zampe, proprio come se stessero giocando.

Una voce arrivò dalla scarpata che da dietro la casa scendeva ripida, ricoperta di arbusti disordinati e sterpaglie. Stracci di nebbia penzolavano tra i rami, ad altezza d'uomo.

Comparve prima la testa, poi il tronco e infine tutta la figura. L'uomo non era molto giovane, aveva la testa completamente calva e flosce borse di pelle avvizzita sotto gli occhi. Indossava abiti da campagna e scarponi stringati. Si reggeva con un bastone di legno rosso, ricurvo e nodoso.

Kurt e Leòn non dissero niente. Rimasero lí a guardarlo avanzare con fatica tra gli sterpi, un passo dopo l'altro. La punta del bastone che cercava l'appoggio giusto sul terreno friabile della scarpata.

Arrivato in cima, l'uomo sorrise. Un sorriso veloce che per un secondo stirò la pelle della sua faccia e lo fece apparire come doveva essere stato un tempo: energico, temibile. Poi il sorriso si spense e tornò ad essere un uomo di mezza età, appesantito e insicuro.

Tea rimase dietro i tre uomini, a debita distanza dalla scarpata. I due cani color caramello le annusavano i vestiti, le scarpe. Lei lasciò le mani a penzolare nell'aria fredda e sentí il calore umido che usciva dalla bocca dei cani e si depositava sulla sua pelle coprendola di minuscole gocce di saliva.

Gli uomini cominciarono a parlare, avviandosi verso la casa. Tea rimase lí ferma ancora un po'. Si chinò ad accarezzare i cani e vide, mentre le giravano intorno e cercavano di sollevarsi sulle zampe posteriori per arrivare a leccarle la faccia, che erano due femmine. Dovevano essere sorelle, assolutamente identiche, tranne per un'imperfezione del labbro inferiore di una delle due. Una macchia rosa e nera che le deturpava il muso quando apriva la bocca e che sembrava una cicatrice, ma non lo era.

Leòn la chiamò e la ragazza sollevò la testa. Era in piedi sulla soglia di una piccola porta di servizio che si apriva sul retro della casa e le fece un cenno con la mano. Si incamminò verso di lui. I tacchi delle sue scarpe affondavano nel fango e ad ogni passo doveva far forza con il polpaccio per estrarli.

Fa freddo qua fuori, entra, accendiamo la stufa, beviamo qualcosa. Stai bene?

Tea fece sí con la testa. Ma si stupí che si fosse accorto che c'era qualcosa che non andava in lei. Se ne stupí, perché lei stessa non riusciva a capire cosa fosse. Era un'inquietudine senza forma che aveva forse a che fare con la cappa che ricopriva il cielo, con quella brezza che l'aveva violentata lí, in cima alla scarpata, con la macchia che deturpava il muso di quella bellissima cagna. Niente. Non era proprio niente.

Entrò nella casa e seguí Leòn che le faceva strada lungo un angusto corridoio sul quale si disegnavano alla sua destra e alla sua sinistra molte porte, tutte sbarrate.

Nella cucina, l'uomo aveva già acceso la stufa e stava stappando una bottiglia di vino. Lui e Kurt parlavano a bassa voce. Sembravano tranquilli. Leòn stava zitto ad ascoltarli, e intanto beveva.

Poi Kurt fece un gesto. Velocissimo e inaspettato. Batté un pugno sul tavolo e l'uomo rimase a bocca aperta, il bicchiere in mano, sollevato a mezz'aria. Si vedeva che cercava le parole per spiegare qualcosa, ma che non riusciva a trovarle. Allora avvicinò il bicchiere alla bocca e bevve il vino tutto d'un fiato. Kurt continuava a fissarlo, in attesa. Tea guardò la scena come se si trattasse di un gioco. Il gioco dei mestieri ad esempio. Bambini che mimano un'azione da indovinare. E cercò di trovare la risposta giusta, senza riuscirci.

Kurt si avvicinò a Leòn e lo prese da parte, senza smettere di guardare l'altro uomo, immobile davanti alla stufa e gli parlò in italiano.

Ci ha fregato. Avrei dovuto prevederlo.

Poi alzò la voce.

E lo sai cosa succede a quelli che fregano me, vero?

Leòn non rispose.

Kurt infilò una mano sotto la giacca ed estrasse la pistola. La posò sul tavolo e ci tenne la mano sopra, come fosse un animale da proteggere. Da tenere al caldo, e al sicuro.

Questo stronzo pensava che avremmo mangiato belli tranquilli le sue salsicce e bevuto il vino e saremmo stati qui a sparare stronzate, qua come dei coglioni ad aspettare i suoi amici. Perché è chiaro che stanno arrivando. E io sono rovinato. Finito tutto. Caro il mio corriere, e strinse la spalla di Leòn con la mano libera, questo pezzo di merda, dentro la fabbrica chimica ce l'hanno messo i miei amici del ministero. Hai capito? Per fottermi. Ma non sarà cosí facile. Proprio per niente. Li hanno fatti male i conti, mi sa. Niente roba. Niente soldi. Niente di niente. Solo io che mi sporco di merda. È questo che crede, lo stronzo. Ma si sbaglia.

Il vecchio aveva abbassato lo sguardo. Forse non capiva neanche cosa Kurt stesse dicendo, perché continuava a giocherellare con il bicchiere e sulla sua faccia non passava niente. Nessuna emozione, nessun pensiero.

Kurt gli puntò la pistola contro e gliela sventolò sotto il naso urlando comandi secchi.

Spinse l'uomo fuori dalla stanza tenendogli la pistola puntata alla nuca. Si sentiva l'abbaiare dei cani nel giardino, il fruscio delle zampe sull'erba. Il suono del vento che aveva preso a fischiare con piú violenza di prima. Raffiche cattive.

Tea fermò Leòn trattenendolo per la manica della giacca.

Cosa succede?

Lo vedi, no?

No, senti, io non è che voglio fare domande, ma.

Allora non farle, non le hai fatte fino adesso.

Sí, ma, cos'è la fabbrica, di cosa parlava Kurt?

È un affare che dovevamo concludere oggi. Hai capito? E invece il tizio ci ha fregato.

In che senso?

Cosa vuol dire questa domanda, Tea?

Non lo so, è che non ci capisco niente.

Non c'è niente da capire. Kurt rischia grosso. Si è compromesso, lui ha una posizione importante, se lo beccano a fare una cosa illegale è finito.

E quello che dovevate fare è illegale?

Che ti sembra?

Non mi sembra niente. Ho paura.

Leòn le passò la punta di un dito lungo la guancia, era fredda e aveva la consistenza di un foglio di carta.

Non c'è niente da avere paura. Adesso ce ne andiamo.

Uscirono fuori e videro che il cielo era diventato nero. C'erano grosse nuvole che correvano veloci sopra la collina e si addensavano proprio su questo versante.

Kurt teneva sempre la pistola puntata contro la nuca dell'uomo e le due cagne gli giravano attorno scodinzolando e uggiolando.

Voltò la testa verso Tea.

Vieni. Vieni qui.

La ragazza rimase ferma, Leòn la spinse avanti.

Vai. Fa' come ti dice.

E lei si incamminò.

L'uomo stava in piedi proprio sull'orlo della scarpata e Tea vide che puntava i piedi per non cadere.

Vuoi farlo, vuoi farlo tu? Ti va di ammazzare questo stronzo? Dài, forza.

Kurt aveva gli occhi cerchiati di rosso e una strana espressione sul viso. La ragazza pensò che a volte certe cose fanno impazzire la gente. Basta un secondo. Basta una cosa piccola come un moscerino. Aveva visto quella stessa pazzia sulla faccia di suo padre, qualche volta, quando

lei o i suoi fratelli avevano fatto qualcosa che non andava.
E prima di prenderli a calci, o a cinghiate, sulla faccia gli
si era disegnata quella stessa identica espressione. Furio-
sa, sfrenata, disumana. Forse, se lei adesso avesse rifiuta-
to di fare quello che le diceva, quella furia si sarebbe ri-
versata su di lei. L'avrebbe presa a calci, come aveva fatto suo padre quando era una bambina. L'avrebbe anche
uccisa, se i calci non fossero bastati a spegnergli quel fuoco che gli crepitava dentro. Guardò la nuca rugosa del-
l'uomo fermo sul bordo della scarpata. Il rotolo di grasso
che partiva dalla base del cranio e formava un cuscinetto.
Guardò le spalle coperte dalla spessa giacca di lana marrone e vide che sussultavano. Guardò i rami degli alberi
nudi che formavano uno scudo che proteggeva il terreno
sotto di loro. Guardò le nuvole nere sopra le loro teste.
Poi allungò la mano e impugnò la pistola che Kurt le tendeva. Sentí un calore improvviso diffondersi lungo il corpo. Fece un passo indietro e avvertí che Leòn era dietro
di lei, solido e fermo. Sentí il braccio di lui aderire al suo
braccio e la mano sovrapporsi alla sua. Il dito che guidava il suo dito. Poi Leòn impresse un movimento rapido
verso l'alto e Tea vide che il suo stesso braccio si alzava
senza controllo e che il dito indice tirava il grilletto al-
l'indietro.

C'era nebbia attorno, una luce livida, e lei vide solo una
sagoma confusa. Una linea marrone sormontata da una sfera rosa. Le spalle dell'uomo e la sua testa chinata in avanti.
Poi vide una macchia rossa che esplodeva nell'aria: un papavero soffiato via con le labbra. Poi non vide piú niente.

Quando si risvegliò, stava stesa sul sedile posteriore del-
l'automobile. La portiera era aperta e le sue gambe penzolavano fuori. Le due cagne uggiolavano ai suoi piedi, gli
occhi gialli acquosi e tristi.
Vide Kurt e Leòn venire verso la macchina e fece per

scendere, correre loro incontro. Ma rimase lí ferma a guardarli.

Due estranei.

Si accomodò la gonna sulle gambe e vide che aveva una macchia di sangue sul polso. Restò a guardarla molto a lungo. Era rappresa e secca. E aveva la forma di una piccola luna.

I due uomini montarono in macchina. Leòn si mise al volante.

Chiudi la portiera, disse alla ragazza.

E i cani?

I cani cosa?

Non lo so. Li lasciamo cosí, qua da soli?

Cosa vorresti fare, sentiamo.

Non lo so.

Kurt si voltò verso la ragazza.

Sono molte le cose che non sai, eh? Non sai proprio niente.

Lei lo guardò in silenzio. Le due cagne abbaiavano forte, le zampe anteriori puntate sul finestrino della macchina, dalla parte di Tea.

Non possiamo lasciarle. Come faranno?

Pensa per te. Hai appena ammazzato un uomo e stai a preoccuparti dei cani.

Tea abbassò la testa a guardarsi le mani. Erano rosse e screpolate. Tremavano.

No.

Cosa no?

Non le lascio.

Vuoi restare qui anche tu, cosí quando arrivano ti trovano di fianco al morto?

La ragazza cominciò a piangere. Erano lacrime silenziose e dure quelle che le rigavano il viso. Le facevano dolere gli occhi come se invece che d'acqua fossero fatte di pietra sminuzzata.

Leòn mise in moto la macchina e fece manovra in modo da trovarsi con la parte anteriore verso la strada sterrata.

Le due cagne continuavano a saltare e ad abbaiare, sventolando le corte code color caramello nell'aria.

La macchina si allontanò e Tea continuò a guardarle dal finestrino finché non scomparvero dietro la curva, e con loro la casa e il versante in ombra della collina. Adesso non vedeva piú niente. Solo la pioggia che sbatteva contro il finestrino, strisciate veloci subito cancellate e le minuscole macchie nere dei moscerini spiaccicati contro il vetro.

Fecero il viaggio di ritorno senza dire una parola. Dentro l'auto, c'era il ringhio del motore e il battito della pioggia sulla carrozzeria. Ogni tanto, le ruote sguillavano sull'asfalto bagnato e la macchina sbandava.

Arrivarono a casa che era notte fonda. La vecchia li aspettava alzata e la sua faccia era la maschera della disapprovazione. Preparò un bagno caldo per la ragazza e la aiutò a spogliarsi. Con un dito le grattò via la macchia di sangue sul polso insieme a tutte le altre che Tea non si era accorta di avere. Le strofinò le palpebre, le guance, le labbra. E intanto scuoteva la testa avanti e indietro.

Quella notte, la ragazza rimase sveglia nel letto con gli occhi spalancati nel buio. Si avvolse nelle coperte e si accoccolò come un gatto, le ginocchia contro il petto e le braccia strette. Sentiva le voci degli uomini al piano inferiore della casa. Si alzavano e si abbassavano continuamente, ma lei non riusciva a distinguere le parole che dicevano. Avrebbe anche potuto alzarsi e cercare di spiarli da in cima alle scale, ma preferí restarsene lí nel letto, da sola. Pensava a quello che era successo e il cuore le batteva forte. Non lo sapeva, cosa provava davvero.

Cosí resto lí immobile a cullarsi da sola. E quando Leòn finalmente entrò nella stanza, la ragazza dormiva.

Capitolo ottavo

Il giorno dopo, lasciarono la casa di Kurt e tornarono in città. Leòn disse che sarebbero stati per un po' in un piccolo appartamento. Era davvéro piccolo e si affacciava su una fabbrica di birra. La sala aveva tante finestre con il telaio laccato di bianco, i pavimenti erano di legno e c'era in ogni stanza un odore di resina e colla, come se fosse tutto nuovo di zecca. La ragazza entrò per prima e si sentí come una sposa. Si affacciò a tutte le finestre e rimase a lungo a osservare il filo di fumo nero che usciva da una ciminiera della fabbrica. Osservò i muri di mattoni rossi e l'insegna di metallo. I platani e i tigli del piccolo parco che si apriva sulla destra della fabbrica, gli alti palazzi marroni alle cui finestre sventolavano come bandiere panni appesi ad asciugare. Le persone che passavano sotto di lei, sulla strada, sembravano minuscoli spilli con le gambe e le braccia e la capocchia rotonda.

Leòn l'afferrò da dietro, la prese in braccio e la portò in una piccola stanza. Il letto era un materasso di lana bitorzoluta buttato per terra sulle assi del pavimento.

Mi sa che dovremo comprare qualcosa per sistemare questo posto, me lo ricordavo diverso.

C'eri già stato?

Sí, certo. Ci abitava una mia amica.

E adesso?

Adesso cosa?

Disse lui, sbottonandole il vestito sulla schiena.

La tua amica. Dov'è adesso la tua amica?

Ah, non lo so.

La spinse sul letto e le sfilò il vestito dalla testa. Nella stanza, c'erano piccoli fasci di luce che ondeggiavano nell'aria e si sentiva il suono lontano di un treno.

Quando si svegliò, la mattina dopo, Leòn non era in casa. Le aveva lasciato un biglietto sul tavolo della cucina. Sarebbe rientrato per cena. E cosí la ragazza uscí e camminò a lungo per la città. Guardò le case, le strade, la luce che cambiava continuamente. Il cielo aveva una consistenza diversa da quello di casa sua, un diverso sovrapporsi di strati. Vento e luce erano diversi. Il grigio non era uniforme e piatto, ma aveva toni, consistenze. Era allo stesso tempo liquido, solido e aereo. Le sembrava che un'altra città, una città fantasma, covasse sotto lo splendore delle facciate che la circondavano, ma non sapeva spiegarsi questa sensazione. Le facevano male i piedi, stretti nelle brutte scarpe nere che aveva rubato a sua madre. Scarpe da funerale. Usate una sola volta e poi lasciate ad ammuffire in fondo a un armadio. Con la suoletta interna accartocciata e rigida che le premeva le dita.

Si fermò a guardare la facciata di un palazzo: tre putti di pietra che giocano tra loro. Tre bambini grassi, con il sorriso malizioso, un sorriso adulto che somiglia a un ghigno. Distolse lo sguardo e riprese a camminare. Intorno a lei, la città viveva la sua vita e aveva un ritmo e un respiro che non c'entravano niente con il suo. Avrebbe voluto mettersi a urlare, levarsi quelle maledette scarpe e correre a piedi nudi per le strade, con la bocca spalancata e i vestiti strappati. Ma non poteva. Il dolore le stava serrato dentro, aggrappato allo stomaco.

Dall'altro lato della strada c'era la vetrina di un parrucchiere per signora. Aveva un'insegna a motivi floreali, rosa e violetto. La ragazza smise di camminare, portò la mano destra alla nuca e afferrò tra le dita la grossa treccia

che le dondolava sulla schiena. I capelli erano impregnati
di sudore freddo. Non ci pensò piú.

Una donna di mezz'età, con i capelli biondi arricciati
sulle tempie in onde perfette, le sorrise e la fece accomo-
dare in un salottino sul retro. La porta era aperta sul loca-
le e mentre aspettava il suo turno, la ragazza si mise a osservare le nuche delle donne sedute sulle poltroncine in fila davanti alla specchiera. Quando toccò a lei, la donna che
l'aveva fatta entrare le parlò di nuovo con gentilezza, ma
lei non capiva quello che le diceva, quindi fece soltanto un
gesto: portò la mano all'altezza del collo e con le dita trac-
ciò una breve linea appena sotto il lobo dell'orecchio.

Quando uscí dal salone, era uguale a tutte le altre. Era
una delle tante donne che camminavano per la strada. Si
guardò riflessa nelle vetrine dei negozi e non seppe dire
se si piaceva oppure no. Un'ora prima era Tea. Adesso
non sapeva piú cos'era. Le venne in mente l'unica fotografia che le avessero mai fatto e che adesso stava appesa
nella camera da letto dei suoi genitori, insieme a quelle
dei fratelli.

Nella fotografia è primavera. E lei è vestita di bianco.
Sono passati solo cinque anni da allora, eppure quel pomeriggio di aprile sembra lontanissimo, perso nel tempo.
Indossa un cappello ornato da una grande fibbia centrale.
È bianco e assomiglia a un'enorme torta meringata e sotto quel peso, la testa di Tea si inclina leggermente. Sta seduta su un calesse trainato da un ciuco, nel giardino davanti alla casa. Un alto cancello alle sue spalle. Nessun recinto, solo un vecchio cancello di ferro, arrugginito. Il suo
sguardo è distante, elude l'obbiettivo del fotografo, attraversa il giardino, oltrepassa il confine della casa, si spinge nella campagna. Lontano. Sua madre – occhi come fe-
rite azzurre, rughe nette che tagliano la faccia abbronzata – trattiene il ciuco per le briglie. Le mani di sua madre:

mani spesse e ruvide, callose. Il ciuco, le orecchie abbassate, sonnecchia.

Quel giorno, Tea non lo ha dimenticato. Ha quasi tredici anni, ha appena avuto il suo primo ciclo, e questa è la sua prima fotografia. Anche l'unica, finora. Con il vestito della domenica, trine bianche da bambina, sua madre con il solito abito nero, da lutto, che porta da quando è morto il marito. Suo padre.

Se Leòn avesse visto questa fotografia, avrebbe notato negli occhi della ragazzina qualcosa che non gli sarebbe piaciuto. O forse non avrebbe visto niente: Tea cerca di ricordare quando esattamente è successo che una goccia di un liquido non identificabile – caffè, whisky, vino? – sia caduta proprio sul volto della ragazza, cancellandone una parte. Gli occhi sono annebbiati adesso, quasi strofinati via. Sembra l'ombra di se stessa. Un'ombra lieve lieve, vestita di trine bianche, il cappello per niente adatto a una ragazzina di tredici anni – forse un gioco, un travestimento? Come se Tea se ne fosse andata, avesse deciso di colpo di uscire dalla fotografia e lasciar lí il manichino che indossa i suoi vestiti, quel ridicolo cappello e allontanarsi in silenzio. Per andare lontano. Lontano dal riquadro seppiato e bordato d'oro zecchino dentro il quale ancora vivono gli altri: sua madre, il ciuco, il cancello, il giardino di casa, il ricordo di suo padre fermato dentro la tela dell'abito da lutto di sua moglie.

Si guardò ancora per un istante nella vetrina di un negozio e scosse la testa per mandare indietro qualche ciocca di capelli dalle guance.

Il cielo era grigio e muto sopra la città. Gli alberi che costeggiavano il lungo viale erano smorti. Non c'erano madonne agli angoli delle strade. Le case erano alte fino al cielo, infinite, avevano quattro, a volte cinque piani.

Tea camminò verso casa con la testa rovesciata all'indietro, libera da quel peso familiare e rassicurante. La sentiva cosí leggera che le pareva si potesse staccare dal collo e mettersi a volare per aria come una mongolfiera. Sui tetti delle case, qualche guglia dorata esplodeva in riverberi veloci. I numeri segnati dagli orologi in cima alle torri erano snelli e acuti, l'aria faceva odore di tigli.

La ragazza scosse la testa e di nuovo avvertí la sensazione gelata della lama che sforbiciava via con i capelli la sua storia.

Restava soltanto ieri.

La pistola in mano, il rumore secco dello sparo, l'esplosione del sangue nell'aria grigia. Il rinculo lungo il braccio che l'aveva spinta all'indietro con forza e gettata contro il corpo di Leòn.

Capitolo nono

Nella piccola casa bianca davanti alla fabbrica di birra, arrivava molta gente. Ogni sera c'era una festa che andava avanti fino alle prime ore dell'alba. Uomini e donne ubriachi che ballavano e scuotevano le assi di legno del pavimento.

La ragazza imparava tutto con fatica: la lingua, come comportarsi, come sorridere, come vestire, come tenere le posate. A volte, la notte, faceva sogni orribili. Vedeva la testa dell'uomo morto esplodere rossa nell'aria davanti a lei, oppure lo vedeva vivo, le flaccide borse di pelle sotto gli occhi, che le parlava e le diceva cose che lei non riusciva mai a ricordare.

Leòn a volte era irritabile, altre volte triste, passava le giornate a parlare con tizi di cui la ragazza ignorava tutto tranne che dovevano avere un sacco di soldi. C'era sempre alcol in casa, bottiglie sparse dappertutto. E c'era anche eroina, ma quella a Leòn non interessava, lasciava che la prendessero gli altri. Le regalava vestiti, fiori, scarpe, e la portava a cena fuori e poi al cabaret. Tutti ridevano alle battute del comico e la ragazza sorrideva, anche se non capiva quasi niente. Pensava al vestito che aveva addosso, contemplava la punta di una scarpa da sera, muoveva la mano destra per far scintillare sotto la luce l'anello con il diamante che Leòn le aveva regalato. Si ritoccava il trucco osservando porzioni del suo viso dentro lo specchio del portacipria. Beveva. Questa era la cosa che occupava il suo tempo piú di tutte le altre. All'inizio, odiava perfino il sapore dell'alcol. Aveva dovuto lavorarci. Un po' ogni giorno e poi sempre di piú. Le pareva che l'alcol facesse brillare le cose, le rendesse tutte migliori. E poi era cosí che facevano tutti. Andavano anche al cinema e soprattutto un film colpí Tea; rimase per tutta la proiezione con le mani aggrappate ai braccioli della poltroncina e il respiro trattenuto mentre Maria, quella buona, salvava i figli degli operai dalla morte, dall'acqua che inghiottiva la città dei poveri e i bambini si stringevano a lei, santa piccola e luminosa, unica speranza rimasta. Maria cattiva invece ballava ai piani alti, festeggiava la rovina insieme ai ricchi. E anche mangiata dalle fiamme continuava a ridere, ridere, ridere.

Cominciò a stare male. La mattina, la fabbrica di birra dietro le finestre si sfocava davanti ai suoi occhi. Gli alberi del parco oscillavano mossi da un vento invisibile. Correva in bagno a vomitare il caffè. E beveva subito un bicchiere di vino che la faceva vomitare di nuovo.

Una mattina, si svegliò di soprassalto. Era molto presto, fuori dai vetri era ancora buio. Doveva aver sognato qualcosa di brutto. Era sudata e sentiva un crampo allo stomaco e all'intestino. Si alzò a fatica e quando accese la luce, si accorse che la parte del letto che apparteneva a Leòn era vuota. Ricordò che la sera prima erano andati a letto alla stessa ora e che lui le aveva tenuto la mano fino a che non si era addormentata. Lo cercò per tutta la casa. Doveva essere uscito da poco, la caffettiera era ancora calda. In bagno, lo specchio era coperto da un alone di vapore smangiato.

Per cinque giorni, la ragazza restò seduta sul divano davanti alle finestre a guardare il filo di fumo che usciva dalla ciminiera della fabbrica. Guardava gli anelli grigi e gli sbuffi di fumo appallottolato allontanarsi nel cielo, sopra la città distesa.

Finí le provviste che erano avanzate in cucina: un pezzo di formaggio, del riso, due pere, un filone di pane secco, una salsiccia.

Il quinto giorno bussarono alla porta. La ragazza fece finta di non sentire. Restò immobile, il respiro trattenuto, ma la mano continuava a battere sul legno a cadenza regolare, cosí si alzò e si decise ad aprire la porta. Era Kurt. Aveva l'uniforme e portava anche il cappello, gli occhi chiari due tagli in mezzo al volto asciutto.

Cosa fai qui?

Sono venuto a trovarti, ti devo parlare.

Di cosa?

Tante cose. Posso entrare?

La ragazza si scostò dalla soglia e lasciò che l'uomo le passasse davanti.

Vuoi un caffè?

No, grazie. Anzi, sí. Sí.

Lo metto su, arrivo subito, siediti.

L'uomo la guardò uscire dalla stanza: un grembiule di lana grigia, le pantofole, i capelli sporchi.

Quando la ragazza tornò nella stanza, Kurt era affacciato alla finestra e guardava la fabbrica di birra. Tea non aspettò che si voltasse per parlare.

Leòn è sparito da cinque giorni. È per questo che sei qui?

Sí.

Allora?

È stato arrestato.

Ma era qui, ha dormito qui, io non, non è arrivato nessuno.

Avevamo un appuntamento.

All'alba.

Sí, all'alba.

Senti, puoi dirmi per favore tutto quello che hai da dire senza.

Senza?

La ragazza si alzò di scatto, una smorfia le torceva la bocca, riuscí a malapena a sussurrare.

Scusa, devo andare in bagno.

Kurt sentí i rantoli soffocati, gli spasmi, la tosse.

Quant'è che stai male?

Un mese, due. Non lo so. Vomito di continuo.

Sei andata da un medico?

No.

Ti porto io. Vèstiti.

Prima dimmi quello che sei venuto a dirmi.

Leòn è stato arrestato per l'omicidio di quell'uomo della fabbrica chimica.

Come hanno fatto a.

La ragazza si interruppe poi lo guardò negli occhi molto a lungo. Quando parlò, voltò la testa verso la finestra e cercò di non fargli vedere che tremava.

Sei stato tu.

È l'ultima volta che ne parliamo, Tea. Se vai a raccontare qualcosa a qualcuno sei finita. Dovrai abituarti all'idea, giusto? In fondo, quel tizio l'hai ammazzato tu.

Un sorriso rapido, a labbra strette, passò sul volto pallido di Kurt.

E cosí tu ne esci pulito, giusto?

Perché, cosa avrei dovuto fare secondo te?

Non lo so. Non so niente io. Me l'hai detto anche tu.

Posò i gomiti sulle cosce e poi il viso sulle mani aperte. Rimase cosí ad occhi chiusi, in silenzio, finché non sentí che Kurt si alzava in piedi e si avvicinava a lei.

Dài, andiamo, ti porto da un medico.

Cosí la ragazza scoprí di essere incinta. E scoprí che era di tre mesi e che non c'era niente da fare, era troppo rischioso cercare di abortire.

Kurt la portò a casa sua. La vecchia domestica le girava attorno tutto il tempo, osservandola come se fosse uno strano mostro piovuto dal cielo. Un mostro fragile, di cui prendersi cura, ma incomprensibile. Kurt passava dalla sua stanza ogni sera, a volte molto tardi, a volte, quando la ragazza stava già dormendo.

Una notte lei si svegliò e lo vide seduto sul bordo del letto, un'ombra dal profilo arcuato e spaventoso, da animale.

Perché ti preoccupi per me?

La sua voce lo fece sussultare, come se stesse dormendo cosí, seduto.

Cosa dovrei fare? Vuoi tornare a casa, dalla tua famiglia?

No.

Allora, puoi restare qui. Tra un mese ti porterò in un posto. È in montagna. Bellissimo, in mezzo alla neve. Partorirai là. Poi vedremo.

Il quaderno di Tea

ottobre

K mi ha dato questo quaderno per scriverci sopra le cose, dice cosí ti fai compagnia, io provo a mettere pensieri giú con l'inchiostro. Non so bene parlare e neanche scrivere, ma provo lo stesso.

Questo posto è: freddo.
Bianco.
Soprattutto, bianco.

K dice che è una fortuna che c'è tanta neve in questa stagione, cosí la gente è contenta, può cominciare già a sciare e quelli che vivono qui guadagnano bene.
Per me non è una fortuna
perché:
uno,
non voglio che nessuno mi vede
due,
vedere la gente che scia mi fa paura. Non so perché. Vengono giú su quel bianco duro troppo veloci.

È talmente bianco che quando una persona cammina sulla neve ti fa male agli occhi guardare.

Quando siamo arrivati quassú, nevicava. Fiocchi grossi come spugne. Asciutti. Era un turbine attorno a noi e non si vedeva niente solo bianco.
La casa è un quadrato incastrato nella neve. Eravamo io e K da soli.

Dentro la casa c'è una donna che ci aspetta. È una montanara con le guance rosse e i capelli biondi. Non so quanti anni ha. Lavora qui come domestica. Non so di chi è la casa. K dice: amici suoi. Ma non la usano mai. La montanara è contenta che c'è qualcuno in casa cosí lei lavora e prende dei soldi. Abita in una casa – K dice che qui le case si chiamano baite – un po' sotto questa. C'è un viottolo che porta da qui a lí e da lí a qui. La donna va avanti e indietro tutte le mattine e tutte le sere.

La notte resto a dormire qui da sola.

La casa ha:
le tendine ricamate alle finestre.
I ricami sono:
fiori grandi e fiori piccoli.
I fiori grandi hanno i petali rosa e il cuore giallo, quelli piccoli i petali rosa e il cuore rosso.
Dei camini grandi in tutte le stanze.
I mobili di legno chiaro intarsiati.
Le forme intarsiate nei mobili sono:
cuori
fiori
palline (o lune)

C'è una stanza piena di libri dal pavimento al soffitto tutti in fila, la donna li spolvera tutti i giorni o quasi.

La donna si chiama Maria. Parla in un modo che non capisco. Sorride sempre. La guardo e cerco di pensare cosa ha detto. Non sempre ci riesco. Quasi mai.

Fuori dalle finestre si vede la neve.
Si vedono anche le montagne, da tutte le parti ci sono montagne, hanno questi colori a seconda dell'ora:
rosa
azzurro

violetto
rosso
poi bianco, naturalmente.

Bianco.

Nel paese a valle che è a venti chilometri da qui c'è un
dottore. Tra qualche giorno mi viene a visitare. Non l'ho
ancora visto. K dice: è anziano, ma bravo. Tutto andrà bene. Tra le montanare del paese ci sono due «levatrici». Quelle che levano il bambino dalla pancia quando è pronto.

Il paese non l'ho visto.

La mattina, quando mi sveglio sono le nove. Ho dormito poco, sempre, perché faccio molta fatica ad addor-
mentarmi. Mi alzo e guardo fuori dai vetri per vedere
com'è il tempo.
Le montagne lontane e quelle vicine sono una cintura
intorno alla casa.
A volte è troppo stretta.
Sola. E triste. Scrivo questo quaderno che mi ha dato
K per farmi compagnia con le parole. Non sono brava a
scrivere. Però ho cominciato a prendere i libri dalla stanza biblioteca. Voglio imparare meglio. Non ci sono novelle come io leggevo a casa. Sono libri difficili. Ma ho tempo per provare di capire.

Ho preso il dizionario dalla libreria. Ce n'erano di tante lingue che non so. Questa è la mia. Cosí controllo di
scrivere giuste le parole.

Vado nella cucina e Maria ha preparato la colazione.
Solo che poi mi viene da vomitarla subito. Latte, mar-
mellate di more e lamponi, pane, uova, lardo. Caffè non
posso berne tanto. Mi fa star male. Peggio di tutto.

Poi esco davanti alla casa. Con la pelliccia, i guanti, il cappello, cammino sulla neve, mi piace il rumore che fa quando è ghiacciata crac crac cric cric. Cerco le impronte dei daini e dei camosci che a notte scendono verso le case per cercare da mangiare. Non sono mai riuscita a vederli. Lo sanno che sono sveglia, anche se sono dentro casa, per venire aspettano che dormo sul serio.

Scrivo, ma dentro la testa le frasi suonano molto piú belle. Quando le metto sulla carta sono morte, non hanno lo stesso fiato di prima.

Bisogna pensare a questa cosa.

La montanara prepara il pranzo per me e lei va a casa a mangiare. Poi ritorna qui al pomeriggio, fa le faccende e prepara la cena. La spio da dietro la porta e mi bruciano le mani dalla voglia di fare anch'io.

Voglia. Non è proprio cosí, è abitudine. È che non capisco bene perché lei deve fare per me se io so fare meglio. Stringo le dita contro il palmo della mano.

La guardo.

Prepara delle palle di pane con gli spinaci e il prosciutto. Bagna il pane col latte. Poi fa il brodo e tuffa le palle dentro.

È la mia cena. Vedo che succhia il cucchiaio per assaggiare il brodo e poi mescola tutto sempre con lo stesso cucchiaio. Come fanno i miei fratelli in trattoria.

Io non l'ho mai fatto.

Di pomeriggio scende presto il buio, le montagne diventano molto azzurre e rosa poi si spegne la luce e io accendo il camino nella sala. Prende subito qui. Non come a casa. Le fiamme volano in alto veloci, succhiate dalla bocca del camino. Mi metto a guardare le fiamme.

Ancora non riesco a scrivere del bambino.

Questa frase qua sopra, mi fa urlare se la leggo.

Ho mangiato le palle di pane e il brodo. Poi formaggio e una mela.
Nevica forte. È la fine di ottobre. La montanara ha detto che alle volte è nevicato anche in agosto.
Fiori di neve sui fiori veri.

Il dottore ha detto che va tutto bene.
Sono di sette mesi.
Nasce in dicembre.
Il dottore mi ha ascoltato la pancia. Il metallo era freddo contro la pelle. Il respiro del dottore invece, caldo.
Ha detto che devo pensare di piú al bambino. Che sembra come se la mia pancia è staccata dal cervello, invece cervello, pancia, cuore sono tutti la stessa cosa. Mi ha chiesto se voglio un maschio o una femmina e io ho risposto non so. Mi ha chiesto come me lo immagino e io ancora ho detto non so. Cosí lui dopo mi ha detto quella cosa del cervello.

Non ha ancora smesso di nevicare. Fiocchi bianchi contro cielo azzurro.
Ho preso un libro tedesco dalla biblioteca. Il tedesco non lo conosco bene da leggerlo in fretta. Provo a capire le frasi. Su un foglietto scrivo con l'inchiostro rosso le parole. Poi le cerco sul dizionario. Cosí imparo.

novembre

Vado a letto. Il cielo fuori dai vetri è nero, senza stelle. Il bianco della neve riflette il cielo e diventa azzurro.

Il mondo è gelido e zitto, fuori. E io, dentro il letto, caldo di piume, aspetto di dormire. Ascolto il suono del legno che cigola sotto lanci improvvisi di vento contro le pareti della casa. Il bambino là dentro non dorme. La mia pancia è una zucca tesa. Un tamburo di pelle. Una luna piena. Sento che scivola contro le pareti. Cerca un posto buono. Non c'è un posto buono. Io non sono un posto buono.

Penso nel buio a quell'uomo. E a quel giorno. Alla casa sulla collina verde.
Non so perché ho fatto quello che ho fatto.
Ho tanta paura.
Mi alzo dal letto, male alle gambe, alla schiena, alla pancia. Bevo acqua fredda. Metto uno scialle di lana. Sto seduta al tavolo della cucina. Una candela illumina il foglio. La neve ha ripreso a cadere un'altra volta. Tra qualche ora sarà giorno di nuovo. Di nuovo tutto quel bianco. E la noia della giornata, cosí lenta. Cosí sola.

K viene tra una settimana.

Penso anche a mia madre. Una volta sola. È un pensiero che va via subito.
I miei fratelli.
Magari pensano che sono morta. Magari non mi hanno neanche cercata. Dovrei scrivere una lettera. Ho compiuto diciotto anni. Ne faccio diciannove. È un anno e mezzo che non vedo casa. Non c'è piú questa parola: casa.

K è venuto e già è andato via. Aveva brutte occhiaie viola.
Ha portato:
Cioccolata. Dieci tavolette.
Un maglione di lana bianco.
Riviste di moda tedesche e una francese.
Aghi e fili colorati da ricamo (io non so ricamare)

Un grammofono.
Dischi. Quattro. (Non li ho ancora ascoltati)

K ha fumato tante sigarette. A un certo punto della cena – aveva bevuto tutta la bottiglia di vino che io non ho
potuto toccare – si è stropicciato gli occhi e aveva dei brividi di freddo. Hai freddo gli ho chiesto, ha detto no, non
è il freddo. Si è alzato è andato nella sua stanza – quella
dove dorme quando viene, io non ci entro mai è troppo
grande e buia con le tende tirate c'è puzza di vecchio non
so perché, come di muffa – quando è tornato sta bene, sorride, dice che aveva solo voglia di fuoco e silenzio.
Siamo rimasti seduti davanti alle fiamme. Ha messo
uno dei dischi sul grammofono era molto bello, quasi faceva piangere, quella musica.
All'improvviso ho detto: avrei voglia di un bel vestito.
Non so perché l'ho detto. Con questa pancia che ho.
Lui si è messo a ridere e non ha detto niente. Si è alzato mi ha messo le mani sulle spalle, le mani sono scese
davanti, mi hanno toccato. Ha stretto un po' poi ha lasciato. Buonanotte ha detto. Io ho guardato le fiamme.
Ho pensato che L potrei anche non vederlo mai piú.
Può succedere.

K ha detto che dopo che è nato il bambino devo spo-
sarmi.
Con chi? Ho detto io. Chi vuoi che mi sposa adesso?
Mi sposi tu?
Mi è scappato dalla bocca ma lui non ha sorriso.
No, io no. Però qualcuno lo troviamo. Ti va di spo-
sarti?
E Leòn?
Leòn è in prigione adesso. Non si sa neanche quando
uscirà. Vuoi stare ad aspettarlo?
Io non rispondo. Penso sí. Aspetto. Ma poi penso: è lui
che non ha aspettato me. E quindi.

Allora, pensi davvero che la cosa giusta da fare sia aspettarlo?

Non lo so.

Pensi che si ricorderà di te, quando tornerà?

Sí certo.

Io stringo le mani una contro l'altra.

Ti sbagli. Ora ti dico una cosa, prima di te Leòn ha avuto un sacco di donne.

Cosa c'entra?

C'entra. Una di queste donne era mia sorella. Era sua la casa dove stavi a Berlino.

Tua sorella?

Sí. Mia sorella. Aveva venticinque anni.

Perché *aveva*, è morta?

Sí, è morta.

Mi dispiace, io non.

Lo so, tu non sapevi niente. Era l'amante di mia sorella. Se l'è portata a vivere in città, l'ha messa incinta e poi lei è morta. Succede.

Io mi sono voltata verso la finestra. Ma non ho guardato fuori, avevo gli occhi chiusi stretti e cercavo solo di non piangere. Non ho voluto sentire piú una parola. Ho avuto paura. Di Leòn. Di quel «succede». Di tutto.

dicembre

Passa il tempo. Sempre neve. Il bambino è quasi pronto. Come una torta. Se non esce di lí si brucia. Io brucio. Non ne posso piú. Ho il petto coperto di macchie rosse che sembrano lamponi. Ho caldo. Paura. Sono stanca. Mi annoio. Penso anche all'uomo morto ogni tanto. Sono cattiva. Da sempre. Non c'è nessun modo per mandare via questi pensieri: sanno che sono qui, mi vengono addosso.

La montanara ha sorriso oggi, ha detto che è quasi ora.
Come fa a saperlo?

Lei ha detto che si vede dalla mia faccia. Mi guardo allo specchio. È la stessa faccia di ieri, e di ieri ancora. Rotonda. Le guance rosse come quelle della montanara. Gli
occhi cerchiati di blu.

Quando il bambino è pronto, esco di notte e cammino nel bosco, lo metto in una coperta leggera tutto avvolto, cammino avanti e vado dentro il bosco, sopra la neve, cammino e cammino e poi lo appoggio per terra. Lo
lascio lí. Nessuno lo trova. Diventa rigido e freddo. Poi
non c'è piú.

Io non lo so se sono capace di fare la madre.
Io non lo so se voglio.

Certi momenti mi sembra che questo bambino lo amo
veramente perché sono io che lo faccio, certi altri penso
che me l'hanno messo dentro per forza che io non volevo.

Oggi è una giornata triste. Sto qua seduta. Ci sono delle ombre scure sulle montagne. Maria ha detto che verrà
forse una bufera. Bisogna star belli chiusi dentro. Fa molto freddo. Il vento fischia forte. Ho voglia di estate. Di
campi gialli da guardare, non quelle punte bianche e azzurre che tagliano gli occhi.

Sono stata molto male. Fare i bambini fa male. Ghiaccio e fuoco insieme, dentro la pancia. Cose che si spaccano, paura. Le voci delle donne, le loro facce sopra di me.
Tutte rosse. Il dottore dice cosa fare. Lui non si sporca le
mani di sangue come le donne. Dice solo le cose. Poi mi
addormento e non so piú niente.

Quando mi sono svegliata ero debole e avevo tanta tristezza nel cuore.

Maria è venuta da me e mi ha chiesto vuoi vederlo?

Cosí ho saputo che è un maschio.

Come lo chiamerai, mi chiede Maria.

Pietro dico io.

Come la pietra. Ci camminano sopra gli insetti. Ci si appoggia la gente. Ci dormono contro gli animali. Non cambia, la pietra. È una cosa buona. Una cosa che resiste.

L'ho guardato molto, il bambino. È bello hanno detto le donne, anche Maria.

Io non lo vedo tanto bello. È rosso e pelato. Tutto rugoso. Sembra che ha gli occhi ciechi.

Adesso siamo io e il bambino. Mi guarda negli occhi quando lo allatto. È contento di stare con me. Nessuno era mai stato cosí contento.

Ogni tanto penso ancora all'uomo morto. Però poi penso di piú al bambino. Pietro. Ha gli occhi uguali a quelli di Leòn, secondo me, le donne però hanno detto che ancora non si può capire di che colore sono, ci vuole del tempo.

Natale è passato veloce. Io da sola. Maria ha mangiato con la sua famiglia. Non mi hanno invitato. Mi chiama Signora. Non si invitano le Signore a mangiare coi montanari, a casa di montanari, la roba montanara.

Maria fa finta che io non sono come lei. Però secondo me sotto sotto lo sa.

Poi è dovuta venire il giorno dopo. Il bambino è nato il 26.

K non è potuto venire. Viene oggi. Oggi è l'ultimo dell'anno. Cosí festeggiamo insieme.

Il dottore è venuto a visitarmi. Ha visitato anche il

bambino. State benissimo tutti e due, ha detto. Signora, lei adesso non può avere rapporti per un po', lo sa vero?

No. Non lo so. Che rapporti, ho detto io.

Il dottore si è imbarazzato, è diventato tutto rosso, ha tossito, ha detto, fare quella cosa con suo marito.

Che cosa? Dico io. Io non ho il marito. Allora il dottore mi ha fatto una carezza come un nonno a una bambina. Io non ho detto niente. Ho pensato: come faceva a non saperlo? K non gli ha detto niente di chi sono io?

K ha detto che stasera il bambino lo tiene Maria e io e lui andiamo a una cena giú al paese che mi deve presentare della gente. È una bella cena, vedrai, una festa come si deve.

Io sono ancora molto grassa. Non posso mettermi nessun vestito di quelli di prima. Ma lui mette un dito sulla bocca e dice, sta' zitta, guarda. Tira fuori dalla valigia un pacchetto e dentro c'è un vestito verde, molto bello, di velluto. Con anche una stola di pelliccia bianca. E scarpe con il tacco dello stesso colore del vestito. Gli sono saltata al collo e l'ho baciato su tutte e due le guance. Non ho pensato piú a cose brutte. Ho messo il vestito e stava bene. Sono grassa, ma sta bene lo stesso. Cosí vado alla festa contenta. Metto la cipria e il rossetto dopo tanto tempo. Mi sento diversa. Guardo il bambino nella sua culla prima di uscire. Dorme. È un bel bambino. Gli vorrò bene. Tanto bene. Ma adesso ci pensa Maria.

Ho scritto queste cose davanti allo specchio della mia camera. Già vestita e pronta. Aspetto che il foglio si asciuga e poi vado.

gennaio

La casa dove abbiamo festeggiato la sera di Capodanno:

tante luci

festoni di carta colorata

fiori

ceste di frutta piene da tutte le parti.

Poi tovaglie ricamate di rosso.

Candele.

Tanti piatti bianchi col bordo d'oro.

Anche tanti bicchieri.

La stanza centrale della casa è piena di gente. Sono tutti eleganti. Io sto aggrappata al braccio di K. Mi guardano. È la prima volta che mi vedono. Sono la ragazza misteriosa. La ragazza che ha fatto il bambino nella casa sulla montagna.

Lo vedi quello laggiú con gli occhiali?

Mi ha detto K nell'orecchio.

No, quale dici?

Quello magro, a tre posti dal tuo, sulla destra, dài, ora è voltato verso di noi... è un industriale, viene qui solo per le feste.

Io lo guardo, poi fisso gli occhi sulla ceramica bianca del piatto.

Quello è l'uomo che K ha scelto per me. Dev'essere proprio cosí. Penso che posso sempre dire di no. Tornarmene a casa mia. Dai fratelli. Possibile che mia madre non mi riprende in casa? Anche se adesso ho il bambino? Possibile che mi cacciano via come una lebbrosa?

Però.

Tornare indietro cosí a pregare, implorare, scusarsi.

Non si può proprio fare.

Ho pensato queste cose poi ho guardato di nuovo il piatto davanti a me. Il piatto ora è pieno. Il vapore della pietanza calda mi riempie il naso. Lo stomaco gorgoglia. Guardo di nuovo l'uomo che K mi ha indicato. Sta sorridendo alla sua vicina di posto.

I miei occhi cercano un altro.

Aspetto che lui torni. La speranza certi giorni però va via.

Lo guardo di nuovo e non mi piace. Ha il mento che scivola all'indietro, i baffi sottili, degli occhiali in bilico sul naso lungo. A dire la verità ha degli occhi molto belli, scuri e dolci. Ma non mi piace. Non c'entra l'età. Anche L è piú vecchio di me. E anche K. Non so cos'è.

Poi tutto però va come K ha deciso che deve andare.

Mi ha sorriso. È venuto a trovarmi. Nella casa c'era odore di mele. La torta di Maria. Il bambino non ha pianto neanche una volta. Ha parlato solo lui. E K l'ha lasciato parlare. Io guardavo fuori dai vetri il mondo: fermo, bianco. Le montagne che sparivano dietro la nebbia.

Quando se n'è andato K ha detto: allora? Io non ho risposto per un po'. Allora cosa, ho detto poi.

Ti è almeno simpatico?

No. Non mi è proprio niente. Ma non ho risposto. Solo che K ha capito lo stesso. Farai come dico io, ha detto. In ogni modo.

E perché poi?

Perché lo faccio per il tuo bene, non capisci? Quell'uomo mi deve un favore.

Ah, dev'essere un favore grosso per prendersi me, dico io.

K mi fa una carezza però poi dice: sí, è un favore grosso. Dice anche: vedrai che andrà bene. Avrai una bella vita.

Perché lo fai?

Chiedo.

Lo faccio perché io non posso sposarti, ma voglio essere certo che tu starai bene.

Perché non puoi sposarmi?

Non te l'ho già detto, una volta? Sono già sposato.

No. Non me l'hai mai detto.

Va bene. Adesso. Te l'ho detto adesso.

Per me andava bene anche non sposarmi.

Dico e mi volto verso la finestra.

Andrà meglio cosí. Per il bambino. Per tutto. Io ci sarò sempre.

Lo sai che io sono la donna di Leòn. No?

Non sei piú la donna di nessuno.

Allora non ho piú detto proprio niente. Ho appoggiato la fronte contro il vetro e ho pensato: avrò una bella vita. Bella. Anche il bambino.

Quella notte K si avvicina. È serio. Non è piú dolce come di solito. Provo a dirglielo: il dottore ha detto che non posso. Faremo in un altro modo, dice lui. Il suo dito è scivolato dentro di me. E ancora ha toccato posti strani, che L non aveva mai scoperto. Fa tutto in fretta, quasi con rabbia, però io provo delle cose che non ho mai provato prima. Tutte cose del corpo. Non c'entra niente il cuore, niente la testa.

Poi la notte passa. È mattina e ancora dormiamo. Maria prepara il caffè e dice quando ci svegliamo: sono caduti cinquanta centimetri di neve stanotte. Non si può scendere a valle.

Adesso che K è andato via posso di nuovo scrivere.

Sono stati dieci giorni strani.

K aspetta che la neve si scioglie un po' cosí può ripartire. Ma nevica sempre. L'industriale viene spesso, ma spesso restiamo soli. Io e lui. Non ne parliamo piú. Non parliamo di niente. K ha una piccola siringa e della polvere.

La prima volta che la provo vomito. K mi fa un buco in un braccio e sto per svenire di paura, poi bam, una botta in testa, parte il cuore, poi si ferma. Vomito. Vedo sangue dentro gli occhi.

La seconda volta sto bene come non ero mai stata. Mi vedo da bambina. Sono proprio piccola. Ho le gambe corte e grasse. Ci sono campi gialli intorno e le cose vanno tutte bene. Il cielo è limpido e azzurro e sono contenta.

I pensieri sull'uomo morto spariscono del tutto. Non ci sono mai stati.

Voglio quella roba tutti i giorni, ma K dice che devo aspettare: fino a quando allatto il bambino non si può piú.

Poi la neve si è sciolta e K è ripartito.
Sono sola di nuovo.
Non sola. Con il bambino.

marzo

Il tempo passa in fretta, è già quasi primavera. I libri della biblioteca li ho sfogliati quasi tutti. Ci sono delle storie di giungla e di mare, storie di nani, moschettieri e fate. Nella mia testa a volte viaggiano insieme, invece sono tutte storie diverse. Certe volte leggo delle pagine al bambino. Sembra quasi che capisce. Nella culla, tiene gli occhi spalancati verso di me e ascolta la mia voce che torna indietro sulle parole difficili da leggere. Non sembra che gli dà tanto fastidio.

L'industriale viene tutti i giorni. Porta sempre qualcosa.
Cosa porta:
fiori (tre volte)
una volta ciclamini viola
una volta crisantemi gialli
una volta una rosa bianca (la piú bella)
una sciarpa di seta verde
vino rosso (due volte. È ancora lí).
Un libro di poesie (non l'ho ancora aperto)

Oggi l'industriale ha detto che devo chiamarlo per nome. Io lo chiamo L.
Come un altro.

Ha detto che ci sposiamo a giugno. E poi andiamo a stare a Ferrara. Ti piace la città, chiede. Sí, a volte, rispondo.

Oggi ho visto per la prima volta le marmotte uscire dalla tana. Hanno il naso grosso. Tanto pelo. Mi ha detto Maria che hanno le unghie enormi. Io non ci credo.

Oggi Pietro ha sorriso.
Ho avuto paura. Non so perché. Ho aperto la bottiglia di vino. La prima.
Poi ho aperto la seconda.
La paura si è sciolta bene.

giugno

Un vestito bianco. Lungo. Con il velo. Ho detto sí a tutte le domande. Il bambino aspettava a casa. Nella chiesa c'era tutto il paese. Regali e auguri.

Ha piovuto di notte. L'ho guardato mentre dormiva. Non so chi sia. Non so cosa ho fatto. Come tutto è successo senza senso, senza che lo volevo davvero.
Lo abbiamo fatto al buio, in silenzio. È durato cinque minuti. Poi si è alzato, è andato in bagno, si è rimesso a letto e si è addormentato.

Guardo Tea allo specchio.
Penso: questa non sei tu. Vedo un occhio, un sopracciglio, un angolo di mento. È una che ti assomiglia, ma non sei tu.

Maria mi ha abbracciata forte.
Ho visto le montagne allontanarsi. Prima erano intorno poi solo dietro.

L'appartamento è grande, al terzo piano. Ma dentro non c'è niente si vede che è una casa dove sta un uomo da solo. Come un ufficio.

Ci sono quattro stanze
due da letto
una come stanza dei panni
una per la domestica (che non c'è ancora)
piú
la cucina
il bagno (non tanto grande ma con tutto)
un balcone con la ringhiera

Non si può vivere per aria. Luigi ha portato dei vasetti con delle piante. Ma questo non c'entra niente con la terra. Io voglio la terra da pestare con i piedi, mica del fango in un vaso.

Non capisce niente. Niente di niente.

K manda fiori.

Un biglietto.

Dice che L è sparito. Scappato, evaso, sparito.

Il Partito è dappertutto. Fuori casa e dentro casa. Un via vai continuo. Ma Luigi dice sono affari, bisogna.

Sono sempre sola. Non sono mai uscita di casa. Luigi non ha tempo in questo periodo, è quasi sempre via, dice che da sola non devo uscire. Mi annoio.

A parte il bambino. Che adesso quasi dice mamma.

Solo maaa, veramente.

Tra due mesi, fa un anno.

La città dalla finestra è:
i muri del palazzo di fronte da una parte.
Un cortile interno dall'altra parte.
Tutto è: grigio, freddo, sporco.
Luigi dice che appena ha tempo mi porta a vedere il Ca-

stello e le cose belle in centro ma adesso non può e io devo guardare sempre il bambino.

Le giornate sono corte, ma dure a passare.

Piango.

Metto a posto la casa. È arrivata la domestica. Si chiama Carla. Ha ventun anni. Mi aiuta a sistemare i mobili. Non dice niente. Prende in braccio il bambino come se fosse una cosa anche lui. Però sa fare. Non come me.

Carla guarda il bambino. Le ho detto che volevo uscire e che doveva stare zitta, non dirlo al padrone.

luglio

K è arrivato. Ceniamo a casa. Carla non è tanto brava a cucinare, ma K ha portato cose buonissime. Paté di fegato d'oca, vino. A tavola siamo noi tre. Luigi parla di politica con K. Io non ascolto. Penso: tutto andrà bene. Ma non ci credo. Tocco la gamba di K sotto il tavolo. Fa un caldo tremendo. Sudo.

Hanno parlato anche di affari. Una casa. È un'occasione.

La casa di cui hanno parlato. È la casa di L. Le sorelle hanno bisogno di soldi e gli hanno chiesto un favore. (Si vede che non lo sanno cosa gli ha fatto K a suo fratello). È davvero un affare. E poi è vicina alla fabbrica. A Luigi non importa niente di L. L'affare gli interessa.

K dice se si possono tenere le due donne come domestiche che sanno fare e non saprebbero dove andare, tanto gente di servizio serve comunque.

La campagna è bella. I campi di granturco, adesso sono alti come persone. Le spighe dritte immobili.

Fa caldo. Le cicale urlano forte.

Le sorelle di L non sanno niente di chi sono io.

Le guardo. Non gli assomigliano. Ho un po' paura. Metto le mani in tasca che me le sento un po' tremare.

Sono due donne anziane. Una grassa, una magra. Una volta avevano anche soldi. Ora hanno solo la casa. Una è piú presentabile. Ha una faccia di quelle che stringono il cuore, non so perché. L'altra, quella grassa, è una serva. Sembra simpatica. Restano a servizio. Quella grassa è sposata (ma il marito è morto) e ha due bambini. Il piú grande ha nove anni e lavora già come un adulto. La piccola si chiama Nina. Mi piace. Nino (si chiamano uguale) è piú strano. Sembra un animale selvatico. Hanno gli stessi occhi. Gialli.

La villa:
intonaco rosa.
Pavimenti di cotto.
Dieci stanze. Ancora non le ho viste tutte.
La mia è grande, guarda sul giardino. Ho il mio bagno.
Un parco di due ettari coperto di alberi e cespugli e rose di tutti i colori.
Il fiume che scorre poco lontano. A concentrarsi si sente il suono dell'acqua.

Non torno piú in città. Lascio che faccia tutto L. Io e il bambino restiamo qui da subito.

Nella casa ci sono pochi libri. Quasi nessuno. Quelli che ci sono li ha Fosca nella sua stanza. Ha studiato da maestra poi però non ha mai lavorato. Adesso deve fare la serva. K ha promesso di mandarmene un po' ogni mese cosí faccio la biblioteca.

agosto

Il fiume è fino come un capello. Asciutto. Ci cammino in mezzo. Piccole pozze d'acqua piene piene d'insetti. Farfalle gialle e nere mi volano incontro.

Gente che mi viene a trovare. Si presentano, portano fiori. È un paese abbastanza grande. Si chiama Argenta. Mi piace il nome. Per venire qui alla casa, dal centro ci vogliono dieci minuti a piedi. In paese c'è una chiesa che fa Parrocchia, il Municipio, una piazza grande. Poi c'è un'altra pieve piú piccola, fuori dal centro, vicino a noi. E il cimitero. Vicino c'è un grande bosco. Ci sono le valli. Le paludi. Il pane sono grandi croci croccanti con le punte lunghe. Le donne sono eleganti come andava di moda vent'anni fa. Guardano storto i miei pantaloni. I capelli. Io sorrido. Le riviste che mi manda K sono piene di donne vestite come me. Loro sembrano tutte vecchie. Fanno tanti figli, come mia madre, come le donne al mio paese. Io non ne farò mai piú. Mai. Non mi interessa cosa dicono. Cosa dice nessuno, piuttosto me li levo dalla pancia con le mie mani. Tanto mio marito non gli interessa di fare figli. Pensa solo a lavorare.

Meglio del vino: cognac.
Maraschino.
Nocino.
Sambuca.
Centerbe.
Vanno in testa piú forte.

Il bambino piange sempre.
Ha le gambe piene di morsi di zanzare.
Anch'io.
Tutte e due le cose.

settembre

Ho visto Padre Janius. Erano passati tanti anni. È venuto qui.

Quando gli ho telefonato non voleva credere che ero proprio io.

Ha detto che mia madre è morta. Non si sa di cosa. Di fatica dico io. I miei fratelli a posto, tutti quanti. Di me pensano che sono morta anch'io.

Quando è arrivato e l'ho visto da lontano mi ha fatto paura come da piccola nel confessionale, gli ho detto, questa è confessione come una volta, tutto segreto dalla telefonata in avanti, vero? Lui non ha detto niente, gli occhi di ghiaccio freddi freddi e calmi. Ha mosso solo la testa in avanti. Ha fatto sí.

Gli ho raccontato tutto. Proprio tutto. Mi ha preso le mani nelle mani, ho pianto come una bambina, lui mi ha dato l'assoluzione. Sono io che non assolvo me. Ma ormai.

novembre

A volte è un sogno. Altre volte un suono, una cosa che vedo.

Quelle che mi salgono in bocca sono parole banali.

Come vorrei. Quanto. Se potessi. Una volta soltanto.

Poi passa.

Poi mi dimentico.

Le giornate sono piene. Ho una vita diversa, adesso. Una casa. Un marito. Un figlio. Le domestiche.

E poi ho la mia nanna. Una siringa minuscola, d'oro bianco e diamanti, che tengo sempre con me. Nella tasca dei pantaloni, oppure appesa al collo, nascosta sotto i vestiti. Un regalo di K. Come la polvere.

Arriva sempre, con un mazzo di fiori.

A volte, arriva anche lui, K.

C'è un legame tra noi che non ha nessun nome. Come padre, amante, amico. Ombra. Tante cose insieme.

Ho sempre paura di lui.

Non passerà mai.

E Luigi non ha capito niente, o forse fa finta di non capire. Gli fa comodo cosí. A prendere me non ha fatto mica un cattivo affare. La fabbrica va benissimo. Ha tante amicizie, viaggia molto. Guadagna sempre piú soldi. Si è messo anche in politica.

Io li spendo. Compro vestiti, mobili.

Sto rifacendo tutta la casa. Ho messo la tappezzeria. Ho rifatto i divani.

I materassi.

Viene un gioiello.

Stoffe a righe, a fiori.

Ho trovato una sarta brava del paese. All'inizio non capiva i vestiti che volevo poi ha cominciato a fare come dico io.

Sul parco è sceso il buio. È sera. Gli alberi hanno braccia di legno nude e dritte. Fanno ombre nere sull'erba. Devo smettere di guardare fuori dalla finestra. Mi fa male. Mi fa male tutte le volte. Questa è un'ora che non sopporto.

Perché scrivo queste cose? Forse dentro di me c'è una Tea diversa. È qualcuno molto piccolo. Un essere meschino e debole. Piccolo piccolo nascosto dentro. Odio quella Tea. Non c'è piú. Morta e sepolta, eppure ogni tanto ritorna. Magari basta la pistola che ho trovato in soffitta, nascosta in un baule, basta colpirla come si colpisce un barattolo e io ho imparato bene, sono brava con i barattoli e anche con le cose che si muovono. K mi ha insegnato.

Ma quell'essere piccolo meschino ce l'ho chiuso dentro e non riesco a vederlo. Allora devo mirare dritta al cuore e cosí ammazzo anche tutte le altre Tee che ci sono lí. Non posso farlo.

A volte è come un sogno.

Sento la sua mano calda sulla mia mano fredda, il suo

dito che solleva il cane della pistola e poi guida il mio dito sul grilletto, lo preme cosí forte che mi fa male. C'è nebbia attorno, vedo solo una linea marrone e sopra una sfera rosa. Le spalle, e la testa chinata in avanti. Poi vedo una macchia rossa che scoppia nell'aria: un papavero soffiato via con le labbra.

Poi non vedo piú niente.

primavera

Passano tanti mesi senza scrivere.

Succedono tante cose.

Sono fiorite le calle. Bianche, col collo lungo come dei cigni.

Vorrei a volte qualcuno con cui parlare. Mi viene in mente che non ho mai avuto un'amica. Prima ero una serva in casa mia, adesso sono quella servita.

Ho vomitato due volte, oggi. Poi ho ricominciato a bere, è passata.

giugno

Il 16 ho compiuto vent'anni.

Nel parco, fioriti i gigli arancio e quelli bianco rosati.

Ho una strana impressione addosso. Ho vent'anni e non succede piú niente.

K ha detto che arriva con una sorpresa. Luigi ha detto: vedrai.

La sorpresa è una bambina di tre anni e mezzo. Si chiama Irina.

Ha gli occhi grigi come delle pietre. Fanno paura. Capisce tutto e vede tutto. Sta sempre a fissarmi.

La odio.

Luigi ha detto che ce la teniamo.

K ha detto che è la figlia di Leòn e di sua sorella. Che stava in un istituto ma che è meglio che ha una famiglia. Lui non può tenerla. Ha detto che glielo devo. E che le vorrò bene.

Io ho detto: la prima cosa, sí. La seconda, mai.

La bambina mi fa diventare pazza. Quegli occhi che fanno paura. Poi non parla. Rompe le cose. Vede tutto. La lascio da sola nella stanza, spero tanto che cade e si rompe la testa. Oppure che muore d'improvviso.

Bevo.

Se bevo allora mi passa il nervoso.

Nessuno si accorge (secondo me). Solo quella bambina mi dice puzzi. Quando dice puzzi, lo so che sente l'alcol.

La guardo: ha lo sguardo uguale a Leòn. Anche la bocca. È bella ma io la vedo bruttissima. Pietro le sta attaccato sempre.

ottobre

Sono in ospedale.

È una clinica.

Mi ha portata Luigi con Fosca.

Stronzi.

Hanno detto che devo smettere di bere se no muoio.

Bere. Il resto non lo sanno!

Io muoio, qui.

Ho una stanza bianca che sembra la cella di una prigione. C'è il letto. Un armadietto chiuso a chiave, con le mie cose chiuse lí dentro!

Forse anche L stava in un posto cosí.

Ci sono le suore.

Ombre pallide e sottili con le facce bianche.

Sono tutti cattivi.

Ci sono altri pazzi. Perché anch'io sono pazza. I dottori dicono che se uno beve cosí tanto come bevo io è perché è pazzo.

Sto male.

Gioco a carte con le pazze, siamo tutte in ciabatte e vestaglia. Sono piú vecchie di me. Alcune hanno la saliva che gli scivola fuori dalla bocca. Fanno dei gesti inconsulti. Rovesciano le cose. Io le guardo e ho paura. Paura di essere anch'io cosí e che però non me ne accorgo.

Fuori dalla clinica c'è un giardino e intorno muri di cemento. Dietro si sente il traffico della strada. Mi urla in testa, batte forte. Piango.

Domani posso uscire per due ore. Da sola.

La prima cosa che faccio è andare al bar a bere un fernet. Due. Tre. Finché ci stanno io li bevo.

Adesso nascondo questo quaderno sotto il materasso.

brutta copia lettera a Luigi:

Caro Luigi

ieri è stato l'onomastico della nostra Superiora qui alla clinica, siccome è tanto buona e tanto comprensiva, noi ospiti – io e le pazze – abbiamo fatto la colletta per farle un piccolo omaggio e sapendomi di buon gusto mi hanno fatta promotrice di tale compito, allora in buona compagnia (tre suore son venute con me) sono andata dal pasticcere a far fare un bellissimo dolce, molto coreografico, tutto lavorato a ricami con contorno di confetti bianchi e argento, tutto in giro ho fatto mettere trenta candeline, che è il numero delle suore che stanno qui alla casa di cura, e abbiamo fatto un figurone. Alla vista del bellissimo dolce c'è stata un'esclamazione sola: che bello! È perfino un peccato mangiarlo, dicevano e le suorine piú spiritose facevano l'atto di mettere il dito per pregustare il sapore.

Le infermiere hanno fatto l'omaggio floreale essendo la piú grande attrattiva per la Superiora. Alla sera hanno fatto un piccolo teatro nel salone e hanno recitato delle infermiere con tutto l'ardore, poverette, ma dai tanti movimenti che facevano veniva il mal di mare nel seguirle. Poi hanno suonato e cantato tutte in coro allegramente.

Nel far preparare la sala a teatro, la Superiora ha fatto mettere due grandi poltrone da cerimonia, una per lei e una per me, volendomi vicina, tanto era entusiasta del mio gentilissimo e inaspettato pensiero. Nel salone in fondo alla corsia che rimase libera furono messe le due poltrone per meglio godere lo spettacolo, a destra sono state messe nelle seggiole tutte le suore e a sinistra tutte le infermiere essendo queste tutte giovani sentivi un cicaleccio che ti faceva stordire le orecchie. Io rimasi un po' commossa della preferenza e ho cercato di tutto per esimermi dall'occupare quel posto d'onore ma visto che la Superiora si dispiaceva per il mio rifiuto, le suore mi esortarono ad accettare l'invito. Quando passai fra le invitate per prendere il mio posto furono rivolti a me grandi battimani.

Ora ti faccio un po' ridere, visto che all'omaggio floreale ci avevano pensato le infermiere e alla chiesa le altre degenti io mi sono decisa per il dolce, allora, come sopra ti scrissi con tre suore ci recammo dal pasticcere. Chiamai il direttore ed espressi il mio desiderio. Mi portò in cucina reparto pasticceria e vidi che stavano facendo un dolce di tre chili e mezzo per una cresima allora chiesi quanto veniva a costare, per restare nel mio bilancio, cosí dissi al direttore di farmi una torta eguale ma di tre chili e con la mia coreografia (gli lasciai il disegno). Ma poiché l'altra era piú piccola e piú alta io dissi di fare come una polentina ben spianata perché ci tenevo al suo grande effetto in modo che se quella della cresima era alta dieci centimetri i tre chili e mezzo, la mia è riuscita di due metri e dell'altezza di 4 centimetri cosicché emergevano i ricami e i confetti bianchi e argento e le candeline. Un vero successo. Il guaio era levarla via dalla sua enorme scatola senza che si rompesse e metterla in mezzo alla tavola e piano piano, ce la facemmo con tanti evviva di tutte. Mentre il pasticcere la spianava, io continuavo a dire piú larga, piú larga tanto a noi serve per il suo effetto e lui ridendo come un matto mi disse, ma signora, quando la tagliano trovano un'ostia! Ma io pronta soggiunsi, cosí non faranno distinzione con quella che prendono ogni mattina e con questa si accontenteranno di appagare l'occhio, se non completamente la gola. Te lo immagini un dolce di due metri che a stento passava dalla porta?

Adesso ti saluto che è ora di cena.

Salutami Pietro.

T.

Ho scritto a Padre Janius. La Superiora ha letto la lettera prima di spedirla. Ha detto che a un prete posso dire quel che voglio ma non capiva tutte quelle allusioni.

Non mi sembra che queste cose la riguardino, ho detto io. E lei: mi riguardano eccome, tutto quello che succede qui mi riguarda.

Però poi la lettera di Padre Janius me l'hanno consegnata chiusa.

Dice poche cose: di confidare nel Signore, di essere seria nell'impegno che ho preso di non indulgere nel vizio. Di scrivere ancora. Pregare. Ma io non so pregare. Prega già lui per me.

Tornata a casa.

Pietro è cresciuto tre centimetri.

Passa tutto il tempo con Irina.

Li guardo sul tappeto della sala mentre giocano. Irina ha sei anni a novembre. Pietro tre.

Comanda lei.

Senza bere non riesco a scrivere niente.
Tra una settimana arriva K. Meno male.

febbraio

Questo quaderno è rimasto da solo per tanto di quel tempo. L'inchiostro sulle pagine è diventato grigio.

C'è la guerra, ma qui noi stiamo bene.

L dice che quando va a Milano per lavoro e dorme lí si sentono gli aerei passare sopra la testa. Le sirene. Bisogna scappare in cantina. Però deve chiudere certi affari e non può non andare. Dice: se Dio vuole voi state tranquilli.

Non so perché scrivo oggi dopo tutto questo tempo. È la guerra che mi fa paura all'improvviso. O forse che mi sono venute le mie cose e anche che ieri ho pensato a L.

giugno

Ho ventotto anni, mio figlio dorme di fianco a me. È sottile come un vermetto. Bianco latte, luna, letto. Ha un'ombra leggera sopra il labbro, fina fina. Il torace stretto e lungo da bambino. Il cosino come una lumaca. Gli occhi chiusi. Lo guardo meglio e non è piú tanto piccolo e nemmeno cosí pallido. È la luce della luna a farlo somigliare a un fantasma. Il fantasma di L che non vedo da dodici anni. La mezzaluna delle palpebre chiuse trema. Deve stare sognando qualcosa. Passo la punta delle dita sui suoi occhi, mi sembra di sfiorare la pancia molle di un bruco, i movimenti veloci della palla gelatinosa sotto la pelle sembrano proprio quelli dei visceri di un insetto.

Scrivere è impossibile. Le parole mi ballano davanti agli occhi.

Se fossi con K, starei ferma immobile sul letto e lasce-
rei che fosse lui a fare.
Piano piano, si addormenta tutto, testa corpo cuore.
E invece sono qui.
Solo il cognac e il vaso di amarene sotto spirito.
Basta scrivere. Basta pensare.

luglio

Mi è arrivato un biglietto di L.
Non capisco niente. Impazzisco.
Oggi fa caldo. Sono in vestaglia. Alla porta suonano ma
io non vado mai. Elide mi chiama dice c'è un ragazzo per
te, vuole parlare solo con te. Mi annodo la vestaglia. Scen-
do. Il ragazzino è un figlio di contadini, l'ho già visto. È
mezzo scemo. Mi dà una lettera che teneva nascosta sotto la camicina. Poi corre via senza fermarsi.
L scrive
   ti aspetto sull'argine del fiume con tuo marito a mez-
zanotte. Dove butta la strada che viene da casa. Un po' a
destra, vicino al boschetto. Mi raccomando, vieni se no
vengo io.

ottobre

Ci sono molte cose che avrei dovuto fare, cose che mi
sono sfuggite come è sfuggito il tempo, i giorni.
Seduta al mio scrittoio, esamino vecchi documenti e
cosa trovo? Una foto dei miei fratelli fatta ai tempi in cui
erano ancora ragazzini. È l'unica cosa che ho di loro. Io
sono andata via non ho mai detto niente non li ho piú cer-
cati. Ho saputo da Padre Janius. Quando la mamma è
morta.

E ora sono passati tanti anni. Quante cose che ho dimenticato di fare. Mi sento vecchia.

Non so perché sto scrivendo queste cose. Forse perché avrei bisogno di parlarne con qualcuno, ma purtroppo non posso farlo. Cosí guardo la foto dei miei fratelli e faccio finta che racconto a loro questa storia, la racconto al foglio bianco che ho sotto le dita e che si riempie di segni minuscoli come semi.

Da piccola, la prima volta che ho visto un uomo ammazzare, non ho battuto ciglio. Era nostro padre, che ammazzava il maiale. Lo faceva tutti gli anni, ma io non avevo mai assistito. Ero sempre riuscita, con la complicità della mamma, che mi sapeva sensibile e delicata, a sfuggire quella giornata. O avevo la febbre o dovevo aiutare a fare qualcosa di urgentissimo. Tanto c'erano loro. I maschi. Quell'anno, l'anno che avevo compiuto dieci anni, fu papà a decidere che era arrivato il momento di piantarla con tutte quelle storie da donnine, anche se ero una femmina dovevo imparare le cose e non dovevo avere paura di veder ammazzare un porco che poi tanto lo mangiavo e mica facevo tante storie. Cosí li seguii nella porcilaia. Il maiale predestinato era un maschio. Si chiamava Crocco. Perché gli piacevano le cose che scrocchiavano e faceva un gran baccano quando mangiava. Aveva piccoli occhi dalle palpebre mobili e coperte da lunghe ciglia morbide e arcuate e il naso chiazzato di nero. Lo avevo visto piccolo. Gli avevo gettato le ghiande. Avevo diviso con lui una mela. Ora era grande, aveva già inseminato molte volte, aveva fatto il suo mestiere di maiale. Adesso era ora di morire. Veniva Natale, era tempo di fare i salami, i prosciutti. Nostro padre caricò la pistola. Non è cosí che si ammazzano i maiali, ma aveva questa nuova bellissima pistola e aveva una gran voglia di usarla, il suo amico che faceva il mezzadro dai Conti Santoli gliel'aveva detto, lascia fare, è meglio usare il coltello come al solito, ma lui niente. Fece correre il maiale fuori dalla porcilaia dentro un recinto

stretto, all'aperto. Il maiale correva di qua e di là, spaventato. Nostro padre tese il braccio e gli puntò la pistola sul
muso, ma quello continuava a correre, a scappare. A urlare. Mi tappavo le orecchie, ma non staccavo gli occhi. Non
potevo smettere di guardare. Nostro padre era infuriato
perché il maiale non si lasciava ammazzare come si deve.
Allora lo colpí mentre correva. Lo prese su un fianco. Il
sangue zampillava fuori e il maiale urlava e urlava. Si ac-
casciò a terra, le zampe che scalciavano nell'aria. Lo rag-
giunse con due passi, puntò la pistola tra le orecchie e sparò.

Il giorno che ho ammazzato L non andò poi tanto di-
versamente. Anche lui urlava. Anche lui cadde su un fianco scalciando, finché non lo feci smettere.

fine del quaderno

Capitolo decimo

L'uomo si avvicinava veloce. Camminava con il peso del corpo tutto spostato in avanti, la testa bassa come quella di un toro, gli occhi nascosti dalle palpebre. La luce della luna gli cadeva sulla schiena e rendeva visibile di lui solo la sagoma, i contorni del corpo tarchiato e potente. Teneva le mani in tasca e camminava veloce verso di loro. C'era silenzio, intorno, un sottile vento che si infilava sotto i vestiti.

La donna indietreggiò. Un passo solo. Un piccolo passo che la scostò dal corpo del marito. La luce della luna le cadde in faccia.

Ora si fronteggiavano. Tutti e tre immobili, tesi.

La prima a parlare fu proprio lei, le tremava la voce e doveva tenersi aggrappata al marito perché aveva paura che le gambe non la reggessero.

Allora? Cosa vuoi?

È quello lí tuo marito, finalmente lo vedo.

Di' cosa vuoi.

Facevo un po' di conversazione, prima, ma vedo che non ti va.

Tea lo guardò attentamente. Era cosí cambiato. Le sottili rughe intorno agli occhi si erano scavate a fondo, come incise dentro la carne e i capelli erano grigi sulle tempie.

No, non mi va.

Bene. Neanch'io ne ho una gran voglia, a dir la verità.

Però sei sempre bella, sai. Magari un po' magra. Mi ricordavo dei bei fianchi cosí.

Falla finita.

Ho bisogno di documenti e di soldi. Molto semplice. Non credo che sarà un problema per tuo marito.

Senta, attaccò l'altro, io non so cosa pensa di ottenere usando queste maniere, ma...

Ascoltami bene, stronzo, non sono venuto a fare giochetti, già è un miracolo che sono riuscito ad arrivare fino a qui. Adesso aprite bene le orecchie, tutti e due. Se non fate come dico, ci vogliono dieci minuti perché tutto il paese venga a sapere la vostra storia. Non credo che farebbe un gran bene alla sua reputazione.

Si era avvicinato e gli aveva parlato in faccia, quasi soffiandogli contro e il marito aveva cercato di scansarsi, piegandosi un po' da una parte, ma il volto dell'uomo lo aveva inseguito e gli aveva tenuto gli occhi piantati negli occhi.

Tea fece un passo indietro, finse di sistemarsi il cinturino di una scarpa e raccolse un grosso sasso bianco. Poi nascose la mano dietro la schiena.

Il primo colpo suonò forte sui denti. Un rumore di vetri infranti, di sassolini che cadono per terra. E poi risuonò sulla testa. Sul naso. L'uomo non fece neanche in tempo a sollevare le mani per difendersi. Cadde a terra urlando. Con i gomiti e i talloni si puntellò contro il terreno e cercò di strisciare via, alzò un braccio per colpire la donna, ma il pugno andò a vuoto.

Il marito restò immobile, le mani premute sul viso, una smorfia di disgusto che gli stirava la bocca in un ghigno.

Un rumore da un cespuglio. Un gemito. Poi un fruscio, schiocchi di bastoncini spezzati e rapidi passi che scappano e battono sulla terra. E subito una corsa veloce attraverso il boschetto e poi il campo.

Tea e il marito si voltarono. La figura che correva nel

campo era piccola e svelta come una lepre. Una massa di capelli legati sulla schiena sbatteva avanti e indietro. La vestina bianca scintillava sotto la luce della luna.

L'uomo cercò di alzarsi, il sangue gli scorreva sulla faccia, aveva le palpebre pesanti, incollate. Scivolò indietro. Cercò di rialzarsi grattando con le unghie la terra asciutta del greto, ma non riuscí a fare presa.

Tea si buttò sopra di lui per tenerlo a terra, un ginocchio puntato sullo sterno e l'altra gamba a spingere sul terreno. Continuò ad alzare e ad abbassare la mano. Le tremava il braccio. E aveva gli occhi stretti come fessure. Non poteva guardarlo. Doveva fare cosí, in fretta, veloce.

La luna era coperta da una grossa nuvola nera che ondeggiava nel cielo, avanti e indietro.

Adesso l'uomo non si muoveva piú. La luce della luna era cruda sulla sua faccia. Tutto quel sangue. Tea lasciò rotolare il sasso per terra. Non poteva fare a meno di guardare. Le tremavano ancora le mani, e le gambe. Rimase per terra in ginocchio. Le braccia abbandonate lungo i fianchi, le clavicole che sembravano frantumarsi ad ogni respiro, schizzare fuori dalla pelle. Poi alzò una mano. Sfiorò il petto dell'uomo con un dito. La camicia bianca tutta schizzata di nero. La pelle sotto era calda e liscia. Il dito corse giú, lungo l'addome.

Cosa stai facendo?

La voce del marito le arrivò addosso come una sferzata e il braccio di Tea si rattrappí di scatto. Le dita corsero a stringersi contro il palmo. Ci conficcò le unghie. Adesso avrebbe voluto urlare. Piangere. Un singhiozzo le uscí dalla bocca.

Stai zitto. Lasciami stare.

Poi si alzò in piedi. Aveva le guance rigate d'acqua, gli occhi rossi. Aveva perso le scarpe e i piedi nudi erano sporchi di fango.

Vedi di starmi lontano. E non dire niente.

La voce sibilava fredda, trattenuta.

Ho dovuto fare tutto da sola. Non hai mosso neanche un dito. Io ti odio. Ti odio.

Il marito restò in silenzio. Immobile. Le mani sempre premute sul viso. Guardava la moglie. Un animale impaurito. Pericoloso.

La luna era di nuovo coperta da nuvole grosse e scure. Forse avrebbe piovuto. Un temporale veloce e violento. Il marito rimase a guardare Tea che sfilava la camicia al morto, le scarpe. Tea che passava i palmi delle mani su quel corpo. Per la prima volta, si accorse che sua moglie era capace di amare. Che le sue mani sapevano essere dolci. Poi si distrasse. La lasciò fare. Le braccia abbandonate lungo i fianchi e la colonna vertebrale percorsa da piccole scosse elettriche che lo facevano sobbalzare.

Dobbiamo andare. Lo lasciamo qui.

Tea aveva di nuovo la voce bassa e ferma.

Qui? Ma lo troveranno.

Nessuno potrà dare la colpa a noi. Figurati. Lo lasciamo qui, verranno a farci domande e noi diremo che non sappiamo niente. E sarà tutto finito.

Girò lo sguardo verso la sagoma distesa a terra. Sembrava che dormisse. Poi però vide il volto.

E poi è irriconoscibile.

Un conato di vomito arrivò all'improvviso e Tea dovette mettersi una mano davanti alla bocca e respirare a fondo, la testa ribaltata all'indietro. Corse dietro un cespuglio, lontano dal corpo. I rantoli che faceva sembravano quelli di una bestia in agonia. Rimase lí per terra, con le mani puntate davanti a sé e gli occhi chiusi. Si sentiva rivoltata come un guanto. I visceri fuori, la pelle dentro.

Poi si incamminarono verso casa. Tea ripiegò con cura la camicia macchiata di sangue e la tenne stretta sotto il braccio. In una mano, aveva le sue scarpe infangate, una con il tacco spezzato. Nell'altra aveva quelle di Leòn. Il marito camminava qualche passo dietro di lei. Guardava i suoi piedi nudi battere il terreno secco. Il braccio che reggeva le scarpe del morto che oscillava avanti e indietro.

La luna sopra di loro per un secondo uscí dalle nuvole e illuminò d'argento il campo.

Capitolo undicesimo

La mattina dopo, Tea restò a letto a lungo. Era sveglia. Raggomitolata su un fianco, al buio. Il marito entrò nella stanza e si sedette sul letto accanto a lei.

Lo sai chi era stanotte nel campo, vero?

Sí.

Cosa facciamo?

Tea si alzò dal letto. Era nuda. Il marito per un momento la osservò come se non l'avesse mai vista. Era dimagrita davvero. I seni erano scesi. Le natiche avevano perso il loro splendore. Però era piú bella di prima.

Ci parlo io.

Prese la vestaglia dallo schienale di una sedia e la infilò.

Da sola?

Prima ci parlo da sola. Poi vediamo.

Finí di annodarsi la cintura e si guardò dentro lo specchio.

Erano solo le dieci e in cucina faceva già un caldo insopportabile. Al centro della stanza volteggiavano insensate le mosche. Un ronzio sordo e continuo. Pietro e Irina erano seduti al tavolo, ognuno col suo foglio davanti.

Studiate?

Sí.

Irina non aveva alzato la testa dal foglio. Aveva continuato a tracciare una fila di I tutte storte.

E tu?

Io pure.

Cosa studi?

Le I.

Tea si era versata caffè dentro una tazza. Era freddo e denso. Amaro. Lo aveva buttato giú in un colpo. Poi aveva posato la tazza.

Irina stava immobile, la mano che stringeva la penna sollevata a un centimetro dal piano del tavolo, contratta.

Quando Tea era uscita dalla cucina, si era rilassata. Le spalle si erano abbassate. Aveva guardato Pietro, che continuava a scrivere sul grande foglio a righe nella sua calligrafia ordinata e precisa, da grande.

In quel momento, si sentí bussare alla porta.

I poliziotti non fecero molte domande. Restarono in piedi nella sala da pranzo e bevettero con ingordigia il caffè servito da Fosca.

Irina e Pietro, immobili al tavolo, non si guardarono negli occhi neanche una volta. Tesi, concentrati per catturare ogni sillaba che arrivava dalla stanza di fianco.

Tea lasciò che fosse il marito a parlare. Poi strinse la mano ai due uomini e sorrise, accompagnandoli alla porta.

Al marito Tea disse che preferiva aspettare. Forse Irina non sapeva poi cosí tanto, forse non era nemmeno lei, quella figurina che avevano visto correre attraverso il campo. Potevano anche essersi sbagliati.

È tuo questo?

Cos'è?

Lo vedi. Un foglio.

Non lo so se è mio.

Guardalo allora.

Tea stava ferma, il braccio allungato. Il foglio stretto tra pollice e indice. Irina tremava e teneva gli occhi bassi. Non aveva guardato il foglio davanti alla sua faccia.

Guardalo.

Quando aveva alzato gli occhi, Tea aveva visto che erano pieni di lacrime. Una riga trasparente di moccolo le colava sul labbro superiore.

Era nascosto in una cesta di panni sporchi, si vede che lo volevi buttar via poi però ti sei dimenticata. Cosa c'è scritto?

In quel momento, lo sguardo della ragazza era cambiato. Aveva sollevato il mento e dentro i suoi occhi c'erano dei lampi freddi che Tea aveva già visto altre volte. Quelli che le avevano sempre messo paura.

Aveva abbassato il braccio con il foglio. Adesso tremava anche lei e la voce non era piú tanto sicura.

Hai inventato, come al solito.

Irina stava zitta. Senza abbassare lo sguardo. Gli occhi grigi stavano lí a fissarla.

Sei una bugiarda. Cos'hai visto?

Irina non aveva risposto.

Qua sopra c'è scritto: quello là è mio padre cuando è venuta la polizia volevo dirlielo ma poi ò pensato ce era melio se stavo zitta. Allora, cos'è che hai visto? Cosa vuol dire questo?

E aveva sventolato il foglio sulla faccia di Irina, l'aveva anche colpita, una, due, tre volte.

Va bene. Non vuoi parlare. Adesso vediamo se stasera quando torna il padrone parli o no.

Il giardino era immerso nel buio e c'era un vento leggero e già freddo. Un anticipo d'inverno. Le finestre della casa erano tutte chiuse. Le luci spente. La luna adesso era nascosta da un grosso banco di nuvole scure che attraversavano il cielo veloci.

Il marito non diceva niente. Aveva messo seduta Irina sul bordo di pietra del pozzo, e la teneva per le spalle, per evitare che cadesse. Sentiva il fiato caldo della ragazza alitargli addosso un respiro rapido e contratto, che le usciva a singhiozzi dalle labbra bluastre.

Irina, da sopra la spalla dell'uomo, guardava Tea in silenzio, gli occhi ostinati, carichi d'odio. Un rimprovero muto che faceva gelare il sangue.

Tea distolse lo sguardo, infilò una mano nella tasca dei pantaloni e ne estrasse il portasigarette. Ne accese una schermandola dal vento con un bavero del maglione. La finí in tre lunghissime boccate, poi la buttò nel pozzo, facendola volare oltre le spalle di Irina.

Una miriade di minuscoli lapilli di cenere infuocata che piovono verso il basso.

Luci rosse.

La ragazzina non può vederle.

Ma le vede.

Con gli occhi dentro il cervello, quelli nascosti.

Li vede roteare rapidi verso il fondo, sfrigolare e spegnersi al contatto con l'acqua.

Sparire.

Devi parlare. Cos'è che hai visto?

Irina sta zitta. Chiude gli occhi. Si è levato un vento freddo che fa tremare le foglie dei salici, dalla parte del fiume. Si concentra sul suono.

Mettile la corda attorno. Solo un giro. Vedrai che dopo parla.

Tea, mi sembra tutto pazzesco, cosa stiamo facendo?

Sta' zitto. Non c'è altro modo.

Il marito si spolverò i pantaloni con le mani. Raccolse la corda e la legò attorno alla ragazza. Le sue dita sfiorarono le costole magre, i fianchi sottili sotto la camicia da notte leggera.

Prenderà freddo cosí. Le verrà un accidente.

Irina non parla, non si muove, appena respira. Tiene sempre gli occhi chiusi e ascolta le foglie di salice fruscia-

re nel vento. Le voci di Tea e del padrone sono fuori dal
suo campo sonoro. Dal buco del pozzo sale un odore di
marcio, di cantina, di erba fradicia.

Tea batteva i denti, stringendosi il lungo cardigan di
lana attorno alle spalle, le mani nascoste sotto il colletto
di pelliccia. Aveva i capelli in disordine, il rossetto smangiato e gli occhi lucidi.
Lo sappiamo che eri tu giú al fiume. Devi parlare. Cosa hai visto?
La voce di Tea: paura e rabbia. Punte di odio. Ancora
paura.

Irina chiuse gli occhi nascosti e aprí quelli veri, le tremavano le labbra mentre piano la lingua cercava il posto
giusto in cui posarsi.
Io ho visto tutto. L'hai ammazzato tu. Con un sasso.
So anche dove hai messo la sua camicia e le sue scarpe.

Tea incominciò a camminare. Camminava veloce, le
braccia strette attorno al corpo, la mascella dura. Prima
si diresse verso la siepe che delimitava il parco. Là dietro si
sentivano frusciare i salici e quel suono dava l'idea del-
l'acqua, come se il fiume fosse in piena e invece era basso
e tranquillo. Le piogge non erano cominciate. C'era ancora tempo. Poi tornò indietro e camminò intorno al pozzo,
avanti e indietro, senza fermare lo sguardo su niente di
preciso.

Di colpo, le nuvole grigio blu che coprivano il cielo si
diradarono e in alto, proprio sopra di loro, si aprí uno
squarcio a forma di triangolo equilatero. Dentro, c'era la
luna. Una luna piena e gialla, gonfia di luce. Tea alzò gli
occhi e le venne in mente qualcosa, poi scosse la testa. Aveva già deciso.

Si voltò verso Irina e la guardò negli occhi e un istante prima che le sue mani si posassero sulle spalle della ragazzina, la udí sussurrare qualcosa, allora bloccò il gesto e rimase ferma, con le mani spinte in avanti, i palmi aperti e le spalle contratte. Una strana sensazione dentro le dita: la pelle della ragazza, bollente e gelata allo stesso tempo, la stoffa molle della camicia da notte, gli ossicini aguzzi che spuntavano sotto la pelle.

Come si chiamava mio padre?

Gli occhi erano fermi e freddi, la bocca di nuovo chiusa e blu e allora Tea pensò: non ha detto niente, sono io che ho sentito, ma non ha detto niente. Le mani corsero avanti e poi le braccia e tutto il corpo. E dopo si sentí il tonfo.

Il marito fece uno scatto, le corse addosso, la prese per le spalle e cominciò a scuoterla.

Cosa hai fatto? Sei impazzita? Perché? Volevi solo farle paura, cristo santo, adesso è andata giú anche la corda. Corri, va' a chiamare qualcuno.

No.

La voce di Tea: controllata, dura.

Si vedranno i segni, non puoi sperare di cavartela.

Diremo che è stato qualcun altro, troveremo un modo, un contadino, uno di passaggio, un pazzo, un maniaco... lasciamola lí... è già successo, non ti ricordi, solo qualche mese fa hanno trovato ammazzati due bambini e una vecchia, nei campi, vicino alla foce del fiume.

Tu sei pazza. Lo sai che sei pazza, vero?

Tea non rispose. Si avviò verso la casa stringendosi le braccia attorno. Voleva solo dormire. Prepararsi una bella siringa e infilarsi a letto. Fumare un'altra sigaretta intanto che la polvere si scioglieva sul cucchiaio.

Capitolo dodicesimo

Quella mattina Elide scrutò il cielo dalla finestra della cucina. Come ogni giorno. Era il primo gesto che faceva, quando scendeva in cucina, all'alba, per preparare la colazione. Il cielo era limpido e i minuscoli punti luminosi delle stelle sparivano uno dopo l'altro, inghiottiti dalla luce. Faceva ancora caldo. A ottobre ci sono giornate caldissime, a volte. Elide finí di preparare la colazione, poi uscí nel parco. C'erano da bagnare le piante.

Si avvicinò al pozzo e cominciò a tirare la corda del secchio. Era bloccata. Non era la prima volta che succedeva, la carrucola andava oliata piú spesso, pensò Elide, quello zuccone del giardiniere però continuava a dimenticarsene. Lo chiamò a voce alta e lo vide attraversare il parco con la vanga appoggiata su una spalla, lentamente. Il cappello sollevato sulla fronte e le guance flaccide sporche di terra.

Cominciarono a tirare tutti e due e quando videro il corpo di Irina abbarbicato alla corda, i gomiti incastrati dentro il secchio e il mento ribaltato all'indietro cominciarono a urlare.

Il corpo della ragazzina tra le braccia del giardiniere era un sacco indurito, pieno di grumi e sporgenze dure.

Però non era morta. Il respiro le usciva dalle narici con un fischio sottile e asciutto che sembrava un pigolio.

Eppure non era morta. Pensava di sí e invece no. Respirava.

Irina si sentí sollevare e mano a mano che saliva, la luce aumentava e aumentava il freddo. Non che dentro al pozzo fosse stato caldo, ma il freddo là fuori era diverso. Era piú aguzzo, fatto di spifferi gelidi e improvvisi, di folate che sembrava avessero i denti, di vortici d'aria che perforavano la pelle e ti entravano dentro.

Qualcuno l'aveva adagiata su un letto. Respirava, sentiva e vedeva, però non poteva parlare. Proprio non ci riusciva. Era lontana. In un posto strano. Un posto triste dove tutte le cose avevano un velo azzurro adagiato sopra. Era lí e non era lí. Vedeva le cose. Le persone che le giravano attorno e spostavano oggetti, parlavano di lei al passato, come se già fosse morta. E invece vedeva e sentiva.
Polpastrelli freddi che le scorrono sulla fronte. Un respiro che odora di cognac le scalda le guance.

Poi una notte, tante notti dopo, ha aperto la bocca. È uscito un suono. E ha respirato la paura. La loro.
Ha urlato. Le sillabe non avevano forma sulla lingua. Ha urlato ancora. Una mano si è appoggiata sulla sua bocca. Puzzava di disinfettante.
Ha frugato nei capelli, cercava un punto. Un punto caldo, proprio all'attaccatura. Lí, una grossa vena a forma di virgola sporge sotto i capelli e pulsa al ritmo del cuore.
Qualcosa di bagnato e amaro le era colato sulla bocca e lei aveva tirato fuori la lingua e l'aveva leccato.
In quel momento l'ago aveva bucato la pelle, leggero. E lei era partita. Andata. Libera. Di nuovo in piedi, pronta a correre.

Nelle ore 3 ant del giorno 6 ottobre
Dopo lunga e penosa malattia
Il Signore tolse con sé
L'anima santa
di
Irina
della tenera età di anni 14
Lasciando la famiglia tutta
nel profondo dolore.

La famiglia tutta collo strazio nel cuore ne dà il ferale annunzio.

Il funerale avrà luogo venerdì 8 ottobre alle ore cinque e mezza partendo dalla Casa Corte Grano. Presso Villa Amelia.

Parte terza

Capitolo primo

Il ragazzo e il suo cane hanno camminato molto a lungo. Si sono diretti a nord-est. Hanno seguito l'argine del fiume e anche quando il terreno è diventato paludoso e difficile da attraversare, hanno tenuto duro. Uno di fianco all'altro, quasi un unico corpo strampalato: quattro zampe, due gambe, due teste, lo stesso respiro, lo stesso battito del cuore, lo stesso freddo attorno e nelle ossa.

La luce del pomeriggio che cala fa sembrare azzurro quel cielo lattiginoso che per pochi giorni all'anno appare davvero sgombro da nuvole o da foschia. La nebbia si stende bassa sulla terra. Tutto è cosí tenue e lontano da sembrare nient'altro che un sogno.

Il ragazzo non si è fatto domande. Ha cercato di non farsele. Sa esattamente dove sta andando e cosa deve fare. Solo che ancora non sa come. E non sa quel dove in che punto si trovi esattamente, a quanta distanza da casa, dai posti che conosce.

La strada non la sa. Ricorda soltanto le parole dell'uomo con gli occhi da lupo, quel giorno nella radura con la Nina, nel Bosco del Traversante. Ricorda di avergli sentito dire che lui e i suoi uomini si sarebbero spostati verso est, sempre mantenendosi lungo l'argine del fiume e avrebbero raggiunto un casone di pietra vicino a una pieve diroccata. Il ragazzo non sa niente di quella pieve, non ne aveva mai sentito parlare prima.

Le campagne di questa pianura sono piene di piccole

chiese abbandonate, pievi e santuari e madonnine di ceramica col volto dipinto oppure figurine abbozzate di santi in cotto rosa, protette da una casetta di legno: una pieve diroccata però è un'altra cosa, dev'essere piuttosto visibile, non si può sbagliare.

Il ragazzo pensa che potrebbe continuare a camminare tenendo l'argine alla sua destra. E il fiume lo porterà dove deve andare. Ma il buio è sceso rapido sulle valli e di colpo, il ragazzo e il cane hanno perso il senso dell'orientamento. Hanno cominciato a girare su se stessi, a impantanarsi in bugni d'acqua stagnante e fetida sulla quale galleggiano piccoli cerchi di ghiaccio. Hanno continuato a ripetere gli stessi errori di valutazione, ancora e ancora, fino a non ricordare piú dov'era la strada già percorsa e dove quella da percorrere.

Ora non possono neppure affidarsi alle stelle, perché la nebbia ha incominciato a salire e i banchi bassi che prima sostavano all'altezza delle canne palustri, adesso si sono sollevati e uniti a formare una coltre grigia che ricopre l'orizzonte e il cielo.

Forse, pensa il ragazzo per un istante, dovrò camminare per il resto della vita, un passo avanti all'altro, nel fango e sul ghiaccio, sull'erba rada e bruciata dal gelo, di fianco al ramo di questo fiume invisibile, tra i boschetti di salici e di pioppi sottili dai quali si alzano le garzette e gli aironi con un battito d'ali che fa tremare l'aria. Camminare, ancora e ancora, in mezzo agli strani versi degli uccelli che sembrano risate, lamenti, preghiere, maledizioni.

Il suo stomaco ha incominciato a gorgogliare e gli è venuto in mente che è dalla mattina che non mangia. Ha bevuto solo un po' di ghiaccio sciolto che sapeva di erba e fango.

Il cane è stremato quanto lui, forse di piú. Si trascina

con la testa bassa e gli occhi semichiusi, il garretto al passo con la gamba del padrone, intestardito nella stupida fedeltà dei cani. Ansima e starnutisce, ma non smette di agitarsi al suo fianco. È un vecchio cane. E non avrebbe dovuto portarlo, pensa il ragazzo. Si abbassa a stringergli la testa contro di sé. Il fiato del cane ha l'odore acido della bile, la spessa lingua rosa è asciutta e screpolata tra le sue dita fredde.

La notte ormai è scesa sul serio e loro si sono persi. Fa paura solo pensarlo: persi.

È dalla mattina che non mangiano niente. Sono rimasti fuori, al freddo, per piú di dieci ore. Non ce la possono fare a superare la notte: la temperatura è già scesa di molti gradi e scenderà ancora, devono assolutamente trovare un riparo.

Il ragazzo si guarda attorno: davanti a lui, e dietro e a destra, e a sinistra, non ci sono altro che chilometri e chilometri di campagna piatta e nera. Campi che si srotolano in avanti, confusi con il cielo. E la collinetta dell'argine, ricoperta di brina luccicante che si snoda lunga e scura, all'infinito.

Cosí il ragazzo è costretto a prendere l'unica decisione possibile: proseguiranno ancora per un po', allontanandosi dall'argine del fiume per cercare un centro abitato, o almeno una casa colonica. Qualcuno dovrà pur esserci in questa campagna maledetta. Qualcuno, o qualcosa. Comincia anche ad avere paura. Ha l'assurda sensazione di essere inseguito e tenuto costantemente sotto lo sguardo freddo e preciso di un cecchino appostato da qualche parte, in mezzo all'erba, pronto a sparare. Sono soltanto fissazioni, si dice, paure da bambini, idiozie, qua non c'è proprio nessuno, solo io, io e Belbo e riprende a camminare, la mano posata sulla nuca pelosa e fredda del cane.

Ha deviato a sinistra, seguendo una striscia di terreno che pareva sicura ed è inciampato in una buca. La sottile crosta di ghiaccio si è sbriciolata e il piede è affondato fino alla caviglia in una melma nera e gelata. Non è riuscito a mantenere l'equilibrio ed è caduto.

La terra sotto il suo corpo è fredda, dura e bagnata. Non manda nessun odore.

Il cane gli lecca la faccia con la lingua calda e asciutta, lo consola, cerca un modo per convincere il ragazzo a rialzarsi, a continuare, a non lasciarsi andare proprio adesso, cosí. Il fetore insopportabile che esce dalle fauci del cane lo costringe a rialzarsi piú in fretta di quanto non vorrebbe.

Non è male starsene cosí stesi a terra. Il corpo abbandonato, le energie che escono come acqua e se ne vanno giú, risucchiate, a innaffiare radici segrete.

Non è male avere la terra sotto e il cielo sopra e il freddo dentro le ossa che piano piano si riassorbe e addormenta tutto, anche il cuore e i pensieri.

Ma alla fine ricominciano ad avanzare, non si può fare altro che cosí.

Camminano a passo sincronizzato, il ragazzo e il cane e intorno, il nero gelato della notte che avanza da regioni sconosciute e inizia a stringerli nel suo abbraccio.

La campagna è diventata mano a mano sempre piú piatta e ostile. Si avvicina la zona delle risaie, ci sono buchi nel terreno, dislivelli, falde acquose coperte da una crosta di ghiaccio leggera, da evitare.

Le cornacchie volano al livello della vegetazione: macchie nere, rapide e pesanti che si affrettano verso i nidi, ora che cala il buio.

Il ragazzo e il cane, il freddo non lo sentono quasi piú e neanche la fatica. Il cane forse sí, ma non mollerebbe per niente al mondo, tiene il passo e zampetta al fianco del padrone, la lingua rosa fuori dai denti, il pelo pettinato all'indietro dal vento glaciale che si è alzato e batte la terra nuda, e loro.

Capitolo secondo

Il contadino che ha aperto la porta del vecchio casolare di pietra infossato in una specie di conca circondata da campi di canapa ghiacciati, ha gli occhi viscosi di sonno e un vecchio fucile stretto al petto, una striscia di stoffa consunta al posto della cinghia.

Chi è là?

Il ragazzo non ha detto niente, è rimasto lí fermo nella luce gialla e calda che gli disegna attorno un'aureola quadrata contro il nero di fuori, il cane seduto al suo fianco.

Il vecchio ripete la domanda e sporge la faccia fuori dall'uscio, per vederlo meglio.

È cosí che Pietro si accorge che dietro il vecchio c'è tutta la famiglia in piedi, in camicia da notte: una vecchia con i capelli grigi sparsi sulle spalle, un'altra donna piú giovane e due bambine che devono avere tra i cinque e i sette anni, svestite e tutte arruffate.

Mi sono perso. Non so dove andare.

Sei solo?

Il vecchio sposta la testa a destra e a sinistra, come un piccione, per cercare di vedere, di capire quale agguato potrebbe nascondersi nella pece che circonda la sua casa.

Io e il cane. È da stamattina che cammino. Ho freddo. Ho fame.

Allora il vecchio ha fatto un gesto svelto con la mano e li ha fatti entrare. Dentro la casa fa caldo e c'è odore di latte bollito. Nessuno fa domande. Sembra che non gliene importi niente. Gli hanno messo davanti una tazza di latte caldo e un pezzo di pane. Lo guardano mangiare in silenzio. Lui rosicchia con gli incisivi la crosta spessa e bruciaticcia del pane. Ha la consistenza della segatura, ma va bene cosí, la sua fame è senza pretese adesso.

Le due donne hanno preparato un giaciglio di paglia vicino al camino. Andrà bene, per tutti e due. Per il ragazzo, e per il cane.

Pietro le guarda muoversi veloci tra la grande cucina e una stanza buia sulla destra. Portano altra paglia e la ammucchiano sul pavimento compattandola con le mani. Ci appoggiano sopra un vecchio telo di lino tutto bucherellato e liso.

Sopra il camino, appoggiate tra il ferro da stiro, il matterello e altri attrezzi da cucina, ci sono delle immaginette di santi una accanto all'altra. Gesú nell'atto di porgere la comunione a due bambini. Sant'Antonio con la testa pelata e il Bambin Gesú in braccio. Santa Lucia, con gli occhi – due sfere azzurre – sul piatto e le orbite vuote rivolte al cielo. Sant'Antonio Abate con un maiale, una mucca e un cavallo davanti a un falò. Santa Rita con la corona di spine posata sul petto. Santa Chiara d'Assisi nella sua bara di vetro.

Per fortuna, non c'è nessuna Madonna.

Questo stava pensando il ragazzo quando il vecchio è rientrato nella stanza con una coperta tra le mani e un cuscino grumoso sotto il braccio.

Letti liberi non ce n'è. E domattina presto devi andare via.

Il vecchio dice solo questo. Poi si allontana con la candela. La stanza ritorna buia. E il ragazzo e il cane rimangono lí a guardare le braci rosse dentro il grande camino della cucina, sporgendosi in avanti per cercare di mandar via il freddo dalle ossa.

Il ragazzo si stende sulla paglia e chiude gli occhi, ma prendere sonno, nonostante la stanchezza, non è per niente facile. Gli tornano in mente le cose che sono successe ne-

gli ultimi giorni, scollegate tra loro: immagini rapide e vio-
lente che gli corrono sotto le palpebre, una dopo l'altra.

Suo padre, non quello che ha sempre chiamato padre, il
suo vero padre è un uomo con la faccia maciullata steso nel
greto secco di un fiume. Ha le dita dei piedi sporche e le
mosche gli volteggiano sopra golose. Suo padre, il suo vero padre, ha un dente d'oro che spunta dalla carne tume-
fatta e nera. Un quadrato di metallo ammaccato che scintilla sotto il sole. Porta calzoni di tela sbriciolata che hanno lo stesso colore del fango. Non ha una faccia. Non ce
l'ha piú. Il ragazzo non saprà mai se gli somigliava oppure
no. Bisogna credere alle parole di Irina. Le parole di Irina
la contaballe. Irina la inventafavole. Quella che parlava coi
morti. Bisogna credere. E basta. Credere che sua madre,
la dea, l'angelo che sussurra parole da pulcino nell'orecchio
è cattiva come nessuno al mondo è cattivo. Che mente, lei
sí. Che ha mentito, sempre. Che se Irina è morta è stato
per colpa sua. E anche la Nina, venduta come una bestia
da macello. Che c'erano storie prima, che c'era una vita
prima, un lago nero di cose sconosciute al ragazzo.

Ma ormai è tardi. Per fare domande, chiedere spiegazioni, rimettere insieme i pezzi. È tardi.

L'uomo nel greto del fiume era suo padre. Il dente
d'oro nascosto nella scatola di latta, riposa sottoterra nel
parco del Collegio. Non si torna indietro.

L'involucro con le lettere che raccontano pezzi delle
storie di prima è al sicuro sulla sua pancia, la cinghia dei
pantaloni lo preme contro la carne, ormai caldo e incur-
vato. Un giorno le metterà tutte in fila e le leggerà, una
dopo l'altra.

Un giorno. Non ora.

Ora bisogna dormire, e cercare di arrivare nel posto dove le cose si sistemano da sole.

Fuori dalla casa si sente il vento fischiare, si abbatte a
folate secche sui vetri fragili delle finestre e li fa trema-

re. La notte sospira intorno alla casa, buia vomita vento sui campi di canapa ghiacciati.

È molto lontano da casa, adesso. Sono rimasti solo lui e il cane. Non si possono fidare di nessuno. Eppure sono qui, al riparo, sotto un tetto malandato, ma con la pancia piena, la paglia sotto il culo e un fuoco acceso davanti. Non si può far altro che cosí. Fidarsi per sopravvivere, poi riprendere a camminare. Dire grazie e andare. Non fermarsi da nessuna parte, per nessun motivo al mondo.

Le braci nel camino hanno ripreso fuoco all'improvviso e il ragazzo ha aperto gli occhi, il cane dorme steso su un fianco, la grossa testa abbandonata per terra, vicino alla sua spalla. Lo accarezza sul muso: ha il naso asciutto e screpolato. Appoggia la testa accanto a quella del cane, si sistema la coperta attorno al corpo e con negli occhi l'arancio intenso delle ultime braci, finalmente si addormenta.

Capitolo terzo

La mattina hanno fatto colazione tutti assieme al grande tavolo di legno che stava in mezzo alla stanza. Di nuovo latte e qualche fetta di pane raffermo. Le due bambine ridacchiavano e gli tiravano briciole di pane con le guance tutte rosse.

Il ragazzo ha fatto un sorriso, poi ha abbassato lo sguardo e badato a mangiare visto che non sapeva neanche quando sarebbe stata la prossima volta che avrebbe avuto un pasto caldo. Il cane ha bevuto il latte dalla ciotola facendo schioccare la lingua e spruzzando il pavimento intorno a sé di piccole gocce bianche. Il ragazzo gli ha dato una pedata da sotto il tavolo per farlo smettere.

Dove vai?

Gli ha domandato il vecchio con la bocca piena. Il ragazzo ha risposto che non lo sa con esattezza, ma che il posto dove dovrebbe andare è lungo l'argine del fiume, vicino a una pieve diroccata della quale non conosce il nome. Allora il vecchio ha fatto un mezzo sorriso.

Io lo so dov'è. Ma è lontano.

Quanto lontano, domanda il ragazzo.

Abbastanza che a piedi non ci arrivi.

E come ci arrivo, allora?

Io devo andare in su stamattina, verso un paese che sta piú a nord. Ti posso dare un passaggio fino là, poi ti dico come devi fare. Però devi stare sempre zitto e muto, soprattutto se ci ferma qualcuno per strada, va bene?

Va bene.

Hanno finito di mangiare in silenzio. Si sentiva solo il rumore dei denti.

Sono montati sul carretto del vecchio, un trabiccolo di legno tirato da un cavallo decrepito con il collo grosso e le zampe corte. Il ragazzo e il vecchio seduti davanti su una piccola panca che spezza l'osso sacro ad ogni dislivello del terreno e il cane dietro, con le cassette di verza e le zucche incrostate di terra che il vecchio va a vendere al paese. Tira un vento freddo e il cielo è bianco come un foglio di carta. Il ragazzo solleva il bavero del cappotto e se lo stringe contro il collo.

Il paesaggio, adesso che la luce lo avvolge, fa molta meno paura. Ma è ancora piú spoglio e vasto. I campi che si perdono all'orizzonte hanno lo stesso colore del cielo.

Le donne, comprese le bambine, restano a guardarli dalla finestra, il naso attaccato al vetro e le mani sollevate a salutare. Il ragazzo continua a guardarle, con la testa girata all'indietro. Le guarda finché non scompaiono del tutto e rimangono soltanto i quattro aloni bianchi dei respiri allargati contro il vetro.

Capitolo quarto

È spuntato un sole pallido e freddo e la campagna intorno a loro è un orizzonte piatto e bianco. Desolato. Mano a mano che il carretto si è addentrato nella zona valliva, sono comparsi uccelli incredibili ai bordi della strada. Gabbiani infreddoliti con le ali azzurre raccolte intorno al corpo e aironi bianchi dalle lunghe zampe rosse, piccoli uccelli bianchi e neri con la coda quadrata e, nel cielo, stormi veloci che sembrano pezzetti di specchio colpiti dalla luce.

Non c'è piú distinzione tra cielo e laguna, tra cielo e acqua. Un unico orizzonte, azzurro e sfumato, sul quale le anatre galleggiano senza peso e senza sforzo se non quello provocato dalle lastre di ghiaccio che le respingono di tanto in tanto. Il ragazzo si domanda se non abbiano freddo: oltre metà della superficie dell'acqua è ghiacciata.

Alla sinistra della strada c'è un canale stretto, attraversato di tanto in tanto da piccoli ponti di ferro e a destra, quell'orizzonte sterminato. La foschia sembra vapore che sale dalle viscere della terra per mangiarsi tutto quanto, compresi loro, il cavallo, il carretto con sopra il ragazzo, il vecchio, il cane e le zucche.

Piccoli isolotti di sabbia e sterpaglie, ricoperti da colonie di uccelli seduti, appaiono all'improvviso, sbucando fuori dal nulla azzurro.

Il vecchio non dice niente, regge le redini con lo sguardo dritto davanti a sé; di tanto in tanto, garzette e gatti randagi in caccia di cibo attraversano rapidi la strada.

Poi all'improvviso il vecchio ha voltato la testa verso il ragazzo, lo ha guardato fisso per qualche secondo, la bocca aperta come se stesse per parlare. E invece non ha detto niente. È tornato a fissare lo sguardo sulla strada, scuotendo la testa come per scacciare via un insetto molesto.

È ancora lontano?

Ha domandato il ragazzo. Allora il vecchio ha scosso di nuovo la testa da una parte all'altra, senza dire una parola. E dopo cinque minuti, ha svoltato in una stradina sottile come una linea disegnata a matita, tutta coperta di neve ghiacciata.

Si è morsicato un labbro, ha sbuffato, poi ha rallentato fino a fermarsi.

Non ti posso portare fin là. La strada è ghiacciata, è pericoloso, possiamo anche finire dentro l'acqua e dopo addio, bisogna che vai a piedi.

Il ragazzo non dice niente. Davanti a lui, e intorno, c'è il paesaggio piú ostile che abbia mai visto. Nebbia a banchi che sale su dall'acqua, laghetti di ghiaccio e quella strada sottile che sembra perdersi nel nulla e sprofondare nella laguna dopo dieci passi.

Il cane uggiola tra le cassette di verza e le zucche, si agita, piange: deve provare anche lui le stesse sensazioni del ragazzo. Rimpiangere il tappeto del salotto davanti al camino acceso, la ciotola di carne e pasta, le voci delle donne in cucina, la passeggiata nel parco fino al capanno del giardiniere, l'agguato quotidiano ai merli e ai passeri.

Il vecchio ha fermato il carretto e si è sfregato le mani guantate una contro l'altra, per scaldarle e sciogliere la brina che ci si è depositata e ghiacciata sopra. L'aria esce dalla sua bocca in sbuffi di panna.

Allora, prendi questa stradina e la fai tutta, vai sempre avanti, non c'è scelta, poi a un certo punto vedrai che arrivi a un pontile di legno, c'è una baracca, vedi il filo di fumo della stufa, lí c'è il barcaiolo, ha una barchetta e ti porta dall'altra parte, attraversi il fiume.

Il ragazzo lo guarda senza dire niente e il vecchio riprende a parlare.

Hai capito? Gli devi dare dei soldi, ce li hai dei soldi?

No. Risponde il ragazzo. Non ho niente.

Lo sapevo, dice il vecchio, si toglie un guanto e infila una mano in tasca.

Prendi questi.

Fa cadere nel palmo del ragazzo qualche moneta, poi scende giú dal carretto. I suoi movimenti sono rigidi, ma sicuri. Il cane salta nel retro, contento di vedere qualcuno che si muove. Non vede l'ora di rimettere le zampe per terra. Il vecchio lo fa scendere e prende una sacca infilata tra le cassette di verdura.

Vieni giú, ragazzo.

Pietro resta seduto sulla panca. Continua a guardare l'orizzonte piatto e fumoso. Non ci vuole andare. Non vuole piú. La rabbia gli si è smontata dentro e ha lasciato posto soltanto alla paura. Paura del freddo, dell'acqua, del niente che deve affrontare.

Allora, scendi o no?

Stringe le mani una contro l'altra, socchiude gli occhi e pensa che forse potrebbe anche tornare a casa. Fare come se niente fosse. Dire che si era perso, ma che poi aveva ritrovato la strada. Mettersi al caldo nel suo letto e dormire, senza pensare a niente. E poi chiedere scusa, e ancora scusa. Di essersi allontanato cosí tanto da perdere la strada, scusa di non aver fatto caso all'ora, alla distanza.

La faccia del vecchio è apparsa dritta davanti alla sua e lo ha guardato serio, con la bocca chiusa, un'unica linea diritta.

Pietro è sceso dal carretto e si è messo in tasca le monete che il vecchio gli ha dato.

C'è un vento gelido che spazza le valli e colpisce i ciuffi di giunchi e le canne gialle. Viene voglia di ficcare la testa in un buco, come un tacchino, e star lí ad aspettare che passi, che torni l'estate.

Hai cambiato idea?

Domanda il vecchio.

Vuoi che ti riporto indietro?

Il ragazzo guarda per terra. Poi solleva la testa e guarda il vecchio negli occhi. Sono proprio occhi da vecchio, acquosi e circondati da pelle raggrinzita e giallastra. Dentro, non hanno nessuna luce particolare e il ragazzo spera che all'improvviso la faccia di Padre Janius si sostituisca a quella del vecchio. Gli occhi chiari e pieni di lampi, la fronte severa, le sopracciglia folte e dritte. Padre Janius saprebbe cosa fare, gli consiglierebbe la cosa piú giusta. Ma non c'è nessun Padre, lí davanti a lui. C'è soltanto un vecchio contadino che ha un sacco di cose da fare, una famiglia a cui dare da mangiare, una paura blu dentro il cuore, un carretto tirato da un cavallo mezzo morto, un carico di zucche incrostate di terra e un vecchio fucile scassato a difenderlo dalle insidie del mondo.

No.

Risponde allora il ragazzo.

Non ho cambiato idea. Vado.

Bene.

Dice il vecchio e negli occhi acquosi, per un istante, si vede una piccola luce accendersi e poi sparire.

Tieni, questa qua te l'ha preparata mia moglie. Fino a domani stai tranquillo che mangi.

Pietro ha preso la sacca di tela che il vecchio gli porgeva e ha sentito che era pesante e ancora tiepida.

Allora hai capito, segui la stradina fino al pontile. Là c'è la baracca con il barcaiolo. Ti fai portare di là. Il fiume è gelato di sicuro, ma la barca è fatta apposta. C'è sempre un pezzo sciolto, dove la barca va avanti e indietro.

Grazie.

Dice il ragazzo.

Il cane sta seduto al suo fianco e lo fissa. I grandi occhi marrone hanno gli angoli esterni piegati verso il basso, sembra sempre che stia piangendo. Sono cosí gli occhi
dei cani. Gli allunga una pacca sulla testa.

Ce n'è anche per lui.

Dice il vecchio, posando la mano sulla nuca del cane,
stringendo forte con le dita la pelle che si solleva.

Buon viaggio.

Il ragazzo ha stretto la mano del vecchio. Guanto contro guanto. Poi si è voltato e ha iniziato a camminare. Il
cane lo seguiva. Ha sentito il cavallo rugliare e sputac-
chiare, impuntarsi con gli zoccoli, poi le ruote del carretto che sguillavano sul ghiaccio e il crac crac delle croste
che si spaccavano, finché il rumore è diventato lontano,
un rollio appena percettibile.

Non si è voltato indietro. Anche se qualcosa dentro di
lui si è spezzato insieme alle crosticine di ghiaccio che cre-
pitano sotto le suole delle sue scarpe. Si è stretto la sciarpa attorno al collo, ha sistemato la sacca di tela a tracolla
e ha fatto tintinnare le monete nella tasca del cappotto.
Adesso, non si può piú tornare indietro. In nessun modo.

Capitolo quinto

Dalla baracca in cima al pontile sale un filo di fumo grigio azzurro che profuma di resina di pino. L'unica finestrella quadrata si apre su un fianco della baracca ed è sbarrata.

Il ragazzo e il cane si guardano attorno. La strada dietro di loro scompare alla vista dopo pochi passi. Davanti, c'è il canale ghiacciato e oltre, lo stesso identico paesaggio che si perde nel niente. Il tratto di canale davanti al pontile è liquido, la barca deve averlo attraversato varie volte durante la mattina, eppure questo posto sembra completamente deserto, uno di quei luoghi dimenticati da Dio e dagli uomini. Al ragazzo viene da chiedersi cosa diavolo possa spingere qualcuno ad attraversare queste paludi come lui sta facendo adesso. Posti cosí, fanno venire voglia solo di scappare.

Ha allungato un braccio verso la porta per bussare, poi si è accorto che da dietro un angolo della baracca usciva un uomo intabarrato in una giacca marrone, con alti stivali di gomma che gli arrivavano fino all'inguine e una sciarpa di lana rossa annodata intorno al collo. L'uomo non si è accorto di lui per un pezzo e Pietro è rimasto immobile a osservare i gesti che fa, le grosse dita che svolgono e riavvolgono con concentrazione un filo da pesca invisibile attorno a una spoletta di sughero. Poi l'uomo mette la spoletta in una tasca del giaccone e si avvicina a una cassapanca di legno davanti alla baracca, la apre e inizia a levarsi gli stivaloni. Sotto, ha due paia di grosse calze di lana che fanno sembrare i suoi piedi due informi fagotti grumosi. L'uomo ripone gli stivali nella cassapanca, indossa un paio di scarponi e senza allacciarli si incammina verso la parte anteriore della baracca. È allora che si accorge del ragazzo e del cane. E rimane lí a guardarli senza dire niente. È il ragazzo a parlare per primo.

Devo andare di là, mi hanno detto che c'è la barca per andare di là. È vero?

Ce li hai i soldi?

Sí signore.

Che signore e signore... dio boia, ma lo sai che non si pesca niente con 'sto freddo qua, vieni dentro dài, che adesso devo mangiare. Dopo ti porto.

L'uomo ha guardato il ragazzo con una luce sospettosa negli occhi neri e infossati.

O c'hai fretta?

No.

Ecco. Bene. Vieni. Però il cane sta fuori, eh.

Pietro si volta verso Belbo, gli accarezza la testa e dalla sacca che gli ha dato il contadino, tira fuori un cartoccio. Dentro c'è del pane raffermo mescolato a qualche osso rinsecchito, lo posa davanti al cane e lo guarda avventarsi sul cibo e mangiare. Da dentro la baracca, l'uomo lo chiama e allora il ragazzo accarezza di nuovo la testa del cane e gli dice di aspettarlo lí da bravo che lui torna subito. Il cane non alza neanche la testa dal cartoccio. Continua a mangiare. Rumori di saliva che schiocca, di denti che impastano e piccole nuvole di vapore che gli escono fuori dalle fauci e si dissolvono nell'aria fredda.

L'interno della baracca è caldo e buio. C'è una lampada ad acetilene in un angolo, appesa al soffitto e il ragazzo si domanda perché mai l'uomo tenga la finestra sbarrata e la luce accesa di giorno, ma non dice niente. Si siede sulla sedia che l'uomo gli ha indicato e rimane lí ad aspettare.

L'uomo appoggia sul tavolo una gamella di riso già cotto, colloso e freddo e una scodella di gamberi di fiume crudi. Li sbuccia con le dita e distribuisce la carne filamentosa e traslucida sul riso, poi mescola tutto con un cucchiaio di legno e offre un piatto al ragazzo.

Le teste le diamo al cane, eh? vedrai come gli piacciono. Anch'io avevo un cane cosí una volta, era un setter, bravo cane, cacciatore nato.

Il mio non è un setter. È un.

Sembra un setter.

Lo interrompe l'uomo, sbrigativo.

Il ragazzo non risponde, affonda il cucchiaio nel riso. Non va né avanti né indietro, cosí il ragazzo scava col cucchiaio finché non riesce a tirare su un grumo di riso e se lo infila in bocca. È freddo e viscido e strano, ma buono, a suo modo. Mangia il riso fino all'ultimo chicco, senza dire piú niente, gli occhi bassi, fissi dentro la circonferenza bianca della scodella.

L'uomo continua a versarsi vino rosso da un fiasco coperto di paglia, ma non gliene offre.

Vuoi dell'acqua?

Gli chiede dopo un po', a bocca piena, senza alzare la testa dal piatto.

Sí, grazie.

È lí, indica l'uomo, agitando il cucchiaio mezzo pieno, proprio lí, guarda, su quella mensola sopra la finestra.

Pietro si alza. La sedia striscia contro le assi di legno che ricoprono il pavimento. Sopra la mensola, ci sono una brocca di coccio piena d'acqua, qualche pera corrosa da macchioline brune e un lungo fucile da caccia avvolto in una pezza di lana sporca di grasso. C'è anche un bicchiere con il fondo sporco di vino rosso rappreso.

Sai perché tengo tutto chiuso? Perché questo posto mi fa schifo. Non lo posso vedere. Di' te se uno deve vivere in un posto cosí. Solo un vecchio rognoso come me poteva finirci. Mica mi sto lamentando, eh. Sempre meglio che fare il soldato. Io ormai sono vecchio. Sto qua e aspetto. Solo che adesso non è mica come prima. Adesso ho paura che un giorno o l'altro mi ammazzano come una bestia e chi s'è visto s'è visto. Quelli o quegli altri non fa differenza, tutti cani sono.

Poi alza il bicchiere e lo vuota in un colpo solo.

Con tutto il rispetto per i cani, eh.

Il ragazzo non dice niente. Beve l'acqua rosata dal fondo di vino sul bicchiere e aspetta che l'uomo si decida. Il tempo passa e il buio arriva in fretta, deve riuscire ad arrivare prima del tramonto. Questo pensa. Mette una mano nella tasca del cappotto e tira fuori le monete che gli ha dato il vecchio, le posa sul tavolo senza fare rumore, una alla volta.

L'uomo mette via i piatti e butta le teste dei gamberi fuori dalla porta. Il cane si fionda subito a vedere cos'è.

Mentre l'uomo chiudeva la porta, Pietro ha fatto in tempo a vedere che il cane rosicchiava contento, la grossa testa inclinata da una parte e gli occhi socchiusi.

Posso dargli dell'acqua?

Tieni, usa questa qua, tanto devo lavarla.

E spinge con l'indice la ciotola nella quale il ragazzo ha appena mangiato. Si ferma a un millimetro dal bordo del tavolo.

La barca vacilla sotto il loro peso e al ragazzo pare di sentire rumore di legno che si spezza, ma l'uomo non sembra per niente preoccupato, ha già slegato la barca e l'ha spinta fuori. L'acqua nera morde la chiglia scrostata. È acqua densa e opaca.

Il tratto di canale che devono attraversare è largo poco piú di due metri e il ragazzo si domanda che senso abbia mettere lí un uomo con la barca quando si poteva fare un ponte e chiudere lí la faccenda.

Le anatre galleggiano attorno alla barca e non hanno

paura di loro. Le loro piume sono verdi e marroni e gli occhi lucidi e bombati, a forma di grossi chicchi.

Arrivati dall'altra parte, l'uomo ha accostato la barca a un pontile identico a quello dell'altra riva, ha aiutato il ragazzo e il cane a salirci sopra poi, prima di spingere la barchetta nella direzione inversa, ha guardato fisso il ragazzo.

Non per farmi gli affari tuoi, ma dove vai adesso?

Vado alla pieve diroccata.

Ma la sai la strada?

No. Sí. Cioè. Piú o meno. Mi hanno detto di seguire la stradina che ci arrivo.

See, ci arrivi, scoppia a ridere l'uomo mettendo in mostra le gengive mezze sdentate.

Non lo so mica se ci arrivi. Le conosci le valli, tè?

In che senso?

Ci sai camminare in mezzo?

Non lo so. È la prima volta.

Ecco, allora stai attento a dove metti i piedi, delle volte la stradina sembra che scompare e allora addio te e addio cane, tientelo ben stretto che ci sono le sabbie mobili, qua attorno.

Il ragazzo infila un dito sotto il collare del cane e se lo tira vicino alla gamba.

La pieve che dici te è a tre ore di cammino, adesso sono le dodici e un quarto, se vai svelto ci arrivi bene, con la luce. Segui la stradina, poi a un certo punto vedi che ci sono delle dune sabbiose davanti e che la stradina ha due rami, te prendi quello a destra e vai su. La pieve la vedi da lontano. Lí le valli sono finite. C'è il fiume. Vedi anche l'argine.

Il ragazzo annuisce. Cerca di stamparsi bene in mente tutto quello che l'uomo gli ha detto.

Che quel boia di dio te la mandi giusta, ragazzo.

Grazie.

Risponde lui e si volta verso la stradina azzurra di ghiaccio.

Il cane si è accucciato per terra, le zampe posteriori allargate. Le orecchie premute contro il cranio. Un cono marrone gli spunta da sotto la coda. Gli escrementi ritorti per terra sembrano una meringa di cioccolata. Fumano. Il ragazzo aspetta, lo sguardo fisso sull'orizzonte bianco e azzurro.

Capitolo sesto

Tre ore sono un'eternità per uno che non è abituato a camminare. E al ragazzo sembra di camminare da giorni e giorni. Le ghiandole del collo gli sono diventate grosse e dure e gli fischiano le orecchie per via del vento, ha i lobi completamente insensibili e le labbra screpolate e piene di tagli. Gli sudano i piedi nelle grosse calze di lana e il sudore si trasforma in acqua ghiacciata che inzuppa le calze e fa sfregare la pelle contro il cuoio duro degli scarponi.

Vorrebbe stendersi per terra, tirarsi il cane addosso come una coperta e rimanere lí fermo ad aspettare che passi qualcuno che non passerà mai.

I germani reali, i falchi e le garzette potrebbero nidificare sulla sua testa e lui e il cane diventerebbero una duna di sabbia in mezzo al nulla azzurro.

E invece, si sforza di proseguire, ostinato, il cane dietro di lui che ricalca le sue orme.

Quando finalmente è arrivato alle dune di sabbia che gli aveva descritto il barcaiolo, la stradina davvero si divideva in due lingue sottili.

Il ragazzo ha scelto quella di destra, come gli aveva detto di fare l'uomo e ha continuato a camminare finché in lontananza non ha visto una sagoma di pietra squadrata e piatta in alto. Mano a mano che si avvicinava, ha visto che era davvero una pieve, o meglio, doveva esserlo stata, perché adesso era solo pietra sventrata, come se un animale preistorico ci fosse passato attraverso calpestandola con i suoi piedoni e sbatacchiando le ali spinose di qua e di là, facendo crollare arcate, travi, sezioni di muro.

Tra i muri sbrecciati dell'edificio, le piante sono cresciute senza regola. Si sono intrecciate le une alle altre, hanno costruito percorsi vegetali, labirinti verdi e neri di foglie e rami. E in mezzo, proprio dove l'ammasso di piante si dirada un po', nel punto preciso sul quale in questo momento cade un fascio di luce bianca, un altare di marmo grigio, con il piano coperto da una tovaglia di muschio e foglie marce, sta fermo nel posto che qualcuno, tanto tempo fa, gli aveva assegnato.

È una cosa strana da vedere, pensa il ragazzo. Una cosa abbandonata, lugubre e triste. La casa di qualcuno che se n'è andato e che non tornerà mai piú.

Il ragazzo si è stretto il cane contro il fianco, poi insieme hanno girato attorno alla chiesa e hanno guardato uno verso l'alto l'unica arcata rimasta intatta e l'altro verso il basso le ortiche gelate che vestono il perimetro della costruzione e sotto le quali si nascondono di sicuro le tane delle talpe in letargo.

C'era anche l'argine del fiume, piú avanti e la luce che lo circondava era un po' piú netta e precisa di quella che aveva avvolto il lungo percorso del ragazzo attraverso le valli, come se l'aria là in mezzo fosse stata davvero fatta diversa da com'è fatta qui.

Il ragazzo si china a stringere il cane tra le braccia e sente che sta tremando, per il freddo e per la stanchezza. O forse è lui, il ragazzo, a tremare senza accorgersene e a passare quel tremito al corpo del cane, ai muscoli, ai tendini, alle vene.

Ha proseguito oltre la chiesa e si è arrampicato sull'argine del fiume, tra le canne e i giunchi dalle cime piumate.

Una grossa nutria salta in mezzo agli sterpi e il cane le ringhia contro finché quella non sparisce in una buca.

Si inoltrano lungo l'argine e avanzano a fatica tra le erbacce. Il fiume sotto di loro è calmo e scuro. Con piccole isole di ghiaccio opaco ogni tanto, che non si capisce se si muovano o stiano immobili in mezzo all'acqua nera.

Il casone di pietra è grigio e squadrato. C'è una sola finestra protetta da una grata di ferro arrugginito e macchiato di verde. Un comignolo a forma di nido sul tetto piatto.

Il pontile che si apre davanti al casone è lungo e stretto, con le assi corrose e smangiate, piene di buchi. Due barche dipinte di verde stanno ormeggiate al pontile con corte funi legate strette strette.

Il ragazzo si guarda attorno. È tutto silenzioso e tranquillo, sembra che nessuno venga in questo posto da secoli. Si china per allacciarsi una scarpa e il cane annusa le sue dita e le avvolge con la lingua, muove la coda, contento.

Si rialza e fa un passo avanti, il cane è di fianco a lui.

Capitolo settimo

Il primo colpo è un fischio rapido come un fulmine che sibila attraverso le canne e passa a pochi centimetri dalla spalla destra del ragazzo. Il secondo e il terzo arrivano subito dopo, in sequenza. Tum. Tumtum.

Pietro si butta per terra. Piccole croste di ghiaccio si rompono sotto i palmi delle sue mani che strisciano, frenano, si aggrappano con le unghie alla terra. Freddo e caldo insieme. Afferra il pelo del cane, proprio sopra la spalla e cerca di tirarlo giú, accanto a sé. Ma il cane resiste e punta le zampe, impazzito di paura. Digrigna i denti e la mucosa delle fauci straripa di schiuma bianca che gocciola giú, sull'erba gialla e sulle dita del ragazzo. Cerchi di schiuma bianca che sfrigola e muore.

Il quarto colpo, lo centra proprio in mezzo alla fronte.

Il ragazzo ha sentito il cane tendersi come una molla, poi un gemito strano che gli usciva e il cane che si afflosciava contro di lui, la bocca bavosa sulla sua spalla e quando ha aperto gli occhi il ragazzo ha visto che in mezzo al pelo della fronte c'era un buco rosso e nero, proprio lí, dove una ipsilon di pelo bianco per tanti anni lo ha reso riconoscibile e unico tra tutti gli altri cani come lui.

Adesso hanno smesso di sparare e ci sono delle voci che urlano qualcosa e passi che rimbombano sulla terra sotto l'orecchio del ragazzo.

Il ragazzo spinge la guancia contro il terreno, con gli occhi chiusi, e comincia a piangere. Prima con un occhio e poi con l'altro. Ha la bocca piena di terra, se la sente granulosa e strana sotto i denti e non riesce a mandar giú niente perché la saliva gli si è seccata del tutto. Dentro la sua testa, ci sono cose che scoppiano e fanno rumore e buttano sangue e il ragazzo non pensa piú a niente, ma si lascia travolgere da tutto quel frastuono e l'ultima cosa che si dice, è che spera di morire subito anche lui e di finirla lí.

Poi ha sentito una cosa fredda e dura puntata contro la testa e ha capito che era la canna di un fucile, allora ha steso le braccia a croce nel terreno attorno a sé per far vedere che non era armato. Il suo braccio sinistro si è adagiato sulla schiena del cane e al ragazzo è venuto su un urlo dallo stomaco e insieme all'urlo è venuto anche un residuo acido del riso con i gamberi che aveva mangiato dal barcaiolo e che ora gli impasta la bocca e lo costringe ad alzarsi e a tossire, finché non vede che tra le dita ha delle strisce liquide di sangue e non sa piú se è il sangue del cane o se viene dalla sua bocca.

Lo ha riconosciuto subito.

L'uomo che gli punta il fucile alla testa è uno di quelli che aveva visto nella piccola radura nascosta dentro il Bosco del Traversante, quel giorno di un'altra vita, insieme alla Nina. È ancora piú magro di prima e ha sempre lo sguardo da lupo. Ce ne sono degli altri di uomini, ma quelli il ragazzo non li ha mai visti.

Che cosa fai qua? Chi ti ha mandato?

Gli domanda l'uomo lupo, spingendogli il mento all'insú con la canna del fucile.

Sta' attento che gli fai saltar via la testa, dice una voce da dietro le sue spalle.

E allora?

L'uomo gira appena il mento all'indietro, perché la voce arrivi chiara agli altri.

E allora? Che cazzo me ne frega? Dov'è il problema?

Ma è un ragazzino, dice allora un altro. Non lo vedi?

E allora? Magari è una spia. Di', sei una spia?

Pietro sgrana gli occhi. La voce è andata a farsi un giro da qualche parte fuori di lui. Cerca di schiarirsi la gola
e il sapore amaro e disgustoso del vomito lo costringe a
piegarsi di nuovo in avanti, verso i piedi dell'uomo, pro-
strato.

Basta che non mi vomiti addosso. Sto qua ad aspettare che mi rispondi, sai? Allora? Chi ti manda?

Nessuno.

Ah, nessuno. È un tipo che conosco, mi sembra. Fini-
scila. Cosa cazzo vuoi?

Devo parlare con Nino.

Chi?

Nino.

Ah, Nino. Sentiamo, e chi sarebbe questo Nino?

Non lo so.

Non lo sai. Bene. Non lo sai.

L'uomo ha abbassato la canna del fucile tra gli sterpi.
Si è inginocchiato a sfiorare la pelliccia insanguinata del
cane con un dito e a Pietro sembra che abbia lo sguardo
umido, come se stesse per piangere. Ma subito l'uomo si
volta verso gli altri che stanno in silenzio dietro di lui.

Portatelo dentro. Prendete anche la sacca, forse c'è
qualcosa da mangiare. E levate di mezzo il cane. Avete
fatto una cazzata a mettervi a sparare cosí. Non so cosa
vi è preso. Già non abbiamo munizioni. Bisogna stare calmi, cristo. Calmi. Fate un giro a controllare che non ci sia
nessuno.

Pietro si è lasciato trascinare dentro il casone. Si sentiva le gambe come morte e le mani umide, coperte di vo-

mito e sangue. Mentre lo trasportavano, tenendolo in due, uno per le spalle e l'altro per le gambe, non è riuscito a staccare lo sguardo dal corpo di Belbo. La pelliccia marrone si era afflosciata di colpo, era rada e giallastra, aveva perso la lucentezza e il turgore di prima. Era solo una cosa buttata per terra. Come la Nina appesa all'albero. Uguale.

Ha chiuso gli occhi e ha sentito che la febbre gli era strisciata dentro le ossa e aumentava ad ogni respiro.

Si è addormentato senza neanche accorgersene, con il suono delle voci di quegli uomini sconosciuti attorno e il rumore di piccoli scoppi del fuoco acceso dentro la stanza buia.

Capitolo ottavo

Quando il ragazzo si è risvegliato e ha aperto gli occhi, c'era una luce azzurro scuro dentro la stanza e non è riuscito a capire che ore fossero, addirittura se fosse notte o giorno e si è domandato per quanto tempo avesse dormito. Si è sgranchito le gambe sotto le coperte e si è accorto di avere i piedi nudi e gelati.

Nella stanza non c'è nessuno. Le braci dentro il grande camino di pietra sono spente e fredde. La sensazione di febbre è sparita del tutto, ma il ragazzo ha male alla gola e respira a fatica. Si alza dal giaciglio e si avvolge la coperta intorno alle spalle.

I muri dell'unica stanza sono grossi e irregolari, sezioni di pietra tagliata alla buona e posate l'una sull'altra. Una membrana di umidità le ricopre e le fa luccicare sotto la luce azzurra e fredda che entra dalla finestra sulla parete a sinistra, che è anche l'unica finestra della stanza.

Il ragazzo si avvicina ai vetri e dopo aver alitato piú volte contro la superficie bianca, raschia via la patina di ghiaccio con le unghie.

Fuori dai vetri, il mondo visibile è soltanto una massa d'acqua acquitrinosa color fango e un orizzonte perso dentro la nebbia. Un ramo solitario penzola davanti alla finestra, nero e ritorto, con piccole gemme bruciate attaccate per il minuscolo picciolo.

Il ragazzo si domanda se gli uomini se ne siano già andati da un'altra parte. Forse è proprio cosí, si sono rimessi in marcia mentre lui dormiva per raggiungere un posto piú sicuro e lo hanno lasciato lí da solo, senza una minima idea di dove si trovi.

Adesso, può soltanto tornare indietro, attraversare all'inverso la strada che ha fatto per arrivare fin lí. Tutta quell'acqua, quelle paludi, quel ghiaccio e quel gelo.

Gli viene da piangere.

Si siede sulla panca di legno davanti al camino spento e appoggia la fronte sulle ginocchia.

Fa freddo, un freddo tremendo. C'è la nebbia sulle valli e il fiume è ghiacciato. Non ha niente da mangiare e niente da bere. Non ha piú neppure il suo cane. E non ha fatto quello che doveva fare.

I singhiozzi diventano sempre piú forti.

Poi si diradano e infine il ragazzo smette di piangere. Si asciuga gli occhi con la manica del maglione, poi si tasta all'altezza della cintura e si accorge che l'involto con le lettere è sparito.

Lo ha cercato nella paglia del giaciglio sul quale aveva dormito, lo ha cercato sul pavimento della stanza e alla fine lo ha trovato, posato sotto un ciottolo bianco, su una mensola insieme a una brocca di peltro e a un pezzo di pane raffermo. Non sembra che sia stato aperto. Se l'è infilato sotto la cintura e il contatto della stoffa fredda contro la pancia gli ha ricordato con uno spasmo che deve andare in bagno.

Si guarda attorno. Niente bagno. Deve per forza uscire. Cosí si infila il cappotto sul quale ha dormito, si avvolge per bene la sciarpa attorno al collo e cerca i suoi guanti senza riuscire a trovarli da nessuna parte.

Quando l'ha spinta, la porta del casone di pietra si è spalancata sul nulla. Un nulla bianco e in movimento dal quale comparivano di tanto in tanto intrecci di rami, foglie gialle e secche, squarci di acqua fangosa.

Il ragazzo si accuccia in un angolo, poi si pulisce con una manciata di foglie umide e si tira su i pantaloni. Quando si rialza, sente dei rumori provenire da dietro il casone, dalla parte del boschetto. Cerca con gli occhi un posto in cui nascondersi e pensa che basterebbe mettersi a correre nella nebbia, sparire come un fantasma in tutto quel bianco. Solo che a quel punto forse davvero nessuno lo troverebbe mai piú e lui sarebbe costretto a vagare come un'ombra fin che avesse la forza di farlo. E poi creperebbe in un angolo, in mezzo alle foglie marce.

Allora rimane fermo, a guardare bene in faccia il pericolo. Dalla nebbia tra gli alberi, emergono quattro uomini. Tra questi, il ragazzo riconosce subito l'uomo che è venuto a cercare. È l'ultimo della fila.

Hai dormito un bel po'.

Sí, risponde. Quanto ho dormito?

L'uomo con la faccia da lupo supera gli altri tre e si ferma davanti a lui.

Un pomeriggio e tutta una notte. È da ieri che dormi. Hai fame?

Sí.

Adesso mangiamo qualcosa. Siamo stati a prendere della roba da un contadino.

Avete rubato?

L'uomo lupo fa un mezzo sorriso.

No. Ce le ha regalate.

Pietro lo guarda senza dire niente. Continua a guardarlo mentre si allontana e scompare dentro il casone con il sacco di tela gonfio di roba che gli dondola sulla spalla.

Gli altri tre uomini stanno raccogliendo bacchetti di legno, rami e piccole pigne da bruciare.

Ci dài una mano?

Il ragazzo si avvicina ai tre uomini e comincia a raccogliere i rametti, come fanno loro. Raccoglie molte pigne e le ammucchia assieme alle altre. È una bella montagna di legna. Niente grossi ceppi, di quelli che durano e scaldano davvero, questa è roba da fiammate veloci, ma è pur sempre qualcosa, e tutti quanti gli uomini hanno stampata sulla faccia un'espressione soddisfatta.

Giesu, vai a prendere la cesta, dice uno dei tre e Pietro vede che l'uomo che lui è venuto a cercare solleva la schiena e si incammina verso il casone.

Piú che un uomo, è un ragazzo anche lui. Deve avere diciotto o diciannove anni, al massimo venti e Pietro vede anche che ha gli occhi gialli come la Nina e lo stesso naso piccolo e affilato. Però l'altro lo ha chiamato Giesu. E l'uomo che cerca lui si chiama Nino.

Sono rientrati tutti nel casone e sono rimasti a lungo in silenzio, a fare le cose che dovevano essere fatte. In due, hanno preparato il camino ammassando i bacchetti di legno, incrociandoli gli uni sopra gli altri in una rete fitta, sostenuta da una grossa manciata di pigne.

L'uomo con la faccia da lupo invece, prepara da mangiare. Dalla sacca di iuta sono usciti un sacchetto di farina gialla e tre verze polverose di terra. C'è anche un fiasco di vino e una piccola forma di formaggio secco coperta da foglie di vite e cenere.

Il ragazzo rimane in piedi davanti alla porta e li guarda lavorare. I due uomini davanti al camino si assomigliano, sono tutti e due bassi e tarchiati e hanno i capelli scuri. Uno dei due però, ha il naso butterato e a guardarlo bene sembra molto piú vecchio di tutti gli altri. È quello che non parla mai, e ha degli occhi piccoli piccoli e neri come quelli degli uccelli. L'altro parla di continuo, borbotta tra sé e quando non parla, fischia, ma non si riesce a capire di che melodia si tratti, perché appena ne imposta una, subito gliene viene in mente un'altra e comincia daccapo. Ha degli occhi tondi e allegri. Non sembra un lupo.

Quello che chiamano Giesu, sta in un angolo della stanza e arrotola una sigaretta. Il ragazzo lo osserva a lungo.

Ha i capelli arricciati sulla nuca, molto piú lunghi di come dovrebbe portarli un uomo e le unghie delle mani affilate e sporche. Ha anche uno sguardo impaurito e non si ferma mai per molto tempo a guardare la stessa cosa.

Dammi una mano. Tu, ragazzo, dico a te, vieni qui.

L'uomo lupo ha alzato il lungo coltello con il quale sta affettando le verze in striscioline sottili e lo ha puntato verso di lui.

C'è una cipolla là sulla mensola, la prendi e la sbucci.

Il ragazzo fa quello che gli ha detto di fare l'uomo lupo. Sbuccia la cipolla, toglie gli strati di pellicola uno alla volta, piange quando compare la parte interna, tenera e succosa e si asciuga gli occhi con la manica del maglione.

Quando si sono seduti al tavolo per mangiare, al ragazzo è sembrato di essere di nuovo in una casa. Non a casa sua. La casa di qualcuno che non conosceva, con le abitudini, i gesti, tutte le cose consolidate da anni e anni di esercizio, ma che per lui erano ancora da imparare. Ha tenuto gli occhi bassi sul piatto, ha mescolato la polenta molle e grumosa con la verza e ha mangiato tutto quello che aveva nel piatto, senza fermarsi un istante.

Non c'è acqua, ha detto l'uomo lupo, devi bere il vino anche te. Non è un vino forte, l'è un sburiol, sugo d'uva fermentato, fa schifo, ma disseta. Vuoi?

Pietro ha fatto sí con la testa e ha preso il fiasco che l'uomo gli porgeva. Il vino era davvero aspro e poco alcolico, sapeva di aceto.

Adesso tocca che ci dici cosa vuoi.

Dice l'uomo tarchiato con gli occhi allegri stirandosi all'indietro sulla sedia. Quello piú vecchio lo fissa con i suoi occhi da uccello. L'uomo lupo si pulisce la bocca con la mano. Giesu arrotola un'altra sigaretta.

Ci vorrebbe un caffè, dice senza alzare gli occhi dalla presa di tabacco che sta lavorando con le dita per amalgamarla per bene.

Sentilo... il caffè.

Lo prende in giro l'uomo lupo.

C'è una broda di erba e orzo, se ti va bene lo stesso. Cosa dici, ti va bene?

Giesu sbuffa, poi lecca la cartina per il lungo e chiude la sigaretta.

Va bene, va bene. Dicevo solo che ci vorrebbe, mica che ci vuole. È diverso.

Sí, è diverso, sorride il lupo. Fammene una anche a me, valà.

Bisogna sciogliere un po' di neve, chi esce?

Dice l'uomo tarchiato.

Mandiamo il ragazzo, dice il vecchio. Eh?

I quattro uomini si guardano gli uni con gli altri e annuiscono.

Fuori dal casone, la nebbia si è un po' diradata, e strappata in tanti stracci bianchi che si muovono lenti, sparsi tra gli alberi e il fiume, con strisce piú grandi all'orizzonte, grigio sporco e azzurro. Tutto il resto è immobile: l'acqua del fiume ghiacciata, i rami spogli, gli uccelli, seduti da qualche parte a guardare accadere il mondo. E cioè niente.

Il ragazzo raccoglie un po' di neve dentro un pentolino, la pressa bene, per farcene stare dentro di piú. È sporca. Sopra ci sono impresse le zampe di qualche animale selvatico. Cerca di evitare quella che mostra aloni giallastri di piscio. Guarda ancora una volta la linea diritta del fiume che sparisce in un banco basso di nebbia, poi rientra nel casone.

Il fuoco sfrigola e butta scintille rosse. I quattro uomini sono seduti sulla panca davanti al focolare e fumano in silenzio, le gambe allungate davanti a loro, la schiena ingobbita.

Il piú vecchio è quello che parla per primo.

La cassa con le armi è ancora fuori, bisogna portarla dentro.

Possiamo farlo piú tardi. Il pomeriggio è ancora lungo. Risponde il lupo.

Vanno oliate per bene, qualcuna è anche fuori uso, mi sa.

Adesso beviamo il caffè, poi andiamo a prenderle, c'è tutto il tempo.

Il lupo è perentorio, sempre cosí. Gli altri stanno zitti, è lui che comanda, alla fine.

Hanno messo il pentolino sul fuoco e quando l'acqua ha cominciato a bollire, ci hanno buttato dentro una manciata d'erba e di polvere marrone scuro.

Allora? Perché sei venuto a cercarci?

L'uomo lupo si pulisce i denti con un rametto sottile. Giesu guarda fisso il fuoco. Gli altri due uomini guardano il ragazzo.

Pietro si pulisce le mani sui fianchi del cappotto. Ancora non se l'è tolto, eppure davanti al fuoco c'è quasi troppo caldo.

Non vi cercavo tutti.

Ah no? E chi è che cercavi?

Il ragazzo guarda la testa di Giesu, voltato verso il fuoco. I riccioli biondo sporco si infilano nel colletto del maglione, come piccole bisce d'acqua.

L'uomo lupo lo guarda fisso, gli occhi chiari freddi e acuti proprio come quelli di una bestia.

Quelle lettere che avevi addosso. Sono le tue?

Sí.

L'uomo lupo annuisce e si allunga a gettare il rametto nel fuoco.

Non le abbiamo mica lette tutte, sai. Solo sfogliato, cosí. È roba personale. Non ci interessa.

Pietro non dice niente. Il piú vecchio prende quattro piccoli contenitori di stagno e versa in ciascuno la brodaglia nera che deve fare le veci del caffè.

Tu bevi dal mio, se vuoi.

Gli dice il lupo e il ragazzo non risponde niente. Si leva il cappotto e lo stende per terra, poi ci si siede sopra, davanti al fuoco, proprio di fianco a Giesu. Anche lui guarda fisso le fiammelle arancioni che si stirano verso l'alto.

Dentro la stanza c'è una nuvola di fumo che fa bruciare gli occhi e rende difficile respirare, ma almeno fa caldo.

Chi è la ragazza della mortina?

Cosa?

La ragazza, quella del santino da lutto.

Pietro si stropiccia gli occhi, se li sente asciutti e gli pare di avere dentro le palpebre della polvere fina che gratta.

Mia sorella. Credo.

Come credi?

È una storia lunga. Ma non c'entra con il perché sono venuto a cercare...

A cercare cosa?

Lo ha interrotto Giesu, sputando un ricciolo di tabacco.

Il ragazzo prende la tazza del lupo dalle sue mani e beve due sorsi di brodaglia. È amara, e sa di erba selvatica, ma è calda.

Cerco uno che si chiama Nino.

Giesu alza un sopracciglio, dà un tiro al mozzicone poi lo lancia nel fuoco.

Ce l'hai davanti. Cosa vuoi?

Ma tu ti chiami Giesu.

L'uomo lupo scoppia a ridere.

È un soprannome. Quand'era piccolo faceva il chierichetto, gli è rimasta la fissa di pregare prima di mangiare. Non te ne sei accorto, prima?

No, risponde il ragazzo. Non se n'è accorto.

È perché cerca di non farsi notare troppo, se no lo prendiamo per il culo. Ti pare una situazione da mettersi a pregare, questa qua?

Proprio.

Risponde serio Giesu.
Proprio la situazione in cui mettersi a pregare.
E torna a guardare il fuoco.
Ma voi cos'è che fate? Insomma, di preciso.

Al ragazzo la domanda è scappata dalla bocca, ma si accorge subito che un'ondata di malumore si è levata in mezzo alla stanza, proprio solida come una vera massa d'acqua che incombesse sulla casa.

L'uomo lupo ha rollato una sigaretta e l'ha accesa con un tizzone del camino.

Ci nascondiamo. E rompiamo i coglioni. Poi chissà. Bisogna vedere come ci si organizza. È ancora presto. Dobbiamo raggiungere un gruppo piú grande, loro sono già quasi pronti. E una brigata grossa.

Annuiscono tutti, gli occhi fissi sulla bocca sacra del capo.
Il ragazzo non dice piú niente.

La patina di ghiaccio sulla finestra si è sciolta e dietro, fuori, si vede il ramo ritorto penzolare sotto il peso di un piccolo uccello bianco e nero. Rimangono tutti zitti a guardarlo. Sposta le zampette rosse avanti e indietro sul ramo, come un funambolo sul filo. La testina nera scatta da una parte all'altra, a caccia di applausi che non arrivano mai. Poi di colpo spicca il volo e sparisce nella nebbia.

Allora, cosa vuoi da me?
Tu hai una sorella.
E allora?
Si chiama Nina.
Eh, e quindi?
È morta.
Dice il ragazzo, poi abbassa la testa a guardarsi le mani posate in grembo. Vede che tremano e lui non se n'era accorto, stringe le dita le une con le altre e socchiude gli occhi. Il cuore gli rimbalza dentro. Un sasso che scivola giú da una scarpata: pesante, veloce.

Che cazzo dici?

Giesu si è voltato verso di lui e lo ha preso per il collo.

Cosa fai, vuoi ammazzarlo?

L'uomo lupo lo trascina via e lo tiene fermo. Giesu sta piangendo e ha la faccia tutta rossa.

Cazzo dici?

Continua a ripetere, ma sempre piú piano, finché la voce non diventa solo un sibilo che si confonde con quello della legna che arde.

E tu, urla il lupo, parla, cazzo, quanto vuoi farla lunga! Parla!

Il ragazzo parla.

Quella notte che non è arrivata. Doveva portarvi delle cose e nevicava, io non volevo che usciva, le ho detto di stare a casa che poteva andare domani, faceva troppo freddo, ma lei si è arrabbiata, ha detto che doveva andare per forza.

Allora, allora tu sei Pietro? Sei tu? Sei il figlio dei padroni?

Sussurra Giesu, ancora tra le braccia del lupo.

Sí.

Risponde il ragazzo, poi continua a parlare guardando fisso per terra.

E la mattina, ecco, la mattina l'ho trovata nel bosco.

Non è vero. È tornata indietro perché non era sicuro. Lo sa benissimo come si fa. È tornata indietro. Eravamo d'accordo cosí.

Non è tornata indietro, insiste il ragazzo, l'hanno presa.

Giesu si inginocchia davanti al fuoco, gli occhi fissi sulle fiamme che rimpicicoliscono.

L'hanno ammazzata e l'hanno appesa a un albero. E io sono venuto a cercarti per dirtelo. E poi.

Il ragazzo si ferma. Guarda anche lui il fuoco e cerca le parole. Vede tra le fiamme una forma muoversi e salire

verso l'alto. Un piccolo pezzo di carta bruciata che vola
come una farfalla rossa e nera. E capisce che non deve farsi domande, che le domande non servono a niente, che ci
sono solo le cose che si fanno, e le scelte, come una strada che si divide e tu devi prendere un ramo oppure l'altro. E poi camminare, senza voltarti indietro.

Il ragazzo non stacca lo sguardo dal fuoco, non volta la
testa verso gli uomini che lo ascoltano. I loro occhi sono
puntati sul suo profilo illuminato dalle fiamme.
Io lo so chi è stato. È stata mia madre.
Si blocca. Resta lí fermo con i pugni stretti, lo sguardo
fisso sul fuoco.
Tua madre? E perché?
Domanda il lupo.
Non lo so il perché. Forse perché eravamo troppo amici. O per voi. Lei lo sapeva. Mia madre è amica dei tedeschi. Non sta con voi.

Nessuno dice niente. Rimangono tutti lí in silenzio, le
tazze di stagno ormai vuote in mano. L'uomo lupo aggiunge legna al fuoco e rimesta le braci perché si accenda-
no bene. Le pigne infuocate sono gioielli d'ambra tra le
fiamme. Poi Giesu si volta verso il ragazzo.
Sei sicuro di quello che dici?
Sí.
L'uomo lupo stacca lo sguardo dal fuoco e guarda Pietro dritto negli occhi. Aspetta un po' prima di parlare.
Lo sai cosa vuol dire, vero?
Il ragazzo non risponde. Butta una pigna nel camino e
la osserva prendere fuoco, diventare arancione, poi rossa
e infine nera. Sparita.
L'uomo lupo si avvicina a lui e gli passa la mano sulla
testa. Sposta all'indietro i capelli. Li fa sfrigolare.
Lo sai cosa dobbiamo fare adesso.
Il ragazzo rimane immobile, la grossa mano ruvida del

lupo sulla sua testa. Socchiude gli occhi nel calore del fuoco troppo vicino e non dice niente.

Quando tre degli uomini si mettono in cammino, il ragazzo rimane disteso sul giaciglio ad ascoltare il fruscio
delle braci che muoiono, i piccoli schiocchi improvvisi, le
rare vampate. Chiude gli occhi e ascolta il silenzio che circonda il casone sul fiume. Cerca di immaginare i suoni che
riempiranno questo posto in primavera. Il cielo di nuovo
limpido e azzurro. Gli uccelli in volo sulle paludi. L'acqua
che salta sui sassi e suona forte. I richiami delle bestie. I
colpi di vento fresco contro gli alberi vestiti di foglie tutte nuove.

Giesu si è disteso sul giaciglio di fianco al ragazzo. Il
calore del suo corpo si trasmette anche a lui.

Sono rimasti lí a lungo, immobili, a scaldarsi l'uno con
l'altro come bestie, in silenzio, finché dentro la stanza non
ha fatto buio del tutto. Allora si sono alzati per riaccen-
dere il fuoco e quando Pietro è uscito fuori per pisciare,
ha visto che la nebbia era sparita dal cielo e che una luna
tonda e bianca come un dolce spolverato di zucchero fine,
penzolava nel cielo e illuminava il fiume e le valli in lontananza, oltre il boschetto sull'argine.

Adesso, il mondo visibile era tutto quello che l'occhio
riusciva a percepire. C'erano gli alberi, il cielo, l'acqua
ghiacciata del fiume, gli avanzi di neve tra l'erba, la luna.
E lui, il ragazzo, che camminava già sulla strada che
aveva imboccato e non poteva guardare indietro.

Ringraziamenti:

Grazie a Severino Cesari.

E a Chiara Belliti, Carlo Lucarelli, Ilga Thomsen, Timmy.

Grazie anche a Duke Ellington e Ian Garbarek, che hanno accompagnato la storia con la loro musica.

E grazie alla volpe, che ha camminato sul ghiaccio.

Citazioni dentro il testo in ordine di apparizione:

Cicerone, *Tusculanae disputationes*, libro V, cap. 27, §§ 77-78.
Dante, *Inferno*, VI, 85-87.
Hugo Wolf - Johann Wolfgang von Goethe, *Anakreons Grab*.
Ignazio di Loyola, *L'autobiografia*, cap. 99.

Indice

Stampato per conto della Casa editrice Einaudi
presso Mondadori Printing S.p.A., Stabilimento N.S.M., Cles (Trento)
nel mese di marzo 2004

C.L. 16823

Edizione									Anno			
1	2	3	4	5	6	7	8		2004	2005	2006	2007